# 落陽

朝井まかて



祥伝社文庫

# 目次

（青年） 7
第一章 特種《スクープ》 13
第二章 異例の夏 50
第三章 奉悼《ほうとう》 94
第四章 神宮林 148
（郷愁） 220
第五章 東京の落胆 223
第六章 国見《くにみ》 276
第七章 落陽 343

解説 門井慶喜《かどいよしのぶ》 368

# 落陽

# （青年）

何という風なんやろう。

鳳輦《ほうれん》の上で揺られながら、息を詰めた。

砂混じりに吹きつけて、御簾《みす》を叩《たた》くのだ。そのつど、身を構え直さねばならない。

御簾越しに垣間《かいま》見えるのは、江戸の町の寂《さび》れようである。いや、もはや江戸ではなく、東京と呼ばねばなるまい。

けど、「東の京」とはとても思えぬ風景やないか。

道は掃《は》き清められているものの土埃《つちぼこり》が甚《はなは》だしく、大名諸侯らの屋敷と思《おぼ》しき家々の門は固く閉ざされ、門衛の姿も見えぬ。塀《へい》越しの松は春秋に枝を整えられなかったのか、荒武者の頭のごとくそそけている。

この荒れ果てた地が、かつては京、大坂をしのぐ繁華を見せた町なのやろうか。信じられぬ思いで、顔を正面に戻した。

旧幕兵との戦闘はいまだ続いているのだ。戦線は上野《うえの》から会津《あいづ》へと移って仙台《せんだい》藩を降伏せしめたが、敗残兵はさらに北へと進んで戦意を喪失していないもようだという。東京にも余燼《よじん》が燻《くすぶ》っており、ゆえにかくもすさんだ景が続くのだろう。

時折、母に手を引かれて行列を見上げる幼子の目にすら、艱難辛苦《かんなんしんく》の痕《あと》がある。怯《おび》えている。

公家《くげ》らの間では、京を捨て、この地に遷都《せんと》するのではないかという噂《うわさ》が流れているらしい。彼《か》の者らは驚愕《きょうがく》し、嘆《なげ》き、都の行末を憂《うれ》えている。

しかしこの光景《さま》を目にいたさば、すべてが杞憂《きゆう》であると得心するやろう。

まさか、この地に都を置くとは考えられぬ。

落葉と砂塵《さじん》が吹く道で、沓《くつ》と蹄《ひづめ》の音が響き続ける。

供奉《ぐぶ》する者は三千人を超え、三等官以上の者は品川宿《しながわじゅく》で旅装束《しょうぞく》を改めて直垂《ひたたれ》帯剣とし、騎馬である。

此度《こたび》の東下《あずまくだ》りについては、時期尚早との反対も多かった。東国はいまだ鎮圧されておらず、その渦中に入るとは危《あや》うきこと極《きわ》まりなしとの見方が多勢を占めていたのだ。

が、東京行幸《ぎょうこう》を強く主張する者もいた。

長年、武家の統治に慣れた東の民はいまだ帝《みかど》の威光を知らざる者どもにて、今、この時こそ東幸《とうこう》を断行いたすべし。

さよう、我が国開闢《かいびゃく》以来の盛事を執《と》り行なえば、民の心をいかほど慰撫《いぶ》できることか。

いや、異例が過ぎまする。万一、旧幕臣が暴挙に打って出る事態が出来《しゅったい》いたしたら、取り返しがつきませぬぞ。

いつものごとく、目の前で激しい論が交《か》わされた。それに耳を傾けるのが、君主の務めである。

そもそも帝は武家の棟梁《とうりょう》による法度《はっと》によって長いこと、外出《そとで》を封じられてきた。京の外に出るなど極めて稀《まれ》であったのだ。自身も、御所の中で生涯を過ごすと信じて疑わなかった。

しかし議論を聞くうち、気づいたことがある。

東の地への行幸を望まれているのは、知らしめるためなのだ。

帝という存在がこの日本に、確かにある。

その実在を、東の地の民草《たみくさ》に見せねばならぬのやろう。

錦旗《きんき》だけでは、もはや足りぬようだった。すべての意見、考えが出尽くした時、皆がこちらに顔を向けた。しばらく思案した。

建武《けんむ》中興以来、五百年ぶりに王政を復古するのである。

五箇条《ごかじょう》の誓文《せいもん》は、いつもこの胸の中で詠《えい》じている。むろん自身で作文したわけではなく、新政府によって早急、かつ周到に練《ね》り上げられたものだ。

だが誓文たるもの、天神地祇《てんじんちぎ》に誓い、加護を祈るのはこの身である。この魂である。

ふと、五箇条の後に続けた一文を思い出した。

この誓文の達成に率先《そっせん》して励む覚悟であるゆえ、万民《ばんみん》も協心、努力してほしい。

民草にそう呼びかけたのだ。

政《まつりごと》の何たるかはいまだよく弁《わきま》えられぬが、民に協心を請《こ》うなど、かつてなかったことだ。

いや、何もかもが異例なのや。あの幕府が瓦解《がかい》してしもうたのやから。

すみやかに諾《だく》を出した。

東に下ろう。

蹄の音が高くなった。濠《ほり》にかかる板橋に差し掛かったようだ。

城の巨大な石垣が間近に迫り、その隙間《すきま》から草木が生《は》えているのが見えた。ここも荒れている。が、白い水鳥が行き交い、水の淀みは感じられない。

目を上げると、初冬の空が晴れ渡っていた。風が雲を掃き寄せたのか、どこまでも澄んだ蒼《あお》である。石垣に枝を下ろす木々の枝は雄々《おお》しく、この季節にも深い緑を滴《したた》らせ、濠の水面《みなも》を冴《さ》え返らせる。

供奉の者に促《うなが》されて少し顔を動かし、かなたを見晴《みは》るかした。

濠の向こうに開けた土地があり、松樹の緑が点々と見える。その足許《あしもと》に人々がいた。途方もない人数だ。幾万いるだろうか。手を合わせ、伏し拝《おが》み、柏手《かしわで》を打っているのがわかった。

この者らを、守らねばならぬのだな。

そう思って前を見た。

明治元年（一八六八）十月十三日、天皇は東京に入り、二重橋《にじゅうばし》を渡った。その後、江戸城は皇城《こうじょう》と改称され、東京の皇居と定められる。

輦の中に坐している青年は数え十七歳、「幼冲《ようちゅう》の天子」と呼ばれる身であった。

# 第一章　特種《スクープ》

## 一

七月の陽射しが、容赦《ようしゃ》なく降り注いでくる。

今年の暑さは猛々しいほどで、今日も昼前には摂氏《せっし》三十四度を超えたらしい。

亮一《りょういち》は立ち止まって右手を後ろに回し、洋袴《ズボン》の腰に挟んでいた手拭《てぬぐ》いを摑《つか》んだ。額《ひたい》や鼻先から滴り落ちる汗を手荒に拭ってから、また小径《アプローチ》を歩き始める。

白御影《しろみかげ》の切石を畳んだそれは照り返しがひどく、脳天まで灼《や》かれそうだ。亮一は眩《まぶ》しさにたびたび目を細め、歩を進める。煎餅《せんべい》のごとく踵《かかと》が磨《す》り減った靴でも、足音だけはやけに響く。

小砂敷きの北側には躑躅《つつじ》の大刈込みが連《つら》なり、その奥には常磐木《ときわぎ》や公孫樹《いちょう》、楓《かえで》の大樹が枝々を伸ばしているのが見える。この広大なる洋館もご多分に洩《も》れず、元は大身《たいしん》の旗本屋敷であったらしい。

木下闇《このしたやみ》の涼しさを思いながらまた汗を拭い、舌打ちをした。

夏背広の袖《そで》が一寸がとこ短いので、手首が無様《ぶざま》に突き出しているのだ。何年か前、横浜《よこはま》で誂《あつら》えたこの上下は季節の一張羅《いっちょうら》だが、当時一緒に住んでいた女がいかなる洗い方をしたものか、袖と裾《すそ》が見事に縮《ちぢ》んでしまった。ゆえに股座《またぐら》まで暑い。

あの女はさて、何という名だったろうと、亮一は訝《いぶか》しむ。おこうか、みよか、いや、酒癖の悪い勝子《かつこ》だったか。

玄関ポーチに辿《たど》り着くと、やっと日蔭を得た。パナマ帽をいったん脱いで短髪の頭を丸ごと拭い、帽子を被《かぶ》り直してから呼鈴《よびりん》を押す。

観音《かんのん》開きの厚い木扉には額縁が深く刻まれ、上半分は色硝子《いろガラス》の嵌《は》め込み、下半分の木部には菖蒲《しょうぶ》や桔梗《ききょう》、梅の類《たぐい》が彫刻《レリーフ》されている。洋館といえども大工や建具屋は皆、日本人であるので、こういった文様となれば古い情緒が呼び戻されるらしい。

やけに待たせやがる。

呼鈴を再び押すと、片側だけが鈍《にぶ》い音を立てて動いた。姿を現したのは白襯衣《シャツ》に飛《とび》絣《がすり》の筒袖、小倉袴《こくらばかま》をつけた、見るからに書生らしき若者である。

亮一は上着の内隠《ポケット》から名刺を取り出して、相手の鼻先に吊るすようにして見せた。

「東都《とうと》タイムスの瀬尾《せお》だ。男爵《だんしゃく》夫人に取り次ぎを願いたい」

若者は名刺に目を凝《こ》らし、亮一を見上げた。額から頬《ほお》にかけて、この年頃特有の面皰《にきび》が並んでいる。

「東都タイムスとおっしゃいますと、新聞記者さんですか」

「そうだ」

「閣下やのうて、奥様にご面会ですやろうか。お約束は」

耳慣れない故郷訛《くになま》りで訊《き》き返してきた。用心深い目つきで、亮一の爪先《つまさき》から頭にまで視線を這《は》わせている。

「夫人は先刻、ご承知の用向きだ。いいから取り次ぎたまえ。それとも、玄関先で用件を口にした方がいいのかな。かような無作法を働いて君が後で叱責されても、僕は責任を取りかねるぞ」

雑魚《ざこ》相手に凄《すご》んでみせても労力の無駄であるので、軽口めいた口調を遣《つか》って見下ろした。若者は「はっ」と辞儀をしながら半身を引き、扉の中に片足を戻す。と、再び顔と肩だけを外へ突き出した。

「あの、お名刺をお預かりしてもよろしゅうございますかの」

それはまだ亮一の掌《て》の中にあったが、目の前でひらりと上着の内隠に戻す。

「それは御免蒙《こうむ》りたいね。新聞記者を騙《かた》って悪事を働くってぇ事件が多いの、君も知ってるだろう。醜聞《しゆうぶん》を種にして強請《ゆすり》を働く」

「存じてます。羽織《はおり》ゴロって奴ですろう」

「残念ながら、その見解は半分は正しく、半分は誤りだ。羽織ゴロってのは腐っちゃいるが、記者ではあるんでね。まあ、日露《にちろ》戦争辺りまでは、新聞屋の中にもそんな不《ふ》逞《てい》の輩《やから》がいたってことだ。社会の木鐸《ぼくたく》たる新聞社の記者が羽織ゴロなる名称を奉《たてまつ》られるとは、今じゃあ信じられないことだがね。昔はそんなこともあった、それは率直に認めよう」

亮一は面皰を見ながら、畳み込む。

「いや、僕が案ずるのはこの小さな紙片がひとたび人手に渡ったらば、独り歩きしちまうってことさ。君、知らないかい。去年、記者の名刺を拾った奴が鳥打帽《とりうちぼう》を被って、官邸の記者倶楽部にまんまと忍び込んだ事件があっただろう。帳面と鉛筆を手にして、不平等条約改正の行末や如何《いか》にと大臣に質問したってんだから驚かされる。まあ、それからは各社も規則を厳しくしてだね、名刺を迂闊《うかつ》に渡さない主義を取ってるわけだ。近頃は名刺を専門に買い取る業者もいるんでね。詐欺《さぎ》行為に使われたりしたら、かなわない」

「そんな悪事、私は働きやしません」

若者は両眉《まゆ》を下げて狼狽《うろた》え、額を爪《つめ》で掻《か》いた。面麭の先端が潰《つぶ》れ、赤い汁がぷちりと噴《ふ》き出す。

「むろん、君を疑ってるわけじゃない。君が真面目《まじめ》な男であることは、こうして対面するだけで充分に知れる。こう見えても筆一本で渡世してきた身だ、金持ちじゃないが人を見る目だけはある。ちなみに、書生は何人いる？」

「私一人です」

「一人きりかい。そりゃあ、なかなか厳しいだろう。書生は奉公人とかわらぬ雑用が多いから、昼間はなかなか学問に身を入れる暇がない。夜は眠気との戦いだな。お察しするよ」

若者は「ええ」と二度頷《うなず》いて、目瞬《まばた》きをした。「あのう」と首を突き出す。

「東都タイムスの」

「瀬尾だ。瀬戸際の瀬に、虎の尾の尾」

瀬戸際が気に入ったのか、面麭面《づら》の頰をようやく緩《ゆる》めた。

「瀬尾様ですね。しばしお待ちを」

身を翻《ひるがえ》しかけ、ふと思いついたように玄関の扉を大きく引いた。

「ここでは何ですから、中でお待ちください」

「お気遣い、痛み入る。日野《ひの》男爵はいい書生さんをお抱えだ」

亮一はパナマを少し持ち上げて見せ、薄暗い中へと身を入れた。

二

猫足の椅子《いす》に深く腰を下ろして、応接室の中を見回した。

この部屋に招き入れられるまで、さほど手数は掛からなかった。家令は今、留守にしているとかで、代わりに奥の女執事が玄関ホールに現れた。

「お名刺を拝見」

素直に渡すと、女執事はしばらく掌の中を見てから確認した。

「奥様とお約束があると書生におっしゃったのは、まことですか」

「本当ですよ。今日、七月十九日、午後二時に取材に伺《うかが》うことはご快諾をいただいています」

懐中時計をまさぐりそうになって手を止めた。あれは十日ほど前、質《しち》に入れたのだったが、いまだについ癖が出る。

「取材のお申し込みは郵便で、それともお電話で」
十四、五年前は政府要人や貴顕《きけん》の邸宅にしか引かれていなかったらしい電話は日露戦争後に一般にも普及し、今や、役所や銀行、新聞社にはなくてはならぬ物になっている。とはいえ、いまだに混線が多く、社主の武藤《むとう》などは受話器に向かってしじゅう「貴様は誰だ」と怒鳴《どな》っているのだが。
「電話です。奥様の西洋料理が、社交界で大変評判でしてね」

「西洋料理、ですか」

女執事は不審げに眉根を寄せた。

「その取材を、あなたがなさるの」

「はい、と申せば正しくないな。僕はいわばピンチヒッターです。元はといえば当社の女記者が取材を是非にとお願いしたんですが、肝心《かんじん》のその彼女が夏風邪でダウンしてしまったんですよ。伊東《いとう》という者ですが、奥様から聞いておられませんか？　そうですか、おかしいな。いや、それはともかくとして、僕はかねがね西洋料理に浅からぬ関心を持っておりましてね。喜んで代打を引き受けたというわけです。今の読者は口が肥《こ》えていますからね、紳士諸兄も家庭欄《らん》にまで目を通しておられるのですよ。僕もこう見えて、朝はカフェオレにトーストです」

「あら、うちの奥様とお嬢様もそうですのよ。お后様《きさき》がかようになさっておられるので、その風儀《ならわし》をお慕いいたしましてね」

「トーストは焼き立てに限ります。バタをたっぷり塗って」

女執事は相伴《しょうばん》に与《あずか》ったことがないのか、曖昧《あいまい》な笑みを泛《うか》べた。

「ホールで立ち話も何でございますから、どうぞお入りになって」

小腰を屈《かが》めて廊下を進み、応接室へと案内したのである。

ここはざっと見積もって二十畳ほどしかないので、奥の私的な交際客をもてなす部屋なのだろう。近頃の上流婦人は盛んに出歩いて、互いの家を訪問し合う。

亮一が腰を下ろしている椅子の前には白いリンネルでおおった卓《テーブル》と、さらに二脚の椅子が並んでいる。その背後の壁に向かってピアノが置いてあり、錦織《にしきおり》の厚布が掛かった洋箪笥《ようだんす》の上には西洋人形が付いた時計や銀製の果物皿が並べ立てられている。

壁紙は流水文様と秋草を織り出した金唐紙《きんからかみ》で、重厚な樫《オーク》の腰板にはやはり額縁付きの草花彫刻だ。

貴族の住居は窓が矢鱈《やたら》と多く大きいものだが、ここも同様である。亮一の背後、そして部屋の正面奥に当たる箇所にも大きな出窓が穿《うが》たれており、深紅《しんく》の厚布と薄物が脇に寄せて吊るされている。この布の長さだけでも、いかに天井の高い館であるかがわかる。

扉をノックする音がして、椅子の背凭《せもた》れに預けていた半身を素早く起こした。居ずまいを正している最中に入って来たのは、盆を捧げ持った女中だ。銘仙《めいせん》の着物に西洋式の白い前掛けをつけている。

卓の上に供された紅茶茶碗には百合《ゆり》の文様が描かれ、雄蕊《ゆうずい》の先端には金泥《きんでい》が点々と施《ほどこ》されていた。

三

混雑している市電に乗るのも面倒で、通りで俥《くるま》を拾い、俥夫《しやふ》に「神田皆川町《かんだみながわちょう》」と言いつけた。

今、何時だろうと亮一は懐《ふところ》からまた時計を出しそうになって苦笑いを零《こぼ》す。空《から》の掌を眺め直し、あんな安物、いっそ流してやろうと決めた。銀座《ぎんざ》の服部《はっとり》に出向けば滅多と狂わぬ、磨《みが》き甲斐《がい》のある銀時計が難なく手に入る。それくらいを己に奢《おご》り、手下の探索《たんさく》や女記者に分け前を弾《はず》んでやっても、まだ八十圓《えん》は手許《てもと》に残る勘定だ。

亮一の俸給は月に二十圓である。小学校の教員や巡査よりは幾分か高給であろうが、下手をすれば大工の方が羽振りがいい。とくに官民による洋館建設が続く東京では、大工の手取りは全国平均の倍もある。

日野男爵夫人は下膨《しもぶく》れの顔に一重瞼《ひとえまぶた》のおっとりとした顔立ちで、向かいの椅子に坐《すわ》るなり優雅に会釈《えしやく》を返した。

探索の調べによれば二十歳《はたち》をまだ幾つも過ぎていないらしいが想像に反して洋装ではなく、紅藤色地に薄墨の真鯉《まごい》が泳ぐ薄物を着こなしている。帯留はたぶん翡翠《ひすい》と呼ぶ貴石なのだろう、巾《はば》が一寸半はある舟形だ。右手の指には金剛石《こんごうせき》を周囲に鏤《ちりば》めた赤石が一つ、左手にも金銀二本を薬指に重ねてつけている。

女執事から受け取ったらしい亮一の名刺を卓の上に置きながら、夫人はふっくらと小さな唇を開いた。

「私などで本当におよろしいのかしら。西洋料理はさほど得意ではないと、女記者さんにもお電話でお伝えしたんですのよ。仔牛《こうし》のシチウとプッジングくらいしか作れませんわ」

「充分ですよ。それに、記事はもう大方できております」

亮一は背広の内隠《ポケット》から四つ折りにした原稿を出して、開いた。夫人によく見えるよう、卓の上にすいと差し出す。

夫人は原稿の見出しに視線を落とした途端、白目を剝《む》いて咽喉《のど》を見せた。実際に気が遠くなったわけではないだろうが、社交界では欧風の失神とやらが貴婦人の証《あかし》であるらしい。まして日野夫人は元は、神楽坂《かぐらざか》の雛妓《おしやく》である。一瞬の仕種《しぐさ》もなかなかどうして、さまになっている。

「奥様」

ピアノの前で控えていた女執事が小さく叫びながら駆け寄り、夫人の肩を抱くように支えた。同時に、原稿にも素早く目を走らせる。

「日野男爵の御令嬢、御見合前にとんだ火遊び。何ですか、この汚らわしい一文は。あなた、西洋料理の取材にいらしたんじゃなかったの」

嚙《か》みつくように睨《にら》んできた。首の詰まった濃紺《のうこん》の洋装で、長い裾は足首の短靴《たんぐつ》まで届いている。

「むろん、今日の訪問は取材が目的です。ただ、先日、僕の同僚がこの原稿を躍起になって書いているのを見かけましてね。しかも、御令嬢の庸子《ようこ》さんの縁談はもう決まったも同然というじゃありませんか。その前に醜聞が出るのは、いささかお気の毒だ。その同僚には以前、特種《とくだね》を譲ってやった貸しがあったもので、こんな記事はいかんと説きつけて僕が奪ってきたような次第です」

「火遊びだなんて、出鱈目《でたらめ》にも程がございますよ。うちのお嬢様はそれは内気でいらして、離宮の観桜会《かんおうかい》にもなかなかお出ましになれませんのに、殿方とそんな、滅相もない」

「出鱈目と言われちゃあ、困っちまうな。仮にもうちは東都タイムスですよ。根も葉もない種で記事を書く三流の新聞屋と一緒にされちゃあ、形無《かたな》しだ」

「タイムスさんであっても、この記事は事実無根です。調べてくだされすぐにわかることとです」

やはりと言おうか、否《いな》、狙《ねら》い通りと言うべきだろう。女執事は「東都タイムス」そのものを承知していない。英語が持つ語感に、知的で高邁《こうまい》そうな匂いを嗅《か》ぎ取っているだけだ。

「記事をご覧になればご納得いただけると思いますがね。では、少し披露して進ぜましょうか。……我が社が摑んだ火遊びの発端は去る二月某日、学習院女学部における授業参観の帰り道に、あろうことか池之端仲町《いけのはたなかちょう》の料理茶屋にお忍び。二時間ほどして男が先に、しばらく時を置いて庸子嬢が茶屋を出て来られた。この際の男がかくも破廉恥漢《はれんちかん》であるとは我輩も露知らず、その顔《かんばせ》のみを己の目に焼きつけておきしものだが、庸子嬢は次は大胆にも上野の桜の下で件《くだん》の男との逢瀬《おうせ》を決行せられ、我輩は不穏な醜聞の臭いを嗅いだのである。案の定、その後、二人が料理茶屋の二階で淫蕩《いんとう》に耽《ふけ》ること三度《みたび》に及び、庸子嬢は御高祖頭巾《おこそずきん》ならぬ黒ヴェールを頭から被るという扮装ぶりだ。恋に邁進されたる令嬢の変装上手には取材が生業《なりわい》の我輩もただただ感じ入り、敬意を表して帽子《シャッポ》を脱ぐに至れり」

そこで亮一は顔を上げ、正面に坐る夫人に目を据《す》えた。

「三日前でしたか。日本橋《にほんばし》の三越《みつこし》で買物をされたその後も、お供を先に帰して池之端に向かわれましたね。入ったのは、いつもの蓮見《はすみ》茶屋だ」

女執事は口の中で「日本橋でお買物」と鸚鵡《おうむ》返《がえ》しに言い、はたと夫人を見返した。

醜聞の真の主役に、ようやく気づいたようだった。

「まだ続けますか」

訊《たず》ねた相手はもう失神していなかった。宝石で彩《いろど》った両手を膝《ひざ》の上で握り締《し》め、凝然《ぎょうぜん》と原稿を見つめている。

三十も歳の離れた男爵の後添えに入ったこの夫人は花柳界《かりゅうかい》出の社交術を発揮し

て、伯爵《はくしゃく》、子爵《ししゃく》夫人らが交際する茶会に喰い込んだ。そして金に糸目をつけぬ贈物が功を奏してか、気難しい継娘《ままむすめ》の嫁け先《かたづ》を拾ったのだ。相手は鎌倉《かまくら》の門跡《もんぜき》寺院の子息である。縁が成れればまたも家格が上がると男爵は手放しの歓びようで、所有する鋳《い》物《もの》工場の会議で葉巻を手にしながら良縁を自慢した。

縁談がもたらされた娘ではなく当の夫人の手腕に興味を持ったのは、亮一が使っている探索である。年明け早々に夫人の動向を探《さぐ》り始め、今や連載が可能なほどの種を集めていた。原稿はむろん、亮一自身が書いたものだ。

男爵夫人は袂《たもと》からレェスつきの手巾《ハンケチ》を出し、小鼻の脇を押さえた。

「もう結構よ。沢山《たくさん》」

そして女執事に何やら小声で命じた。

「奥様、かような下臈《げろう》の言いなりになられるなど以《もっ》ての外《ほか》、御家《おいえ》のためになりません」

時代がかった言いようで諫《いさ》めているが、夫人は蒼褪《あおざ》めた顔を横に振る。

「後の始末は私が考えるから、ともかく持ってきてちょうだい。早く」

渋々と女執事が出て行った。夫人は細い息を吐き、また手巾を口許に当てる。

「こういうやり口、耳にしたことはあってよ。けれど、よもや当家がこんな目に遭《あ》うなんて、思いも寄らなかった」

　眉根を寄せたまま、夫人は横顔を見せた。窓の外の、緑の景色に眼差《まなざ》しを投げている。

　若きこの夫人は社交界でようやく己の立つ瀬を見つけて気が緩んだのか、それとも後妻に入って以来、年頃の近い継娘との悶着《もんちゃく》に神経をすり減らし過ぎたのか、縁談も仕上げに入った春先から男と密会するようになった。

　相手は夫人の幼馴染《おさななじ》みで、炭問屋の跡取りであったが放蕩《ほうとう》ゆえに廃嫡《はいちゃく》され、今は瓦斯《ガス》会社に勤めている。妻子の有無は不明だが、そこまで手数をかけて調べを入れる必要はなかった。こうして夫人が己の醜聞に気づくこと、それが継娘のそれとして世間に出るかもしれぬことさえ伝われば充分だ。

　むしろ夫人が独断で金子《きんす》を幾ら動かせるかが問題で、家によっては家長の許しがなくては一圓も融通《ゆうずう》できぬ妻女が少なくない。その場合は夫にも揺さぶりを掛けるのを亮一は専《もっぱ》らとしているが、日野男爵は陸軍に深く喰い込んで爵位を得た典型の人物であるから、下手に触ると牢屋《ろうや》行きである。記者稼業など、捕縛を恐れていては一寸も動けやしないのだが。

　やがて女執事が戻ってきて、小さな盆を卓に置いた。袱紗《ふくさ》を掛けてあるが夫人は中を検《あらた》めもせず、亮一の前に押しやった。

「これで無かったことにしてちょうだい。五百圓」

投げやりな言いように、「どうも」と短く返事をした。袱紗を少しだけめくり、十圓札の束を確かめた。札束だけを摑み取り、上着と洋袴《ズボン》の内隠《ポケット》に分けて押し込む。

立ち上がってから、低い声で夫人に告げた。

「高くついた火遊びだと悔いぬことです。掲載中止にかかる費用は莫大《ばくだい》ですからね、他の新聞ならこうはいかない。お嬢様に、そうお伝えください」

最後の念押しは皮肉が過ぎたか、夫人は横顔を見せたまま原稿を鷲摑《わしづか》みにし、手荒に丸めた。

「破落戸《ごろつき》」

紙玉を床に投げつけ、吐き捨てた。

その言葉を思い返しても、亮一は何の痛痒《つうよう》も感じない。原稿の買い取り料を巡って面倒な駆け引きを経ぬばかりか、此方《こちら》から金額を提示する手数もなく夫人は五百圓を出した。いや、出すことが可能であったと言うべきだろう。妻女がかくも易々《やすやす》と大金を動かせるとは、日野男爵家の金庫にはよほど金子が唸《うな》っていると見える。

お蔭をもって、何年ぶりかで息がつける。月末に決まって社を訪れ、俸給を根こそぎ持って行く借金取りの奴らとも綺麗さっぱりおさらばだ。

やっと瀬戸際から抜け出せる。

亮一は俥上で足を組んだ。

我知らず、「零《れい》だ」と呟《つぶや》いていた。

虚《うつ》ろであるがゆえに、すべての自由を抱《いだ》く零。

この数字を発見した印度《インド》人の、何と偉大なことか。

印度では日露戦争における日本の勝利に刺激を受け、英吉利《イギリス》からの独立運動が勃興《ぼっこう》したはずだった。白人による統治を有色人種が拒否し、立ち上がった。

が、その行方を亮一は知らない。毎日、貴族や財界人、女優らの消息を面白おかしく書き散らすのが稼業である。主要な大《おお》新聞に目を通すのは、埋草《うめくさ》にする種を探すことが目的だ。今、誰が権力を持ち、政治の要《かなめ》は何処《どこ》にあるのかはもちろん、有権者が何を求めているのかも知ったことじゃない。

亮一は顔を西方に向けた。帽子のつばを少し持ち上げると、広場越しに宮《きゅう》城《じょう》が見えた。

陽が西に向かって傾き、空には膨らみかけた白い三日月《みかづき》が姿を現している。

深い緑の土塁、そして豪壮な石垣が延々と続く。こうして距離をもって眺めても石組みの間隙《かんげき》は影が深く、角石《すみいし》の切れはどこまでも端厳である。

亮一はその景を目にするたび、天皇がおわす宮城がかつては江戸城の西丸御殿であったことを思い返す。

俥は、洋館が建ち並ぶ界隈《かいわい》を走り続ける。

旧幕時代に大名小路《だいみょうこうじ》と呼ばれたここは陸軍の兵営や練兵場が場を占めたが、後に移転、明治二十三年（一八九〇）に三菱《みつびし》に払い下げられた。当時は見渡す限りの荒地であったので「三菱ヶ原《みつびしがはら》」などと揶揄《やゆ》されたようだが、四年後には赤煉瓦《れんが》三階建てのビルディングが建てられた。まだ、亮一が上京する前のことである。今では十三号館までが建ち揃《そろ》い、「一丁倫敦《いっちょうロンドン》」などという異名を奉られている。

まさに、東洋随一の一等国にふさわしい。

幕末に結んだ不平等条約の改正に日本政府が成功したのは昨年、明治四十四年（一九一一）である。関税自主権を回復し、独立した国家としてようやく欧米諸国と対峙《たいじ》できるようになった。

欧米列強に比肩《ひけん》する日本、結構じゃないか。

亜細亜《アジア》の辺境にある小国が初めて近代化に成功した。いくつかの内乱と政府要人の暗殺、そして清国《しん》、露西亜《ロシア》との戦《いくさ》を経て。

西陽がかっと照り輝き、やけに眩しい。俳句では、これを「炎帝の威」と言うのだったろうか。

亮一は上を向いて、帽子を顔にのせた。

洗濯で縮んだ背広の袖を手探りで伸ばしながら、まずは極上の麻で新しい上下を誂《あつら》えようと決めた。

四

女中の案内で、店の二階に上がった。

靴足袋《くつたび》から親指が飛び出しているが、獣臭さが暖簾《のれん》に染みついたような桜鍋屋である。靴を脱ぐついでに裸足《はだし》になり、脱いだパナマ帽の中に放り込んだ。

広間には何列も七輪《しちりん》が並び、早や酔客で一杯だ。上着を脱ぎながら中を見回した。するると奥の窓際で、大きく手招きをする胡麻塩《ごましお》頭がある。

「旦那《だんな》、こっち、こっち」

探索の市蔵《いちぞう》はもうかなり呑《の》んでいるらしく、左右に飛び出すほど大きな頰骨の辺りを赤くしている。亮一は黙って頷き、鍋を盛んにつつき合う男らの尻と尻の間を奥へと進んだ。足の裏に奇妙な感触があって、何か妙な物を踏んづけてしまったらしいが、中途で立ち止まれるほどの隙間もない。

「繁盛だな」

腰を下ろしてから、再び広間を見渡した。ざっと七、八十人は入っているだろう。女中らはその合間を器用に動いて鍋や酒を運び、炭を足している。また汗が噴き出して、夏の夜にこんな店で待ち合わせたことを内心で悔いた。

市蔵はよく通る声で女中を呼んでから、「旦那は麦酒《ビール》でやしたね」とこっちに顔を向ける。

「恵比寿《ゑびす》？」

「ん」

「姐《ねえ》さん、こちらの旦那に恵比寿を願うよ。それから、ついでに銚子《ちょうし》も追加。あんたも面倒だろうから二、三本、いっぺんに運んで来な」

「はぁい」

女中は黄色い声で応《こた》え、市蔵ではなく亮一に愛想《あいそ》を振り向けた。

「ちっ、何でぇ。俺とはまるで応対が違うじゃねぇか」

市蔵は相も変わらず古びた唐桟縞《とうざんじま》の着物で、胡坐《あぐら》に組んだ脚からは浅葱色《あさぎいろ》の股引《ももひき》が覗《のぞ》いている。七輪にはもう鉄鍋が掛かっていて、脂《あぶら》混じりの熱を放つ。

「返事はいいがあの様子だと麦酒はしばらく来ねぇでしょうから、先に一杯やりやしょう」

市蔵は中に残っていたらしき滴《しずく》を鍋の中に空《あ》けてから、その盃《さかずき》を亮一に寄越した。銚子を傾けて盃の中を満たし、己は隣に坐る四人組の客の盆に湯呑《ゆのみ》が置いてあるのを黙って奪って手酌《てじやく》をする。

一瞬、斜め前の一人と目が合った。四人とも四十前後の年格好で、洋装なので勤め人であろう。亮一が気づかぬふりをすると、向こうもかかわってこない。

「僕が注《つ》ごう」

「さいですか。じゃあ、お言葉に甘えて」

市蔵は耳の後ろを掻きながら、湯呑を差し出す。酒を埋め、互いに額の前まで持ち上げた。

「乾杯」

この一言で「取材」の首尾が上々であったことが、市蔵には伝わる。鯰《なまず》のように左右が離れた目をにやりと下げて、市蔵は湯呑の縁に吸いついた。

亮一は傍《かたわ》らに丸めた上着から敷島《しきしま》を出して、一本を咥《くわ》えながら燐寸《マッチ》を擦《す》った。三服ほどつけてから、市蔵に報酬《ほうしゅう》を渡す。店に入る前に百圓を包み、さらに経費として五十圓を別に用意してあった。従来の取り分は亮一が八に市蔵が二であったが、男爵夫人が思いの外、弾んでくれたので少し色をつけたのである。

亮一がつきあいのある探索の中でも、市蔵は飛び切りの腕を持っている男だ。あまり上前《うわまえ》を撥《は》ねれば、他社に上種を持って行かれる。

「どうも」

畳の上に置いた包みの中を検めもせず、市蔵は片手で懐に仕舞った。

亮一が「取材相手」の前で金子の多寡《たか》を確かめぬのも、この市蔵の流儀に倣《なら》っている。市中をうろついて記事になりそうな種を拾っては適当な記者に売りつける探索稼業であるにもかかわらず、市蔵は金子の受け取り時には「どうも」の一言で済ませるのだ。理由は訊ねたことがないので不明のままである。

皿が届いて、市蔵が菜箸《さいばし》を手にした。先にぶつ切りの葱《ねぎ》を焼き、焦《こ》げ目をつけてから端に寄せ、馬肉を入れている。その上に味噌《みそ》ダレと割下《わりした》をかけ回した。音がして、たちまち甘辛い匂いが立つ。

「焼き過ぎると硬くなっちまいやすから、早々に」

生卵を割り入れた小鉢を渡されて、まだ血色を残している肉を口に入れた。思ったよりも、己が腹を減らせていたことに気がついた。

「旦那、妙な物をくっつけておいでで」

市蔵が箸を持ったまま首を傾《かし》げた。見れば、白滝《しらたき》の一本が裸足の土踏まずにくっついている。

「アシがつかねぇように、気をつけてくだせぇよ」

下手な洒落《しゃれ》を口にして、市蔵は笑いながら亮一を見た。

市蔵の眼は右がひどい斜視で、初対面の折には何やら得体の知れなさを感じたものだ。今でこそ「旦那」などと持ち上げるが、仕事の組み始めは青二才扱いも露《あら》わだった。唇の下までぬらぬらと卵汁を滴らせて喰い、呑み、鍋に肉を足していく。

麦酒が届いたので酌をされ、こちらもまた銚子を持ち上げた。

「や、これはどうも」

左眼だけを亮一に合わせ、湯呑で受ける。

「瀬尾さんは、いくつにおなりで」

「二十七だ」

「もう、そんなになられやすか。所帯はまだ持っておられねぇんでしたか」

「珍しい質問だな、市さんにしては」

互いの私《し》の領域には踏み込まない、あくまでも記者と探索という仕事だけの間柄を続けてきた。口の軽い者は他社の記者に喋《しゃべ》る可能性があったし、そもそも市蔵以外の探索とはこうして酒を酌《く》み交わすこともしない。

市蔵とは亮一が東都タイムスに移る前の、萬朝報《よろずちょうほう》に勤めていた頃からのつきあいである。かれこれ五年になる。

「おっと、葱が焦げ過ぎだ」

鍋の中に構いながら、どこを見ているとも知れぬ右目が隣を向く。

本人は一切《いっさい》、口にしないが、安政《あんせい》年間生まれの市蔵はどうやら旧幕臣の士族であるらしい。いつだったか、市蔵より一回りほど若い探索がそんな話をしたことがあったのだ。

――市蔵爺《じい》さんの親父《おやじ》さんってのが、慣れぬ商《あきな》いに手を染めては失敗を繰《く》り返した口らしいですぜ。瓦解後、そりゃあ多くの直参《じきさん》が行き暮れて、娘は酌婦、倅《せがれ》は新聞屋に鞍替《くらが》えでさ。今じゃあ大学出の記者も珍しくねぇが、明治も初めの頃は元幕臣ってぇとよほどの切れ者か伝手《つて》がある者でなけりゃあ、官吏《かんり》の口にありつけなかったんでしょ。

新聞草創期の頃の記者は喰い詰めた旧幕臣が多かったと、亮一も耳にしたことがある。

当初は漢文調の論説を専らとしていたので、東京で創刊した東京日日《にちにち》新聞や朝野《ちようや》新聞、郵便報知《ゆうびんほうち》新聞、東京曙《あけぼの》新聞は「大新聞」と呼ばれた。官吏や知識階級を読者としていたからだ。

一方、振り仮名や挿絵《さしえ》をふんだんに用いた「小《こ》新聞」は庶民を読者として、記者は戯作者《げさくしや》上がりの者が中心であったらしい。平易な文章で身近な事件や艶種《つやだね》を掲載して購読料も安価であったため、讀賣《よみうり》新聞を皮切りに仮名読《かなよみ》新聞、平仮名絵入《ひらがなえいり》新聞などが毎年のように創刊された。

新聞が何たるかもわからない時分に雨後の筍《たけのこ》のごとく新聞社が生まれ、消えたのである。今は幾多の離合集散を経て、かつては大阪の小新聞であった朝日《あさひ》新聞、そして亮一が二年前まで勤めていた萬朝報が読者数日本一を巡って鎬《しのぎ》を削っている。

市蔵も元は大小各社を渡り歩いた記者だという噂だったが、政府に批判的な記事を書いて投獄され士族の身分を除《じよ》された、いや、酒でしくじって馘《くび》になったのだと噂する同業者もいた。

――とどのつまり、市蔵爺さんは羽織ゴロの成れの果てですよ。まあ、徳富蘇峰《とくとみそほう》先生の如《ごと》き大出世はほんの一握りの、そのまた稀有《けう》な例でしてね。古参記者の末路などそりゃあ哀れなものですから、爺さんはまだ潰しが利《き》いている方かもしれませんがね。

「で。瀬尾さん、所帯は持たねぇんですかい」

市蔵がまた訊ねた。聞こえぬふりをしてとぼけようかと思ったが、つい、出会った頃の物言いで答えていた。

「妻帯など、考えたこともありませんね」

亮一はその時々の女となるようになり、ならぬようになれば別れてきた。

「何年前になるかな。朗々と白樺《しらかば》派の小説を朗読する女と交際したことがあったんですよ。断髪でね、颯爽《さっそう》と歩く女だった。だが互いの部屋を行き来するうち、僕の帰りを待つようになったんです」

「それが、いけねぇんですか」

「書物の一冊も手にせず、女房面をして細々《こまごま》と尽くすんだ。ああいう、進んだ女が糠《ぬか》味噌《みそ》臭くなるさまを見せつけられるのは堪《たま》りません。女を堕落《だらく》させたような気になる」

市蔵が麦酒を手にして酌をしてくれる。

「色男の言いそうなこった。あたしみたいな面相に生まれついたらば、糠味噌だろうが醤油だろうが選《え》り好みはしやせんぜ。いずれも有難《ありがて》ぇ菩薩《ぼさつ》様だ」

「そこいらで勘弁してください」と制し、麦酒を呷《あお》る。

「僕には、情《じょう》なるものが足りんのでしょう。それは自覚している」

「まあ、長年、探索などやってると、女なる生きものとは一緒に暮らさぬが賢明だって、思い知らされやすがね。ですが身を固めろと、故郷《くに》がせっついてきなさるでしょう。あなたは確か、肥前《ひぜん》の生まれでしたな」

「市さん、今日はどうしました。僕の身上調査など、一銭の値打ちもありはしませんよ」

「いや、これはご無礼を。ああ、鍋が煮詰まっちまった。姐さん、水をおくんな。そう、水だ。ついでに、これもな」

市蔵は空になった銚子を掲げて、横に振った。問いをすんなりと引っ込められて、亮一は胡坐を組み直した。

「そう、生まれは肥前佐賀で、高等学校は熊本でした」

「じゃあ、大学からこっちに？　帝大でしょ」

「卒業はしてませんがね」

東京帝国大学文科大学文学科を志《こころざ》したのは明治三十七年（一九〇四）、十九の年だった。その前年から日本じゅうが戦争熱で沸《わ》き、田舎《いなか》の高等学校生も無闇な万能感を抱いたのである。日露戦争は軍需による大景気をもたらし、国民は戦況の逐一《ちくいち》に熱狂した。

開戦前、新聞は主戦派と非戦派に分かれ、激しい論戦を展開したものだ。だが次第に非戦派が脱落、あるいは転向し、主要な大新聞がすべて主戦派となったところで、ちょうど開戦の火蓋《ひぶた》が切られた。各社はこぞって従軍記者を現地に送り、新たな無線電信を駆使して空前の号外合戦を繰り広げた。が、内容は厳しい検閲《けんえつ》と規制を受け、戦況の詳報というよりも軍事美談に終始した。従来の錦絵に代わって写真を掲載し、派手な色刷りも登場した。

庶民はその物語性に煽《あお》られたのだと、亮一は思う。まるで、勧善懲悪の芝居を観《み》るがごとくの心持ちであったのではあるまいか。あの戦争を契機として新聞は格段に身近なものとなり、商業的に大きな飛躍を遂《と》げた。

しかし明治三十八年（一九〇五）のポーツマス条約締結によって戦後を迎えると、大した戦果を得られぬまま夫や我が子を喪《うしな》っただけであることに気づかされた。

真っ先にそれに反応したのは、亮一の同級生や先輩らだ。学生身分であるゆえ徴兵検査を免《まぬが》れた者らが逸早《いちはや》く「失望」と「憂鬱《ゆううつ》」を口にし、不機嫌な面持《おもも》ちで文芸雑誌を小脇に抱えることが学生の徽章《きしょう》のごとくになった。

亮一も同様に文学に耽溺《たんでき》し、大学の進級試験を放棄した。そして先輩に誘われるまま萬朝報に出入りし、二年も経《た》たぬうちに記者に取り立てられたのである。といっても、大した記事を書かせてもらえるわけではない。洋行帰りの文士を港で出迎え、その談話を取る程度の仕事だ。

瀬尾はなかなか使える。筆が立つ。

周囲にそう言われて、亮一は自負心を持った。小説よりも遥《はる》かに短い文章でありながら、数万という市民の目に触れるのだ。のめり込むように書いた。種はいくらでも探索が運んでくる。やがて、探索を巧《うま》く使う術《すべ》を身につけた。

故郷に帰った折には掲載紙を土産《みやげ》にした。が、父はそれに目を通しもせず、いきなり拳《こぶし》を振り上げた。

「新聞屋なんぞになりおってと、激怒しましてね。あんな田舎でも新聞を何紙も取り寄せるような人でしたが、倅がよもや記者風情《ふぜい》に身を落とすとは想像だにしなかったんでしょう。父とは昔から反《そ》りが合いませんでしたから揉《も》めた末、親類縁者が中に入ってもくれましたが、僕は廃嫡となりました。弟が家を継《つ》いでくれたので、今は気楽な身の上ですよ」

「なるほど。肥前の若者が帝大を出て官吏にならぬとは、お父上もさぞ落胆されやしたんでしょう。政府の主流はいまだ、薩長土肥《さっちょうどひ》ですからな」

市蔵は音を立てて白滝を啜《すす》った。

亮一の生まれた家は旧幕時代、肥前鹿島《かしま》藩の藩士であった。佐賀本藩は公武合体派で佐幕に近かったが、当時、鹿島藩の若き藩主であった鍋島直彬《なべしまなおよし》公が藩論をくつがえし、後に新政府に参画する基盤を築いたのである。

その決断は新政府の世になっているからこそ大英断と讃《たた》えられるが、歯車が一つ噛み合わねばこちらが逆賊であったのだ。その違いは何処にあったのだろうと、東京に出てきてから考えたことがある。まだ学生であった頃のことだ。

旧幕時代など、もはや遠い過去だ。

ふと、今日の夕暮れ、俥上から見た宮城の姿が目に泛んだ。

あの江戸城に天皇が入ったのは、明治元年（一八六八）の旧暦十月ではなかったか。まだ四十四年しか経っていない。それとも、もはや四十四年と言うべきか。

「市さん」

「へぇ」

「市さんはご覧になったんですか、天皇の入城を」

市蔵は箸を持ったまま黙っている。いきなり妙なことを訊くと、己でも思った。

「深い意味はありません。今日、たまたま宮城の前を通りかかっただけで。聞き流してください」

空《す》きっ腹《ぱら》に入れた酒や麦酒が今頃、回ってきたのか。

「拝見しましたとも。あたしは上野で官軍に追われた口ですがね。あの日の光景だけは、忘れられやせん」

「上野。市さんは戊辰《ぼしん》戦争の体験者ですか」

市蔵は「あんなもの」と頬骨を歪《ゆが》めた。

「あんなもの、戦とは言いやせん。他はいざ知らず、上野での幕軍はちまちまと無駄な抵抗をしただけでさ」

すると隣で盛んに話していた四人組が、揃って口を噤《つぐ》んだ。見れば、咎《とが》めるような眼差しを寄越してくる。自嘲《じちょう》めいた苦笑もあって、元は幕臣か佐幕派の家の生まれかもしれないと察した。

今の東京には、ひと頃の戦争景気に惹《ひ》かれて諸国の者が流入している。一見だけでは故郷も判別できないが、東京で生まれ育った者は今も密《ひそ》かに徳川贔屓《とくがわびいき》で、薩長嫌いが多い。

だが、市蔵は周囲に一瞥《いちべつ》もくれない。

「瀬尾さん、あたしは事実を述べてるだけですぜ」

「わかっている」

「官軍のあの銃弾の下を掻い潜《くぐ》ってみなせえ。もう二度と負ける側は御免だと思いやしたね。あの時、あたしは十五でしたが、膝頭《ひざがしら》と背骨がガチガチと音がするほど震えちまって、一寸も動けねぇんですから」

隣の誰かが片膝を立てた。

「諸君、新橋《しんばし》で呑み直そうじゃないか。いい店がある」

「聞き捨てにするのか。無駄な抵抗だったと吐《ぬ》かしたのだぞ」

「爺さんのたわ言だ。時代はもはや二十世紀だぞ。今さら、上野の戦がどうのと目くじらを立てるのも滑稽《こっけい》だろう」

「賛成だね。ここで長居しておっては襯衣《シャツ》まで脂臭くなる。また細君に小言を喰らうのは、かなわん」

女中に勘定を言いつけている。

「有難うございます。お勘定は下の帳場で承《うけたまわ》りますぅ」

語尾を妙に伸ばしながら、銚子を運んで来た女中は「お待たせしました」と市蔵の脇に盆ごと置いた。

「馬の肉は脂臭くなんぞならねぇよ。牛鍋と一緒にするんじゃねえ、半可通《はんかつう》が」

市蔵は初めて四人を見上げたが、彼らはもう相手をする気はないらしく、振り向きもしないで広間を引き上げて行く。

さすがの市さんもやはり耄碌《もうろく》したかと、亮一は敷島に火をつけた。益体《やくたい》もない話と酒、そして喰い物にだけ頓着《とんちゃく》している。

「ところで、瀬尾さん」

「何だ」

「あたしは今月限りで、探索を退《ひ》くことにしやしてね。こうして差し向かいで呑ませてもらうのも、これが最後でさ」

「何を言い出すんだ。引退なんぞ困るよ」

市蔵の探索の腕は貴重だ。昨日今日、始めた記者崩れとでは、使いでが違う。

「有難い仰《おお》せですが、もう決めたことです」

市蔵は正坐に直って、脚の上に両の掌を置いた。

「翻意《ほんい》はできないか」

「できやせん」

「やめてどうする。食べていけるのか」

「それはあたしの問題。お気遣いは無用に願いましょう」

口調は断固としている。

「そうか」

「はい」

それで身の上をあれこれと問うてきたのだろうかと、思い当たった。

「世話になりました」

気がつけば、頭を下げていた。

「探索相手にそんな真似《まね》はいけやせん。記者たるもの、もっと堂々としていなくっちゃ」

出会った頃、亮一に向かってよく口にした言葉だ。

今日は何なんだろう。本当の零になっちまう日だったか。

頭の隅《すみ》でそんなことを考えた。己も足を洗いたくなる。

「最後に、まあ、これはすでに摑んでおられることかもしれやせんが、お耳に入れておきたい」

市蔵は身を乗り出して、口許に掌を立てた。

「もう少し、近づいておくんなせぇ」

言われるままに顔の片側を寄せると、生臭い息をかけられた。

「陛下の御容体《ようだい》がいよいよ、いけないようです」

市蔵を見返した。

「陛下……天皇陛下か」

「いかにも。御重体の由《よし》」

ごくりと生唾《なまつば》を呑み下す。

「そんな特種をどこで」

すると市蔵は「あいにく、特種じゃあありやせん」と頭《かぶり》を振った。

「明日、官報で発表されるもようです。どの社に抜かれても、宮内省が黙っちゃいやせんからね」

それでも、身の裡《うち》から噴くように何かが滾《たぎ》った。上着と帽子を鷲摑みにし、膝を立てる。

「瀬尾さん、よしなせぇ。今からじゃ間に合いっこありやせんよ。おたくにあるのは、旧式の輪転機が二台こっきりだ」

「半ビラでもいい。号外を出す」

市蔵は腕を組んで、亮一を見上げた。

「武藤さんがうんと言わねぇでしょうな。宮内省、いや、政府の不興を買ったら、社が潰れかねやせんよ」

武藤笙月《しょうげつ》は東都タイムスの社主、そして主筆である。かつては大新聞の記者で、市蔵ともつきあいが古い。

「あの人は三流新聞の長にふさわしい破落戸だが、己の分《ぶん》は心得ている。東都タイムスがたとえ官報に先んじても、誰もまともに取り合わねぇってこともご承知だ」

市蔵を睨みつけた。声を抑えられない。

「なぜだ。じゃあ、何で僕に教えた。書かせるためじゃないのか」

この目はいつも、どこを見ているかがわからない。

「それとも、僕を下等記者だと思い知らせてくれたのか。現役最後の置土産に」

「さぁてね。あたしも判然としないんでさ。あんたの顔を見てたら、喋りたくなっちまった。いや、今夜は馳走《ちそう》になりやした」

市蔵は畳に手をついて立ち上がった。

「お先に失礼しますよ」

それだけを告げ、広間じゅうの客が注視する中を千鳥足《ちどりあし》で行く。

盆を胸に抱えたまま市蔵の後ろ姿を見ている女中に、亮一は「おい」と声を掛けた。

「俥を呼んでくれ。今すぐだ」

懐から適当に紙幣を出して放り投げ、駆け出していた。

書いてやる。何としてでも、この特種《スクープ》をモノにする。

胸の中でそう喚《わめ》きながら市蔵を追い越し、階段を駆け下りた。

# 第二章　異例の夏

一

俥に揺られながら、亮一は苛々《いらいら》と足踏みをしていた。

聖上陛下、御重体。

その大見出しが黒々と頭の中で鳴り響く。

「急げ、急いでくれ」

俥夫の背に何度も命じ、俥はようやく木挽町《こびきちょう》に入った。

国民《こくみん》や東京朝日、讀賣に毎日《まいにち》など、帝都の主だった新聞社のほとんどは京橋《きょうばし》から新橋にかけての界隈に集まっている。そこはちょうど外濠と京橋川、三十間堀川《さんじっけんぼりがわ》、汐《しお》留川《どめがわ》、この四つの濠川に囲まれており、地図を眺めていた亮一は胃袋の形に似ていると思ったことがある。

社会のさまざまを、政治や経済だけでなく世の流行、映画や芝居の観客動員数までをも咀嚼《そしやく》し、吐き出し続けているのだ。

東都タイムスはその胃袋より下の、いわば幽門《ゆうもん》辺りに所在する。銀座からは「川向こう」と呼ばれる下町、木挽町七丁目だ。

三十間堀川沿いを俥はひた走り、ようやく見慣れた灯《ひ》が近づいてきた。細かな作業のために電球だけは奢っているので、東都タイムスの建物は夜闇《よやみ》で一箇所、煌々《こうこう》と光を放っている。岸沿いに植わった柳の緑葉までが照らし出され、路上に揺れる影を落とした。

元は材木商の持物であったこの二階建ては、一階の材木置場であった土間を製版部と印刷部が使用し、二階の住居の一部を洋間に改造して編集部が使っている。

「ここでいい」

堪《こら》え切れなくなって俥を停《と》めさせ、夜道に飛び降りた。赤い灯を目指して川沿いを駆ける。静けさの中で、東都タイムスの喧騒《けんそう》だけが近づいてくる。

新聞はどこの社でも翌朝の販売を目がけて作るので、校正刷りが上がるのは夜になる。活版印刷の活字を拾う文選工《ぶんせんこう》、その活字を原稿の指定に従って組む植字工、頁《ページ》ごとの組版にまとめて版面にインクをつけ、印刷する印刷工らが最も動くのも日が暮れてからで、記事の差し替えが多い日は木場《きば》の人足のように半裸になって立ち働く。印刷部の輪転機は途方もない熱を発するので、磨り硝子《ガラス》を嵌《は》めた一階の引戸はこんな時刻でも開け放されたままだ。職工の何人かが気づいて顔を上げたが、亮一は声を掛けぬまま二階への直階段を駆け上がった。

頼む、今夜だけはいてくれ。

記者は校正刷りを確認するために、編集を終えた後も社に詰めていなければならない。どの社もこれを夜番《よるばん》と言い慣《なら》わしている。正規の記者を四人しか抱えていない東都タイムスでは、社主兼主筆の武藤筐月を含めた皆が、ほぼ四日に一度の割合でその役割を受け持つ。

今日は武藤が夜番のはずだが、刷りが上がるまでは相応の待ち時間がある。武藤はその間、新橋の稲菊《いなぎく》という茶屋で時を潰すのだ。辨松《べんまつ》の仕出しを女将《おかみ》に取り寄せさせ、銚子を何本も空ける。

亮一は硝子に「編集部」と右から横書きにした扉の取手を握り、靴先でも蹴《け》りながら中に身を入れた。真鍮《しんちゆう》製の取手は台座の捩子《ねじ》が何本か外れたまま放置されていて、押しても引いても軸《じく》が浮く。何拍かを置いて扉自体がやっと付いてくるような、頼りない手応えだ。

武藤の席は、出入口から入って左手の洋間である。安い杉板を張った床の上には社の規模に不釣り合いな両袖付きの大机と、その背後には天井まで届く書棚を構えている。書物の重みで床板は傾《かし》いでおり、通路で鉛筆を落とそうものなら書棚の足許まで転がっていく。

亮一ら記者が使っているのは、通路の右手にある畳間だ。襖《ふすま》や障子《しょうじ》を取っ払った三間続きで、昔の私塾のように天神机《てんじんづくえ》を並べてある。亮一の席は最も西側の窓際だ。左右いずれの空間にも、武藤の姿はない。稲菊に向かって走る己の姿が泛んでまた汗が噴き出したが、大机の灰皿に築かれた吸殻の山から細い煙が立ち昇っていることに気がついた。

「武藤さん、いるんですか」

奥の応接室に飛び込むと、武藤は正面の洋椅子《ようい す》の上で胡坐を組んでいた。その傍らの椅子にはいつものごとく上着や手拭い、新聞、書籍が無雑作に積まれており、足許には靴と共に割箸《わりばし》や宣伝ビラが散らばっている。記者の給料の安さと応接室の汚さは、東京の零細新聞社の代名詞だ。

「瀬尾までどうした、騒々しい」

鼻の上に置いた眼鏡《めがね》越しに、武藤は細い目をすがめるようにして見上げた。

「どうあっても書かせていただきたい種があります」

ひと思いに告げたが武藤はそっけなく目を逸《そ》らし、低い卓の上に屈み込むようにした。

「何年、記者をやってる。今は校正中だ。黙ってろ」

卓の上にも書類や雑誌が山と積まれ、灰皿に置いた煙草《たばこ》の火がいつ移っても不思議ではない無秩序ぶりだ。それらを武藤は腕で掃き寄せるようにして場を空け、校正刷りに目を通す。対面する長椅子には源次《げんじ》が坐っている。長年、武藤の下で働いてきた文選工で、一階のすべての職人を取り仕切っている古株だ。

そして東都タイムスでは唯一人の女記者、伊東響子《きようこ》も並んで坐していた。いつもながら地味な縦縞の銘仙に、江戸鼠《えどねず》の夏羽織だ。夜番でもない響子が何ゆえ残っているのか疑念が差したが、亮一は武藤の前に進む。

「特種なんです」

「今日は特種の大安売りか。どこの夜店で仕込んできやがった」

武藤は顔を上げもせずに、煙草に火をつけた。思わず背後の響子を見返す。小癪《こしやく》なほど落ち着いた、怜悧《れいり》な面持ちだ。

伊東も摑んでいたのか。

いやと、即座に打ち消した。

大新聞では、女記者の筆による記事も増えている。が、ほとんどは家庭欄や文芸欄の埋草《うめくさ》原稿だ。新聞屋のそもそもは二本差しが多かった世界であり、女の出る幕じゃないという男尊女卑の気風がいまだに根強い。そのため、女記者が市蔵のような探索を使いこなすのは至極《しごく》、困難だ。

ましてて東都タイムスは記者倶楽部にも出入りできない、三流以下の大衆紙である。

社交界の醜聞と読者の身上相談、あとはほとんどが他社記事の受け売りで紙面を構成し、定期読者も販売店も持たない。臨時雇いの売り子を常に何人か抱え、苦学の学生から俥夫上がりまでいろんな人間がいるのだが、彼らに「号外」と称して振り売りさせるのだ。通勤の市電の中、あるいは汽車で弁当を喰いながら斜め読みされ、新香《しんこ》臭い竹皮をくるんで捨てられるのが専らである。むろん読者から身上相談など届いた例《ためし》がなく、亮一ら記者が持ち回りで自作している。

主な収入源は大新聞同様、広告だ。だが東都タイムスの場合、中小会社の経営者を狙って取材を申し込み、その談話を立志伝に仕立てる。その抱き合わせで広告を取るのが表の稼《かせ》ぎだ。

響子は亮一の思考を読んだかのように目を合わせてきた。微《かす》かに顔を横に振ってから、「ともかく坐れ」とばかりに顎をしゃくる。

武藤の鼻孔から二本の煙が立ち昇る。灰が落ちて膝や床を汚しても、目は文字を追い続ける。

武藤笙月は、元は東京曙新聞の名物記者であった。だが掛け合いで失敗して、社を追放された身である。それは別段、珍しい経歴ではない。要は出世争いに敗れて弾《はじ》き出されただけのことで、武藤は同じ憂《う》き目に遭った仲間らと新たな新聞を創刊した。その後、合併や解散、社名変更を繰り返し、今の身分が東都タイムスの社主、そして主筆だ。

——世が世なら、俺こそが池邊《いけべ》三山《さんざん》の跡を襲っていたんだがね。

武藤は初対面の者に名刺を渡しながら必ずそれを口に出すが、三山を知る者は誰も本気にしない。

池邊三山といえば、真の大記者と尊崇を集める人物だ。大阪朝日、東京朝日の主筆を歴任し、三宅雪嶺《みやけせつれい》や徳富蘇峰と並び称せられる先駆けである。

日本の新聞は幕末の頃、新政府の、そして幕府側の「御用新聞」として出発した。しかそれぞれの主張を掲載し、知識層や富裕層の支持を獲得するのが目的であった。しかし、やがて独自の政論を展開し、世論を形成するという使命に目覚めたのだ。

自由民権運動が擡頭《たいとう》した明治十年（一八七七）頃、ちょうど西南《せいなん》戦争が起きた頃から独断専行の政府を真っ向から非難、追及し、世間に「自由」という言葉を流行させたのもその頃のはずだ。政府はたびたび発行禁止処分などの弾圧を行なったが、そのことで逆に庶民が新聞を読む習慣が広がった。

亮一が生まれるより以前のことで、いずれも記者になってから知ったことだ。

天皇、そして皇后が民情を知るために新聞を読まれていると報道されたのも、確かその頃のはずである。

明治十年という年はまったく、凄《すさ》まじかった。二月に薩摩《さつま》の不平士族が蜂起して西南戦争となり、四月に東京大学が創立され、五月に木戸孝允《きどたかよし》が病没し、八月、西南戦争の只中《ただなか》に第一回内国勧業博覧会が上野公園で華々しく開催されたのだ。九月に西郷《さいごう》隆盛《たかもり》が自刃《じじん》、そして翌十一年五月には、政府の最中枢《ちゅうすう》で権力を揮《ふる》った大久保利通《おおくぼとしみち》が刺殺された。

近代国家を目指した東洋の島国が世界に目見得《めみえ》して、まだそう時を経ていない時分のことだ。

明治も四十年代に入ると新聞はさらに進歩し、政府との蜜月時代に入った。各省には記者倶楽部が設《もう》けられ、記者のために給仕まで置いて丁重《ていちょう》に遇してくれる。

おそらく官僚の、頭の進んだ誰かが気づいたのだ。

無闇に弾圧して反発を招くよりも、持ちつ持たれつの同盟関係を結んだ方が得策であろう、と。

そして世にいう提灯《ちょうちん》記事、提灯記者が誕生した。

それは新聞社にとっても利益《メリット》のある関係だった。物を作り、それを売る実業とは異《こと》なり、新聞社経営はいわば虚業である。数多《あまた》の名記者が武藤のように小新聞を創刊しては廃刊し、大火傷《おおやけど》を負った。

実際、政府が提供する種を受け取って記事にし始めると、紙面内容は着実に安定したのだ。しかも表向きは不偏不党を装っていれば、遥かに世論を操作しやすい。やがて三面、つまり社会動向の記事にも人員と経費の充実が図れるようになり、さらなる読者を獲得した。新聞社の中には広大な洋館を自前で建て、銀座煉瓦街に繁華の灯をともした社もある。

そしてほとんどの名物記者が政府に骨抜きにされた。地位を得、名が売れるに従って権力側への批判力を失い、腰を低くして交際を始めたのだ。

だが池邊三山は、明らかに彼らとは異なる行き方をした。いかなる相手にも膝を屈せず、大臣高官とも一定の距離を置き続けた。二葉亭四迷《ふたばていしめい》や夏目漱石《なつめそうせき》に紙面を割《さ》いて小説を連載させ、近代文学の幕を開いた手腕でも知られている。

ゆえに記者を志した者は、三山の名を一度ならず聞かされる。

栄誉を欲しないゆえに、池邊三山は無冠の帝王となった。新聞記者たるもの、よろしくかくあるべし。

その三山も、今年の二月に鬼籍に入った。

実のところ、武藤は三山のごとき矜持《きょうじ》はおろか、自前の政論も文学観も持ち合わせていない。だが、強靱《きょうじん》な神経と運にだけは恵まれている。こんな読み捨て専門の新聞を発行し続けられること自体、よほど悪運が強いと言わねばならないだろう。

武藤は記者や職工らの月給は「読者の購買意欲、漸減《ぜんげん》」を名目にしじゅう遅延させるのだが、時折、中央政財界の醜聞を摑んでは巧妙に掛け合い、揉み消し料は社の金庫ではなく己の懐に入れている。亮一が今日手にした五百圓など武藤にとってはほんの小遣い銭で、毎月、稲菊を始めとする茶屋への払いだけでもそれを超えているはずだ。

「源さん、ここは小文字のキュージャねぇ。ピーだ」

武藤は広告原稿の表記違いを小指で指した。源次が黙って、空で指を動かす。

「そう。出っ張りが右にある方がピーだ。田中《たなか》の奴、どうも欧文が怪《あや》しくていけねぇな。左右を反転させて写しやがった」

「いえ、あたしの拾い違いでさ。すぐに直します」

武藤は朱筆を入れて源次に渡し、次の刷りを手に取りながら煙草を喫《す》う。

源次も、煙管《キセル》を使いながら校正を待っている。いつの季節も素肌に法被《はっぴ》、股引、手には古びた手甲《てっこう》という姿だ。他社の熟練工の中には速くできる仕事を意図的に緩慢に行ない、記者に頭を下げさせたがる者も少なくない。職人はとかく、勿体《もったい》をつけたがる。

が、源次は記者の書いた原稿の間違いに気づき、それを黙って修正して仕上げてくることがある。高等教育は受けていないらしく、難字や英字は文字の姿形から判別しているようだ。

「瀬尾、坐らねぇなら自席で待ってろ。そこに立ってられたら、手暗がりになっていけねえ」

掌で追うような仕種をする。

「いえ、ここで待たせていただきます」

亮一は数歩動き、立ったまま壁に凭れて腕を組んだ。苛々と踵を踏み鳴らす。

響子が真正面に見える格好になった。一見、嫋《たお》やかな瓜実顔《うりざねがお》で、鼻筋と目許は涼やかだ。だが眉は男のように黒々として、武藤とおっつかっつの剛情者である。薄い唇を引き結び、亮一にはもう一瞥もくれない。

「よし。手直しはさっき伝えたので全部だ。これで仕上げにかかってくれ」

校正刷りを受け取った源次は「へい」と頷いて立ち上がり、長椅子から腰を上げて応接室の扉を引いた。途端に、卓の上に積まれた雑誌や新聞が風をはらむ。音を立てて頁がめくれ、ビラが床に舞い落ちた。

源次と入れ替わるように、亮一は長椅子に移った。間髪《かんはつ》を容《い》れずに申し出る。

「号外を書かせてください」

武藤は煙を吐きながら、「ほう」と気のない声を出した。

「うちはいつも号外だぜ」

「これは正真の号外です」

「珍しいな。お前がそうも血相を変えて。何を摑んだ」

「聖上陛下、御重体」

武藤は己の口髭《くちひげ》を摑んで、片眉だけを上げる。

「それだけか」

「大標題《タイトル》はその一行で充分でしょう」

「見出しの話じゃねえ。本文だ」

　倖上で、亮一はあらかたの草案を練っていた。

「先だって、帝国大学の卒業式に行幸された折、聖上陛下は畏《おそ》れ多くも御足許が危うく、軍刀を杖《つえ》の代用にして身を運ばれる事あり。その後、御体調が案じられるも、愈々《いよいよ》御重体に至れりし事、恐懼《きょうく》して嘆かぬ臣民、何処《いずこ》に非《あら》ずや。……その後は、陛下の来し方、偉績をかいつまんで紹介し、末尾は御快癒を祈る文で締めます」

　漢文調で切々と慨嘆《がいたん》したいところだが、半ビラで大見出しを打てば本文は三百字がやっとだ。回りくどい書きようをすればたちまち四百字を超えてしまう。

　それにしても、武藤の反応が鈍い。亮一は声を強めた。

「内容の多寡よりも、まずは速報性を優先すべきでしょう」

「随分《ずいぶん》な自信だな。裏は取ったのか」

「帝大での異変は、すでに巷間《こうかん》に広まっていることじゃありませんか。重体の件は、信用のおける出所です」

「信用、ねえ。その言いようじゃ、市蔵あたりか」

　武藤は積み上げた雑誌の間から団扇《うちわ》を引っ張り出し、盛んに胸許をあおぐ。

「お前、この暑さで脳味噌を茹《ゆ》でられたか。あの爺さんの言《げん》だけで正真の号外を出すほど、うちは悠長な社じゃないぞ。だいいち、輪転機がふさがっている」

「武藤さん、こんな機会は二度と巡ってきません。原稿はすぐに下ろします。こっちの記事を優先させてもらえませんか。上野と品川だけでいいから、号外を撒《ま》きましょう。それでも充分な効果はある。東都タイムスは一躍」

「一躍、何だ」

武藤は眉間《みけん》に縦皺《たてじわ》を刻み、厚い唇の端を歪めた。

「大手を素《す》っ破《ぱ》抜けます」

こんな陳腐な言いようでは武藤を説得できないとわかっていながら、吐いてしまっていた。

「で、一躍、お前は上等記者の仲間入りをするつもりか。そんな者になったくらいで、大新聞を見返せるってか。ハハン、そうか。お前、大新聞に戻りたいのか。なら遠慮《い》は要らないぜ、いつでも好きに戻りゃいい。それとも何か、瀬尾、俺にまだ黙ってる前科があるのか」

亮一が何ゆえ萬朝報を辞めることになったのか、武藤は知っている。己で告げた方がましだと、採用面談の際に自ら話してあった。

「はぐらかさないでください。どこに奉職するかは、自身の主義に基づいて決めています。そんなことは今、どうだっていい。号外を出す決断をしてください。事は一刻を争うんです」

我知らず、卓に拳を叩きつけていた。鈍い音がして灰皿が動き、武藤が目を剝いた。校正作業を押しのけてでも談判に及びたいのを堪えて待ったのは、そういう方法を取れば武藤は必ず機嫌を損ね、内容の如何《いかん》を問わず却下するからだ。それは充分わかって心積もりをして臨《のぞ》んだのに、結局、頭に血を上らせて自らがぶち壊していた。

だが、もう後には引けない。

ややあって、隣の響子がひどく冷静な声を出した。

「聖上陛下は昨日より、食欲減退の気味あり。本日十九日、夕餉《ゆうげ》を召し上がった後、床に昏倒《こんとう》せられ、その後、いまだ昏睡状態にあらせられる」

亮一は息を吞んで、傍らの響子を見た。

「君、その種をどこで」

響子は切れ長の目許に薄い笑みを泛べた。

「私も、瀬尾君と同じことを口走って駆け込んできたのよ。一時間ほど前。でも武藤さんは、とっくにご存じだった」

「知っていた?」

「ええ。私よりも具体的に。むろん、瀬尾君よりもね」

亮一は背凭れに半身を倒し、天井を見上げた。力が抜けていく、その音が聞こえそうだ。

「俺だけじゃねぇぞ。記者倶楽部に出入りしてる社なら、どこでもこのくらいのことは摑んでいる。市蔵もどうせその周辺から掠《かす》め取った種だろう。それともあの爺さん、これは取って置きだとでも値打ちをつけやがったか。いくら取られた」

「いいえ、違います。違う」

市蔵は「特種でも何でもない」と断ったのだ。それを拡大解釈したのは他の誰でもない、俺だ。

「日付が変わったらおそらく官報が出るだろう。お前の言う号外が政府によって出される。皇居じゃあ侍医だけじゃない、たぶん帝大医科大あたりの教授連に御召しがあって、診立《みた》てを求められる運びになるだろうという話だ。政府は天皇の病状、病因が明らかになり次第、発表する構えなんだよ。各紙はそれを待つ間、ありとあらゆる事態に備えて記者を出社させている」

響子の言う通り、武藤は市蔵よりも遥かに詳細を把握していた。

「明日からが勝負だ。二人とも、今夜はもう帰って寝ておけ」

するとと響子が訊き返す。

「勝負、ですか」

「早くて明日、遅くとも明後日には、大日本帝国の主《あるじ》の御不豫《ごふよ》を国民が一斉に知ることになるんだぞ。御一新前の貴人は帝であろうと徳川の大樹公《たいじゅこう》であろうと、市中がそんな事態を知らされることなんぞあり得なかった。この国は初めての経験をすることになる。どんなことになるか、お前ら、予測がつくか」

そうだ。時の政権が帝の容体を明らかにするなど、聞いたことがない。亮一はそれゆえに、市蔵が口にした「官報」を軽んじた。

響子も同じ考えに至ったのか、独り言のように呟いた。

「政府はなぜ、公表することにしたんでしょう」

「日本が欧米諸国に肩を並べて、東洋一の立憲君主国家になっちまったからじゃないのか。そもそも神道《しんとう》、それに儒教《じゅきょう》においても、死は穢《けが》れというやつだろう。ゆえに暦を読んで、崩御《ほうぎょ》の日さえ変える。旧幕時代はごく当たり前に行なわれてきたことだ。むろん、死因なんぞ下々が知る由もねえわな。前《さき》の孝明《こうめい》天皇なんぞ、いまだに暗殺説が燻《くすぶ》って消えないだろう。それもこれも、畏《かしこ》き御簾の向こうで起きていることだからよ」

　武藤はまた煙草に火をつけた。

「だが、今の日本はそうはいかねえ。黙って曖昧にしていたいことも、国際社会がそうはさせてくれねぇんだ。東洋人は得体の知れぬ風習を持って肚《はら》の底を見せねえ、平気で二枚舌を使うなんぞと批判されてるからな。より正しい事実を報《しら》せろ、それが一等国の振る舞いぞと、政府は今頃、欧米諸国からつつき回されている。逆に言や、今、この段で公表に踏み切ったのは陛下の病状が相当、重篤ってぇことだ。恢復《かいふく》の見込みがあれば、いかなる手立てを使ってでも伏せ通す。少なくとも、陛下にお仕《つか》え申す宮内省はそうだろう」

「うちはどうするおつもりです」

　亮一が訊ねると、武藤は「さぁて、どうするかな」と呟きながら団扇を卓の上に置いた。

「明日からが勝負だとおっしゃったじゃありませんか」

　すると武藤は、盆の窪をぴしゃりと掌で叩いた。

「うちの社じゃない。今年は、異例の夏になりそうだってことよ」

「異例の夏」

「ま、うちの対応は様子を窺《うかが》いながら考えるさ。やれやれ、鼻息の荒《あれ》ぇ社員のせいで銀座に行きそびれちまった。今から稲菊に一杯やりに行くが、お前らもどうだ」

この夜更《よふ》けに、新橋まで歩くつもりであるらしい。

「今夜はここに泊まります」

亮一の下宿は、神田裏神保町《うらじんぼうちょう》である。

武藤は「ん」と頷き、響子を見た。

「伊東は？」

「稲菊からなら俥を呼びやすいですね。お伴《とも》しますわ」

二人は「お先」とだけ言って、応接室の外へと出た。大机の辺りでしばらく物音がして、階段を降りる足音が続く。

亮一は長椅子に身を投げるようにして、横になった。

階下から輪転機が回る音が響いて、背中や踵までが小刻みに揺れる。いや、じんと妙な音がしているのは亮一の耳の奥だ。行き場を失った熱気が籠《こ》もり、居坐っている。

官報が号外を出す。俺の出る幕などどこにもないわけだ。当然だ。

それよりも、下等記者の稼業に甘んじて恥じることもなかった己に功名心らしきものが残っていた、そのことに打ちのめされていた。

顎に両の掌を当て、そのまま額までつるりと撫《な》で上げる。

このまま朝まで放熱を待つしかないのだろう。

天井を睨みながら両腕を上げ、首の後ろで掌を組んだ。

二

油蟬《あぶらぜみ》の声を聞いて、また鉛筆を机に投げ出した。

昼前に出勤してから二時間ほどを経ているのだが、一向に捗《はかど》らない。手掛けているのは実業家の立志伝で、月に一度、記者が持ち回りで担当する囲み記事だ。

談話は先月、七月の半《なか》ばに二時間近くもかけて聞き取ってあった。本来なら月末には掲載を予定していた記事だ。だが天皇の重体、そして三十日についに「崩御」が発表されると、東都タイムスは俗な記事掲載を見合わせざるを得なくなったのである。

武藤と市蔵が言った通り、七月二十日の午後には重体を報せる号外が政府の官報として出た。

しかも旧来の風習を破って、「御容体書」が公表された。天皇陛下が何年も前から糖尿病を患《わずら》っており、慢性腎臓炎を併発していたことが明らかにされたのである。
天皇の振る舞いは常に厳粛、端正で、玉座にあってはいかほど長時間であっても微動だにしないことで知られていた。にもかかわらず、七月十五日、枢密院《すうみついん》の会議で甚だしく姿勢を崩し、仮睡に陥《おちい》る姿を大臣らは目撃している。これは大変な衝撃を与えたらしい。

この頃から脈拍が不整で、脈動に欠落もあったようだ。それでも天皇は己を待つ場へと臨御《りんぎょ》し続けた。胃腸炎によって食欲も減退していたが、出御《しゅつぎょ》を取り止《や》めることはなかったのだ。十七日には侍医の拝診を受け、不整脈、結滞《けったい》、膝下の疼痛《とうつう》が診立《みた》てられた。歩調は雄渾《ゆうこん》さを失い、極めて緩慢なものになった。

この夏の異様な暑さが、すでに疲労困憊《こんぱい》していた天皇の体力を根こそぎ奪ったのかもしれない。しかも連日、気温は三十二度を下らなかったというのに、馬車の窓を閉じたまま一切の風を入れさせなかったようだ。沿道では玉顔《ぎょくがん》を晒《さら》さぬのが慣わしだった。

そして亮一が重体を知ったあの十九日、摂氏三十四・五度を記録した。天皇は夕餉で葡萄酒《ぶどうしゅ》を二杯呑んだ後、椅子を離れた途端に身を傾げ、床に昏倒した。高熱を発し、昏睡状態が続いた。

日付が変わった午前二時、皇后が侍従長と侍医頭《じいのかみ》を召見《しようけん》した。朝になって、従来、天皇を拝診することのなかった二人の医師、東京帝国大学医科大学の教授が参内《さんだい》した。その指示は皇后によるものであるらしかった。二人の医師は天皇の病状を、尿毒症と診立てた。急ぎ参内した大臣や枢密顧問官、陸軍、海軍の大将らに容体が告げられ、官報号外を発行する準備が進められたのである。

時系列が公表通りであるかどうか、亮一には確かめようがない。ただ、事前に新聞社周辺に洩れた病状がほぼ正確であったことは、後の官報から知れた。号外が出た翌日の二十一日には、東京朝日新聞が「聖上陛下御重態」と銘打って病状を伝えた。

十九日以降、皇女と皇太子妃が交替で看病に当たっていることも報じられた。皇太子は水疱瘡《みずぼうそう》に罹《かか》っていたため参内がかなわず、御付きの女官らは官位が足りぬため介抱が許される立場になかった。

新聞各紙はやがて、天皇の体温と脈拍数、呼吸の状態まで詳《つまび》らかに報じ続けた。ついに脳症まで罹患《りかん》し、昏睡状態に陥る。

ただ一人の病状を巡って、国民があれほど固唾《かたず》を呑んで見守ったのは、有史以来、初めてではないかと亮一は思う。

やがて二重橋前の広場に、天皇の病気恢復を願う人々が集まり始めた。

誰が最初に始めたのかはわからないが、市民が昼夜を問わず敷砂の上に跪坐《きざ》しているという。大新聞がその様子を何度も報じたので、亮一も足を運んでみた。わざわざではない。麴町《こうじまち》に取材で出向いたので、その帰りに自分の目で確認しておくかというほどの気持ちだった。

だが二重橋前に立った時、呆然《ぼうぜん》とした。

数多の人々が風切羽《かざきりば》を切られた鳥の群れのごとく、ひれ伏しているのだ。洋装の紳士や着物の婦人、羽織袴をつけた老人や女学生、小学生らしき子供の姿も見える。ふだんは入足を禁じられている芝生《しばふ》の上にも、祈禱者《きとうしや》の姿があった。記事によれば警察はそれを黙認しているとのことだった。

陽射しがじりじりと音を立て、蟬が鳴く。人々は皆、一心に黙禱《もくとう》や音禱を捧げている。

白昼の幻のごとき光景の前で、亮一は立ち尽くした。

今は西暦一九一二年なのだ。自国の君主が危篤に瀕《ひん》しているとはいえ、一等国になりおおせていたはずの大日本帝国国民ではないか。だが旧時代のように袂を翻しては額《ぬか》ずき、念じている。啜り泣きも聞こえる。

かほどに感傷的で非科学的なさまを目の当《ま》たりにするのは、衝撃ですらあった。

磨り減った踵の下で、小砂利が妙に確かな音を響かせる。

汗を拭いながら、亮一は目を上げた。

二重橋の向こうに宮城の緑が深々と続き、夏空がどこまでも青い。白雲がゆっくりと流れ、陽射しを遮《さえぎ》ってはまた露わにする。

天皇とは、誰なのだろう。

ふと、そんな疑念が差した。

近代国家日本にあってこれほどの思慕を集める存在とは、いったい何なのか。

これも武藤が予言した、異例の夏の一齣《ひとこま》なのだろうか。新聞各紙で天皇の病状が日々、刻々と記事にされることも、死を前提にした取材活動が許されることも前代未聞だ。各社は有識者や文士による不安、危惧、そして快癒を希《こいねが》う文章を掲載する一方で、明治という時代の終焉《しゅうえん》に着々と備えている。

しかし、人々はこうして祈り続けているのだ。

戦争という大仕掛けで国民を熱狂させ、軍需によって景気を作る。その制御術を持ち得た時代が、明治ではなかったか。近代化の名を借りて欧米諸国に追随し、洋館と工場は増えたが貧民窟《くつ》も増えたのではなかったか。

皆、何に祈っている。何を祈っている。

説明がつかぬまま、その場を去った。無性に暑かった。

窓外に広がる八月の空を眺めながら、亮一は団扇を使う。

天皇重体の官報号外が出た夜、武藤はいったんこう宣言した。

「東都タイムスは編集方針を一切、変えねぇぞ」

亮一ら記者は、浪花節《なにわぶし》の立志伝と醜聞、艶種で紙面を作り続けた。

そして、市電の停車場で当紙を売っていた臨時雇いの売り子が、「不謹慎極まる」と老紳士にステッキで打擲《ちょうちゃく》された。電報、文《ふみ》での抗議も凄まじかった。が、武藤を辟易《へきえき》させたのは、わざわざ社まで訪ねてきた女である。

「お見事ですわ。感服いたしました」

武藤に握手を求めた女は、社会主義者だった。

そして七月三十日の早朝、大新聞各社は号外で「天皇崩御」を告げた。すぐさま新しい天皇への剣璽《けんじ》渡御《とぎょ》の儀式が執り行なわれ、新天皇は詔書《しょうしょ》によって新しい世の元号が「大正」であることを宣下《せんげ》した。

七月三十一日から五日間は宮廷が活動を停止するとの布告があり、歌舞《かぶ》音曲《おんぎょく》が禁じられた。だがその五日間が済んでも、国民はなお慎みの体《てい》を解くことができなかった。両国《りょうごく》の川開きや芝居なども興行主が自主的に中止し、やがて往来を行く者の姿が稀になった。

武藤もさすがに「しばらく様子を見るか」と、醜聞記事の掲載を見合わせたのである。

他紙では天皇の生前を知る名士らの回想記事が盛んになったので、亮一らはそれを読み漁《あさ》って適当な二番煎《せん》じを拵《こしら》えた。誰もが天皇の質朴を旨《むね》とした暮らしぶりを語り、弱者への慈愛に富んだ人柄を讃えるのだ。それをなぞり、末尾は大帝を偲《しの》ぶ言葉で締めくくれば記事として成立した。

国民は同じ逸話であっても貪《むさぼ》るように回し読みし、語り合い、目尻を濡《ぬ》らす。亮一は出勤前の路上で、人目を憚《はばか》らずに滂沱《ぼうだ》として涙を流す者に遭遇したことがある。不愉快だった。洗練とは言い難いその感情の発露が、うとましかった。

市中が恐る恐るではあるが日常を取り戻し始めたのは、大喪之儀《たいそうのぎ》が九月十三日から十五日にかけて執り行なわれるとの決定が発表されてからだ。これ以上自粛が続けば、日本の国勢にかかわりかねない事態にあった。天皇崩御の報が出た直後、株価が大暴落したのである。

ましてその日暮らしの細民にとっては、限界寸前だった。

東京市では、選挙権のある納税額十圓以上の上流市民は、その家族も含めておよそ二十万人に過ぎない。納税額二圓以上の中流は六十万人、そして全体の約六割、百二十万人以上の市民が溝川《どぶがわ》に流れる朽葉《くちば》のごとき暮らしだ。瓦斯灯の美しい銀座の煉瓦街から一歩脇に入れば、近代化から取り残され、行き暮れたような貧困が根深く残っている。

先帝への服喪も、上流生活者でなければ意を尽くせない。日傭《ひよう》の人足や振り売り、縁日の商人や芸人らは、数日休めばたちまち喰い詰める。

東都タイムスも同様だった。武藤は通常の記事再開を決め、ただし一面は黒枠《くろわく》で囲んだ追悼記事を続けることとした。その担当を命じられたのは伊東響子だった。

武藤が煙を吐きながら肘《ひじ》付きの椅子に背中をもたせかけ、手招きをした。

「おおい、田中ぁ」

田中が出していた原稿を読み終えたらしい。

北壁に面して机を置いている田中寛治《かんじ》は、年齢も社での経歴も亮一の先輩にあたる。毎日、原稿用紙の枡目《ますめ》を誠実に埋め続け、掛け合いに使えそうな種も私《し》することなく、社からの給金だけで女房と四人の子を養っている男だ。

清貧と赤貧は、一音違い。蚊《か》のように細長い田中の手脚を見るにつけ、亮一はそんなことを思う。田中が立ち上がり、背も腰も伸ばさぬまま板間に向かった。床に置いてある下駄に足を入れる音がする。

「ここと、ここも物足りないな。せっかくの女優ネタだぞ、もっと艶をつけて華やかに盛り上げろ」

「艶ですか」

「時はもはや大正だぜ。新時代の女優魂を光らせてだな、これからの芝居論を披露させるとか、やりようはあるだろう」

「主筆、彼女はそんな発言をしていません」

「何年、記者をやってる。取材したままを皿に並べたって、旨《うま》い料理にはならねえだろうが。当人が言語化できない思いを汲《く》み取って、それを紙面で麗々しく謳《うた》い上げてやるのが記者の腕ってもんだろう。トルストイ辺りからいい台詞《せりふ》を引っ張ってくるとか、ちっとは工夫をしやがれ」

トルストイが何者であるかも了解していない読者が大半であるのに、武藤は時折、己の思いつきに酔って口髭をいじる。

「アンナ・カレーニナの台詞に、何かあるだろう」

「この女優は大地主の生まれじゃありません。親は小作人です」

「馬鹿野郎。俺は、たとえばの話をしてるんだ。貧しい生まれ育ちから女優にのし上がったお涙頂戴だけの記事じゃあ、今の読者には響かん。東都タイムスはな、月給取りに斜め読みされて何ぼの新聞だ。昼飯の鰻屋《うなぎや》で、そういや、君、近頃、売り出し中の何とかってぇ女優、知ってるかい、なかなか大した論を持っているよと話したくなる。な、そういう記事がごたごたと、手を替え品を替えて揃ってるのが東都タイムスだ。こんな見合いの身上書みてぇな記事じゃあ、読者が他人に話したいってぇ気にならねえだろうが」

武藤は昂奮《こうふん》すると、巻き舌になる。

「まったく。うちの記者は磁石《じしやく》みてぇに極端だな。取材話に味つけもできねぇ堅物《かたぶつ》か、根も葉もない材料ででっち上げるのは巧いが、陰でこそこそ悪稼ぎしやがる軟派か。なあ、瀬尾」

名指しされて、亮一は顔を上げた。

「人聞きが悪い。僕なんぞ、主筆の足許にも及びません」

皮肉めいて返すと、武藤はにやりと頬を動かした。

「瀬尾は世辞まで巧くなりやがった。田中、この女優の写真は上がってんのか」

「はい。今日が約束なので、伊東君に取りに行ってもらってます」

「何で、写真屋に持ってこさせないんだ。伊東を外に出したら、また無断で方々を取材して回るじゃねえか。苦情の処理をするのは誰だ。俺だろう、まったく」

田中は「申し訳ありません」と詫《わ》びるが、おそらく響子が強引に引き受けたに違いない。

「書くべき事象を自分で見聞きしてこそ新時代の新聞記者だってのが、あいつの持論だがな。そんなの、大新聞に任せときゃあいい」

亮一は二人から目を離し、坐り直す。ようやく放免された田中が畳間に戻ってきた。「アンナ・カレーニナ」と呟きながら弁当包みを開く。

「昼飯、まだだったんですか、田中さん」

「うん。食べそびれてね」

田中はいつも亮一の目を見ず、会話を成立させる気もないらしい。

武藤、亮一、そして響子は大新聞での勤めを経て、木挽町に流れ着いた口である。だが田中は学生時代に詩人を目指し、一時は教職に就《つ》いて創作を続けていたようだ。文士を目指しながら糊口《ここう》をしのぐには、やはり教師の職が最も適している。新聞記者に比べて休みが多く、時間の融通をつけやすいからだ。ところが四人も子があるのに田中は学校を辞め、この社に入った。やはり木挽町は吹き溜まりであるらしい。

扉の取手が耳障《みみざわ》りな音を立て、田中が箸を持ったまま振り向いた。

「主筆。いいかげん、このドアノブ、直していただけませんか」

響子は帰るなり、眉根を寄せている。考えれば、一日のほとんどは不機嫌な女である。

「あいにく、経費節減中だ」

「捩子くらいは買えるでしょう。葡萄酒一本よりは、安いと思いますけれど」

「俺はな、旨い物と綺麗な物以外には金を使わない主義だ」

響子はもう武藤に構わず、上がり框《かまち》の前で草履《ぞうり》を脱いでいる。風呂敷包みを右手に抱え、田中の前で膝を畳んだ。包みを解き、紙封筒を田中の前に差し出す。

「お待たせいたしました」

「ご苦労様でした」

田中がねぎらうと、「綺麗に撮れていましたわ」と言った。

「西洋人のような顔立ちですね、この女優。露西亜《ロシア》の貴婦人みたい」

すると武藤が「ほら見ろ、田中。やっぱり露西亜文学でお化粧だ」と言いながら腰を上げ、湯沸かし室へと入って行った。その奥に便所がある。

響子は首を傾げているが、田中は何も説明しない。

亮一は机の上に原稿用紙を置き直し、再び鉛筆を持った。手際よく片づけて、近くの蕎麦屋《そばや》で腹を埋めようと心組む。田中の弁当の匂いで、今日はまだ何も口に入れていなかったことに気がついた。

響子は自身の机の前に腰を下ろしている。亮一の机と横並びで、西窓に面した席だ。

「瀬尾君」

小声で呼ばれたが、原稿用紙から顔を上げずに「何だ」とだけ訊き返した。執筆中に手を止められるのはかなわない。

「これ、読んだ？」

顔を左に動かすと、響子は畳の上に何かを差し出している。新聞だ。

「東京朝日」

日付は今日、八月九日である。

「今は手がふさがってる。他紙は後で、まとめて読む」

ところが響子はまるで意に介さず、「学者が」と言った。

「東京に神社を造営するのは不可能だという意見を発表してるのよ。駒場《こまば》の、帝国大学農科大学の講師」

突如、妙なことを口にする。

「陵墓《りょうぼ》はやはり京都に築かれるようよ。東京は負けたんだわ」

「陵墓？」

思わず手を止め、訊き返した。

「藪《やぶ》から棒に何の話だ」

「だから、先帝の陵墓の件よ」

響子は背後に素早く視線を動かした。武藤が席に戻っていないかどうかを確かめてから、なお声を潜《ひそ》める。

「今日、商業会議所に中野《なかの》会頭と阪谷《さかたに》市長、それに青淵《せいえん》先生も集まって協議が始まったのよ」

「青淵先生って、あの渋沢《しぶさわ》氏か」

青淵先生こと渋沢栄一《えいいち》は農家の生まれながら一橋《ひとつばし》家に仕えて幕臣となり、幕末には渡欧した経験も持つ大立者《おおだてもの》だ。今の日本の銀行と大会社のほとんどは、彼の息がかかっていると言えるだろう。すでに齢《よわい》七十を超えているが、現在もなお政財界に絶大な影響力を持っている。

「ええ。委員会が発足《ほっそく》する見通しよ」

「何の委員会だ」

「東京に陵墓を築けぬのであれば、せめて御霊《みたま》を祀《まつ》る神社を造営し奉りたいと、有志が運動を起こすらしいのよ。でも東京に神社を造るのは不可能だと、専門家が反対論を述べているってわけ」

響子は膝前の新聞を人差し指で指し、二度、紙面を叩いた。

「何だか、臭わないこと？」

西陽を受けて、響子の額がやけに白い。

「僕には皆目、話が見えないが」

鉛筆を放り出して、敷島に火をつけた。

「さっぱり、わからん」

「東京に先帝を祀る神社を造営したい、その運動を起こす委員会が今日、発足するのよ。なのに反対意見が記事になってるのよ。平仄《ひょうそく》が合わないわ。事前に何らかの検討が始まっていたとしか思えない」

「ちょっと待て。そもそも民間人がどうやって神社を造るんだ。運動で造れるものなのか、神社なんぞ」

「造るつもりで委員会を立ち上げるんでしょう。有志メンバーは大物揃いよ」

亮一は腕を組んで、響子を見返した。

「一度、訊ねようと思っていたんだが、天皇が御重体の特種、君はあれをどこで仕入れた」

「取材源の秘匿《ひとく》は、記者の常識でしょ」

「じゃあ、神社云々《うんぬん》も秘匿しろよ。何で僕に話す」

響子はしばし黙ってから、細い頤《おとがい》に指を当てた。

「号外を打ち損ねた敗兵同士、その誼《よしみ》というところかしら」

「嘘《うそ》をつけ。君のどこにそんな殊勝さがある」

響子は際どい醜聞記事の校正でも顔色一つ変えずにやってのけるし、頭の巡りも速い。埋草記事の下調べや資料集めを頼んでも、まず間違いがない。ただし、納得がいかねば武藤でさえも質問攻めに遭うことがある。

――この点については、何の目的でご要用ですか。それであれば、電話で確認した方が早いと存じますが。そういえば今朝の讀賣に同じ話題が出ておりましたが、目は通されていますか。

さらには「面白い論文を見つけました。掘り下げ甲斐があると思います」と勝手に絵図を描き、資料を山と積み上げる。記者は常に時間とのせめぎ合いだ。一々掘り下げてはいられぬし、そもそも東都タイムスの傾向から逸れる提案が多い。

　亮一も何度かそれをやられたことがあるので、近頃は滅多と下調べを頼まなくなっていた。ただ、強請《ゆすり》の裏稼ぎで時々、電話の代役や手紙の代筆は依頼している。むしろ武藤の目を盗んでのことだが響子はこれも淡々とこなし、分け前も受け取る。清濁併せ呑むのが一人前の記者だとばかりに、毅然《きぜん》として。

　たぶんこの出来のよさが大新聞の現場には受け容れられなかったのだろうと、亮一は推《すい》している。お茶《ちゃ》ノ水《みず》にある東京女子高等師範学校を出た響子は、一度は都《みやこ》新聞に採用されたらしい。だが半年ほどで辞め、その数年後、東都タイムスに雇われた。歳は亮一の二つ下らしいが、社歴でいえば響子の方が先輩にあたる。

「じゃあ、はっきり言うわ」

　響子は声を低くした。

「協力して。女記者一人じゃ、これ以上近づけない。指示は私が出すから」

「僕に、君の探索をしろって言うのか」

「いつも協力しているでしょう。またいくらだって電話するわよ、今度はどちらの夫人かしら」

　亮一は机に片肘を置いて、口の端を上げた。

「それで脅してるつもりか」

「物足りないなら、いくらだって弾《たま》を込めてよ」

と、響子はふいに口を噤んだ。武藤が自席に戻ってきたのだ。手拭いを使いながら戻ってきたので、便所に入っていたのだろう。響子は素知らぬ顔をして東京朝日を拾い上げ、羽織の裾を払った。

そのまま机に向かって腰を落ち着けたが、しばらくして机の上を滑らせるようにして何かを寄越した。さっきの東京朝日だ。記事の隅に走り書きがしてある。ひどく右肩上がりの、武張った字である。

――今夜九時、銀座二丁目、桜《さくら》洋装店裏ノ芙蓉亭《ふようてい》ニテ打合セ

「瀬尾、記事はまだか」

武藤に怒鳴られて、咄嗟《とっさ》にそれを脇に寄せた。

「今、やってます」

叫び返しながら、鉛筆を握り直す。

窓から木屑《きくず》と砂塵混じりの夕風が入ってきた。

三

洋燈の下のその看板を見つけた時、九時半を回っていた。

扉を押して入ると、小さな洋椅子と卓が並んでいる。客は一組のみで、響子は奥の席に坐していた。伊万里《いまり》らしき皿に蠟燭《ろうそく》が立ててあり、響子はその灯の下で薄い本を開いている。亮一が近づくと、顔を上げた。

「迷わなかった？」

「別に」

実際は少し迷ったのだ。あれだけの走り書きでは、銀座の路地裏の店など簡単に見つからない。

「いらっしゃいませ」

給仕に出てきたのは、着物に洋風の前掛けをつけた婦人だ。銀髪を庇髪《ひさしがみ》に結い上げ、くっきりと差した紅《べに》が暗がりでも目を惹く。

「洋酒になさいますか、それともお食事？」

「飯は何ができますか」

「今日はサンドウィッチがお勧め。鰊《にしん》の油漬けを添えてお出ししますわ」

「じゃあ、それを。酒は、麦酒はありますか」

老婦人は微笑を泛べて「もちろん」と頷き、奥へと姿を消した。亮一は店をもう一度見回した。調度品は英吉利《イギリス》風か、重厚感がある。

「洒落た店を知ってるんだな、敏腕記者ともなると」

「皮肉は嫌いよ。前の社で聞き飽《あ》きたわ」

響子は本を閉じ、傍らの大巾着《きんちゃく》の中に仕舞った。ちらりとタイトルが見えた。『青《せい》海波《がいは》』とあったので、与謝野晶子《よさのあきこ》の歌集だろう。卓の上には飴色《あめいろ》の液体が入った、硝子の洋盃がある。草花の文様が細かく刻まれており、蠟燭の灯を受けて氷が瞬《またた》く。

酒を口に含んでから、響子は言葉を継いだ。

「私の腕だけではどうにもならないから、瀬尾君を巻き込んだのに」

「まだ、巻き込まれようとは思っちゃいない」

「でも来てくれたじゃない、ここに。あの記事、読んだ?」

「まだだ。記事の仕上げに手間取った」

久しぶりに武藤の駄目出しを喰らったのだ。

執筆中、気がつけば天皇にまつわる事どもを考えてしまう。

陵墓、神社、そして「東京は負けた」という響子の言葉が頭の中に滑り込んできて、あの二重橋前の広場で見た人々の姿が重なった。

ここへ来るつもりなど、なかったのだ。しかし何度も時計を見てしまう。集中力の一切を欠いていた。ようやく原稿の手直しを終えて社を飛び出した時、足は迷わず銀座に向かっていた。

「じゃあ、かいつまんで説明するわ。今日の東京朝日で、帝大農科大学の講師が東京の青山《あおやま》に神社を造営するのは不可能だと主張したの。本郷高徳《ほんごうたかのり》という林学者よ」

「なぜ不可能なんだ。だいいち、神社の造営についてなぜ林学者が発言する。建築学じゃないのか」

「神社には社殿よりも何よりも、まず樹林が必要なのよ。いえ、そう説明すると語弊《ごへい》があるわね。そもそも、神社なるものは樹林、森そのものを指している。神社と書いてモリと読ませた例は、万葉集《まんようしゅう》にもあるわ」

それはおそらく逆だ。そもそも古代から「モリ」という音があって、漢字が移入された後に「神社」を当てたのではないか。しかし麦酒が出てきた。一気に呷った途端、どうでもよくなった。酒肴《しゅこう》は胡瓜《きゅうり》の甘酢《あまず》漬けだが、これも英吉利流か、初めて嗅ぐ匂いだ。

「本郷先生は、東京市青山に森を造るのは不可能だと主張されているの。森厳《しんげん》で崇高であるべき神社には常緑樹が必須、かつ長大な針葉樹のみが形成し得るものだ、と」

「待て。長大な針葉樹などと言われても、わからん」

「たとえば、伊勢《いせ》神宮や日光東照宮《にっこうとうしょうぐう》の杉林よ。でも東京は暖帯に属しているから、伊勢神宮のような立派な杉林は育たないというのが、本郷講師の見解」

まだ理解できぬが、黙って先を促した。

「よって、東京青山に神社を造営するのは不可能であるという主張なわけ」

「青山ってのは、どこから出てきた」

「わからない。調べるのはこれからよ。ただ、青淵先生と東京市長の阪谷芳郎《よしろう》氏、それから商業会議所会頭の中野武営《たけなか》氏は、天皇の陵墓を東京に造営したいと考えていたそうだから、青山が陵墓の候補地だった可能性はあるわね」

実際、天皇の陵墓は帝都である東京に築かれるだろうとの見解が強かったのだ。ただ、そこだけは旧《ふる》き慣いを変えるまい、京で決まるのではないかとの見方もあった。

「まだ裏は取れていないけれど、阪谷市長は先帝がまだ存命中に宮内省に出向いて陵墓造営を陳情していたようよ」

咥えていた煙草を唇から離した。

「存命中にか」

　響子は頷いて、また洋酒を啜った。

「でも、陵墓はすでに京都府下の旧桃山城址《ももやまじようし》に内定していたらしいのね。ここからは私の推測だけど、御陵に次ぐものを東京に造ることはできないかと、彼らは神社造営に向けて舵《かじ》を切り直したんじゃないかしら。内々に農科大学に検討を依頼して」

「電光石火《でんこうせっか》の動きだな」

　天皇を奉祀する神社を東京に造る、そのことを主眼にした有志委員会が発足したのは今日、大正元年八月九日なのだ。崩御から十日しか経っていない。

「委員会の顔ぶれは摑んでるのか」

「商業会議所に参集したのは旗振り役の三人に東京市当局者、各区会の代表、代議士、それに実業家。総勢百十四名よ」

　そこに、白い洋皿が運ばれてきた。

「お待ちどおさま」

　亮一は生まれて初めて、サンドウィッチなる物を食した。ハムと胡瓜、そしてチーズが挟んであるらしい。取材相手によっては朝飯はカフェオレにトーストなどと吹くが、むろん出鱈目だ。

「君も摘《つ》まめばいい。なかなかいける」

「結構よ。夕食はもう済ませたし、洋食は苦手なの」

「ここの主《あるじ》か、あの婦人」

「そうよ。私の叔母《おば》。両親が亡くなってからずっと、あの叔母の世話になってきたの。夫と別れてから、またここで住まわせてもらってる」

「君、結婚していたのか」

サンドウィッチを咀嚼したまま訊き返したので、声がくぐもる。

「そうよ。都新聞を辞めてから半ば自棄《やけ》で、平凡な女の人生に成り下がるのもいいかなと思って。でも頭が悪いくせに横暴な男で、飛び出しちゃった。それから叔母の伝《つ》手《て》を頼って、東都タイムスに紹介してもらったってわけ。叔母も花柳界にいたから、稲菊の女将とは古いつきあいなのよ」

響子はさばさばとした口調を崩さず、洋盃を手にしておもむろに立ち上がった。奥に厨房《ちゆうぼう》らしき部屋があるらしく、そこに姿を消し、再び戻ってきた。右手に麦酒、左手の洋盃にはまた飴色が満ちている。

「今夜は私の奢りよ」と麦酒の瓶《びん》を卓の上に置き、腰を下ろした。

「記者としては、神社造営が本当に実現できるかどうか、気にならないこと?」

「だが、武藤さんが許さないだろうな」

「神社を東京に造る、造らねぇって記事、誰が喜んで読む。広告は誰が出してくれる、なぁんて台詞が泛ぶわね」

　響子は胸を上下させて笑った。

「でも、新聞は読者を喜ばせるためだけにあるんじゃないわ。もしかしたら、東京は途方もないことを始めるかもしれないのよ。それを追うのも、新聞の使命じゃなくって？」

「東京が、途方もないことを始める」

「幕府の瓦解後、江戸は東の京と名を変えて帝を迎えた。つまり近代国家、日本を始めた。そして帝の崩御をもって、また何かを始めようとしている。そんな気がするの」

　蠟燭が揺れ、洋盃の中で氷が音を立てた。

# 第三章　奉悼《ほうとう》

## 一

大正元年（一九一二）八月二十七日、先帝は「明治」の元号を諡号《しごう》として贈られた。

元号は帝の在位にかかわりなく、陰陽や天災などによって替えられるのが常であったので、在位中に一度も元号が替わらず、かつ元号がそのまま諡号とされたのは明治天皇が初めてである。

これも異例と呼ぶべきなのだろうかと、亮一は咥え煙草のまま顔を上げた。

窓の外を流れる三十間堀川を越えて北西へ、帝国ホテルから日比谷《ひびや》公園を抜けて外濠を渡ると、そこは宮城だ。

明治天皇の大喪之儀は十日後、九月十三日に執り行なわれることになっている。場所は、旧青山練兵場である。

亮一は手帳に視線を落とし、原稿の構成に気を戻した。

手掛けている記事は、東京近郊で乳業会社を営《いとな》んでいる経営者の立志伝だ。

明治時代、天皇が好むと盛んに喧伝された事物の一つが牛乳である。政府の国民欧化策による広報活動であったのだろうが、牛乳屋や牧場経営に乗り出した者の中には版籍奉還後の士族が多かった。そして大半が失敗の憂き目を見た。

だが亮一が談話を取った経営者は幾度もの不景気と日露の戦後恐慌《きょうこう》を乗り越え、二代目を亜米利加《アメリカ》に洋行までさせていた。

中小会社の経営者にとれば、己の伝記はいわば人生の総括だ。一行を読み進めるごとに来し方を噛みしめ、酸《す》いも甘いもたっぷりと反芻《はんすう》できる。記事がほんの一寸でも期待の味を上回れば大抵は満足し、五百部、千部と掲載紙を買い取ってくれる。仏壇に上げて先祖に報告し、取引先や銀行、郷里の親戚や隣近所にまで配って回るのだ。そして、それを読んだ誰かが次に採《と》り上げるべき人物を自薦、他薦してくる。

ただし、記事と抱き合わせの広告掲載料こそが東都タイムスの飯の種だ。取材時に広告掲載を、しかもより大きなスペースでの掲載を勧めるのは当方の腕次第、大新聞では広告面専門の社員もいるようだが、亮一らは取材から記事執筆、広告取りまでが領分だ。

社長の談話を取り終え、ようやく広告原稿の打合せに入ってから二代目が出てきた。その時、倅は洋行帰りなのだと、父親が自慢したのだった。ところが椅子にふんぞり返った若造は発行部数や読者層を亮一に問い質《ただ》し、父親に諫《いさ》め口《ぐち》をきいた。

「お父さん、こういうことは事前に確かめないと、どこの新聞社もフェアだと思い込んでいたらカモにされてしまいますよ」

そして見本として差し出してあった東都タイムスを一瞥し、「こんな媒体、宣伝になるのかなあ。もっと選んだ方がよくはないですか」と、ご破算にしかけたのだ。亮一が咄嗟に留学先の話へと水を向けると、若造は早口でいくつかの質問に答えた。それで気が済んだか早や面倒になったのか、「記事は事前に見せたまえ」と承諾の意を示し、見本紙を卓の上に放り投げる。

「それから、社長の自伝も大事だが、当社の今後の展望にも是非、触れておいてくれたまえよ。お父さん、その辺りは話しておいてくれたんでしょうね」

父親は「いや」と遠慮がちに返した。

「困りますね、そんなことじゃ」

大仰《おおぎょう》に肩をすくめ、今後は牛乳の販売網を拡充し、乳製品の自社製造にも乗り出すのだと演説した。亮一は適当に相槌《あいづち》を打ちながら、日本国民の体格向上、健康増進と手帳に書きつけた。

「で、いくら取るんだ、この手の新聞は」

目を上げると、若造は軽侮も露わな笑い方をしている。

「手ぶらじゃ帰りにくかろうから、広告も出稿してやると言ってるんだよ。それがセオリーなんだろう、君たちの」

武藤が渡りをつけた取材先でなければ、黙って席を立っていたかもしれない。いや、こう言ってのければよかったのだ。

僕は騙《だま》しも脅しもやるが、物乞いじゃない。施しは御免蒙る。

だが亮一は頭を下げ、広告掲載料の料金表を出した。ご多分に洩れず値引きを要求され、しかしそれも見越しての料金設定であるので、肚積もりを超える金額で落着させることができた。広告制作費と掲載料を合わせれば、若手銀行員の年収の二倍に相当する。欧米のビジネスとやらを講釈しても、若造の脇は甘かった。

煙草の先を灰皿で揉み消しながら、手帳を繰る。

嘉永《かえい》五年（一八五二）、子《ね》年との走り書きがある。禿頭《とくとう》の社長の生まれ年だ。倅とは正反対の苦労人らしい顔貌《がんぼう》で、初めは至って口が重かったが、ふとした拍子《ひょうし》に口調が変わった。二代目が応接室に現れる前、亮一が郷里について質問した折だ。

「畏れ多い申しようかもしれませんが、私は前《さき》の天皇陛下と同い年であることだけが自慢でしてね。そう、嘉永五年の生まれですのや。御一新後、数え十七で山科《やましな》の田舎からこっちに出てまいりました。はい、さようです。帝もその年に東京にお入りになって、私はこれからは東の都や、東京の時代やと思うて、中山道《なかせんどう》をこの足で歩き通したんどすわ」

社長はいつしか京訛りになり、言葉がゆっくりと熱を帯びてゆく。

「あの頃、新政府はまだ海のものとも山のものともつきませんどした。京では、帝はすぐに御所にお戻りになると信じてましたのや。都は唯一無二、京以外の地にあるはずのないもんどしたからな。けど私にはこう、東が明るう見えて仕方なかったんどすわ。山科の竹林に埋もれてたらあかん、闇雲にそう思うて、裸一貫で家を飛び出しました」

天皇と同い年のあの社長も、御重体の報を聞いて二重橋前の広場に坐したのだろうか。

それを質問するのを失念していたと思いながら、鉛筆を握った。

いや、平凡な一老人の伝記に明治天皇の何がかかわりがあるだろう。

隣の机では、響子もひたすら鉛筆を走らせている。何の記事かは知らない。いつものごとく左肘を曲げて机上にのせ、ほんの少し前屈みになって書いている。髪を首筋で無雑作にまとめ、執筆時の風情はこうして常に冷静だ。が、こと談合の場となると歯に衣《きぬ》を着せない。

芙蓉亭で会った翌日、亮一と響子は武藤に取材をさせてくれと申し入れた。

応接室に坐るなり、武藤は予想通りの反応を示した。

「神宮造営だと。地味だな、そいつは。そういう地味で小難しい種を追っかけたって誰が読みたがる。広告は誰が出してくれる、宮内省か」

「いえ、民間が動いているんです。東京市と、在京の実業家たちが委員会を立ち上げました。近頃の市民は知的欲求の度も上がってきていますし、これから委員会の動向が注目を集めることは間違いありませんわ」

「何で、民間が神社なんだ。それとも何か、それを槍玉《やりだま》に挙げるってえ企画か」

「批判すべきかどうかは、取材してみなければわかりません」

「言っとくが、厄介は御免だぞ。東都タイムスに思想は要らねぇんだ。世相の塵芥《ちりあくた》を掬《すく》って記事にする、楽しんでもらう、これぞ中立だ」

「そんなの、中立とは言えないわ。逃げているだけでしょう」

「何だと」

今度は亮一が言葉を遮った。

「武藤さん、伊東は思想云々を問題にしているんじゃありません。もしかしたら東京は途方もないことを始めるんじゃないかと睨んで、それを追ってみたいと言ってるんです。僕も取り組んでみたいと考えています。日々の業務に支障を来《きた》すようなことはしません。時間のやりくりは自身でつけますから、やらせてください」

「何で正面切って俺に申し入れる。陰で好きにやりゃあ、いいじゃないか。いつもそうしてんだろう」

腕組みをして、武藤は横を向いた。

取材は無断でしようと思えば、どうとでもなる。しかし、記事掲載の可否は武藤の権限だ。事前に話を通さずに原稿をいきなり見せたら、これ以上に臍《へそ》を曲げる。

武藤は手荒に燐寸《マッチ》を擦って、煙草に火をつけた。

「瀬尾、日野男爵の家令から正式な抗議があったぞ。今度何かしたら、ただじゃ置かねぇとよ」

何も言えぬまま、武藤を見返した。

「夫人は里に帰されたそうだ。離縁だ」

「そう、ですか」

「間違えるな。俺は強請《ゆすり》をどうこう言ってるんじゃねえ。やるならしくじるなと言ってるんだ。伊東、お前もよく聴け。交渉ってものには、上中下がある」

響子は気乗りのしない声で「上、中、下」と、繰り返した。武藤が意図的に話を逸らしにかかっているのが露わであるからだ。

「そうだ。下等の、瀬尾みたいな強請記者は脛《すね》に傷を持つ紳士淑女に近づいて、さあ、この記事を幾らで買ってくれると持ちかける。が、はい、さいですかと言われるままに銭《ぜに》を出す馬鹿なんぞ滅多といやしねえ。結句、百圓、二百圓のはした金で押し合い圧《へ》し合いして、よくて現金、悪けりゃ宣伝広告を注文してもらって引き上げるのが落ちだ」

武藤は「いいか」と、煙草を挟んだ指を立てた。

「中等のやり口はこうだ。事前に手紙でもって相手に、斯《か》く斯く然々《しかじか》の記事を書きますが宜《よろ》しいですかと知らせてやる。もしくは、それとなく記事で臭わせておく予告ってえ手口もある。そうやって粉を撒いときゃあ、当の本人がのこのこと社に掛け合いにやって来るという寸法だ」

武藤はその掛け合いに失敗して、大新聞から追放された身だ。

「だが上等の記者はな、こっちからは何の掛け合いもつけねえのさ。黙って待つ」

その先を亮一は知っている。昔、市蔵からもよく聞かされた話だった。が、先を促していた。

「己から火中に飛び込んで来るとでも、おっしゃりたいんですか」

男爵夫人の成り行きについて思いを致すのを、避けたかった。今のところ、何の痛痒も感じない己にほっとしている。俺が強請らなくても、いずれ他社の誰かがあの玄関前に立っていたはずだと思える。

「その通り。政治家や実業家なんぞ記事が出る前に不始末を察知して、掲載差し止めを要求してくる。大新聞の社主や主筆に、直にな」

響子が馬鹿馬鹿しいと言わんばかりに、「そんな」と声を尖《とが》らせた。

「大手の社主や主筆が金子を受け取って記事を揉み消すなど、いくら何でもあり得ないでしょう」

「伊東にしては甘い読みだな。金よりもっと嬉《うれ》しい物を受け取ってるじゃねぇか。勲《くん》章《しょう》や爵位ってぇ奴を。まあ、あれはもはや強請とは言えねえ。贈収賄《ぞうしゅうわい》だがな」

そして武藤は両腕を大きく開いて、椅子の背に置いた。

「まったく。日本人はいつからこうも礼節を失い、偽善を働くのに恥じぬようになったのかね。いや、俺はそれを批判などしねぇぞ。そこまで恥知らずじゃねえ」

武藤は笑っていた。

響子が憤然とした面持ちで、前のめりになった。

「記者など上中下、どれを取っても同じだとでもおっしゃりたいの？　私は利益にも思想にもかかわらず、自前の記事をただ取材して客観的に伝えたいだけだわ。でも武藤さんはそんな希《のぞ》みを持つのは記者の思い上がりだと、おっしゃるんですか」

「そう取りたきゃ取ればいい。言葉ってのは発信者じゃない、受信者が所有するものだ」

武藤が先に立ち上がった。亮一も腰を上げると、「瀬尾」と呼ばれた。

「何ですか」

「お前は何で、神社なんぞを追いたい。世間をあっと言わせる特種なんぞ、どう見積もっても出てきそうにない材料だ。そのくらい、百も承知だろう」

「わかってます」

その後が続かなかった。何に惹かれているのか、己でもわからない。

天皇崩御以来、何かがずっと蟠《わだかま》っているのだが、その正体が摑めないのだ。ゆえに動いてみる気になった。そうとしか言えない。

「記者の勘ってやつか」

「いえ、それを働かせたのは伊東でしょう。僕はおそらく、わからぬから問いかけようとしている。ただ」

　また言葉を継ぎあぐねた。

「ただ？」

「東京が天皇の神宮を造営する、その事実の報告者に東都タイムスがなってはいけないなんていう法はない」

　言い切っていた。武藤は両の眉を上げ、目を剝いている。

「ともかく、下等記者の本分を忘れるな。これまで以上に稼げ。二人とも、前月の二倍、七百圓は広告を取ってもらうぞ。でなけりゃ馘《くび》だ。覚悟しやがれ」

　響子を見下ろすと、微かに頬を紅潮させて頷いた。上出来の首尾とは言えぬが、ひとまずは武藤の耳に「神宮造営」という四文字を放り込んだ。武藤がすんなりと許可を出すとは端《はな》から思っていなかったので、まずはこの下拵えを目標として談判しようと、芙蓉亭で決めていた。

　亮一は牛乳屋の立志伝原稿を仕上げ、武藤の机の上に置いた。

武藤は昨日から関西に出張して留守である。稲菊の女将も伴っての湯治《とうじ》を兼ねているようだと、先輩の田中が言っていた。

「昼飯、行ってきます」

声を掛けると、田中が「ああ」とだけ応えた。響子はまだ机に向かっていて、振り向きもしなかった。

二

この日、亮一は夜番に当たっていた。待ち時間を利用して帳面を繙《ひもと》く。

響子が作成した資料で、神宮造営運動についての詳細を順序立てて集めてある。それを何冊も渡されていた。

「目を通しておいて。二人で動く以上、最低限の知識は共有しておかないと」

帳面には新聞雑誌の切り抜きが糊《のり》付けしてあり、背綴《と》じから前小口《まえこぐち》にかけて大きく膨らんでいる。順に読んでいく。

響子が口にしていた通り、東京に神宮を造営したいとの志《こころざし》は、天皇が重体に陥った際に始まっていた。

渋沢栄一と阪谷芳郎市長、東京商業会議所の中野武営会頭は「遷都以来の御膝下《おひざもと》である東京に、天皇の陵墓を」との陳情を、崩御前に開始したのだ。だがすでに、陵墓は京都府下の旧桃山城址に造営されることが内定していた。

三人はそれを断念するや、「かくなるうえは、先帝の御遺物《ごゆいもつ》御記念を東京市中に造営できぬものか」と方針を変え、「神宮の造営」案が浮上したのである。近藤廉平《こんどうれんぺい》日本郵船社長ら財界人に呼びかけ、会合した。誰にも否やはなく、西園寺公望《さいおんじきんもち》首相、渡《わた》邊《なべ》千秋《ちあき》宮内大臣、そして明治の元勲である井上馨《いのうえかおる》や山縣有朋《やまがたありとも》らの許への日参を始めたようだ。

陳情の結果、渡邊宮内大臣はこう指示した。

「いまだ何らの詮議《せんぎ》なき状況ゆえ、その実行方法を覚書《おぼえがき》としてまとめ、参考として示すように」

阪谷、中野らが覚書草案の作成にかかる。おそらくこの段階で、東京帝国大学農科大学の学者に検討を依頼したのだろうと、響子は推測を付記していた。

そして八月九日、有志百十四名が東京商業会議所に参集、神宮造営のための委員会が正式に発足した。

その後、「明治神宮建設に関する覚書」を委員会に諮《はか》り、満場一致で可決された。

覚書は大手何紙かに掲載されたので亮一も目は通していたが、響子はその記事も切り抜いていた。

神宮は内苑外苑の地域を定め、内苑は国費を以て、外苑は献費を以て御造営の事に定められたく候《そうろう》。

神宮内苑は代々木《よよぎ》御料地、外苑は青山旧練兵場を以て、最も適当の地と相し候。但《ただ》し、内苑外苑間の道路は外苑の範囲に属するものとす。

外苑内へは頌徳《しょうとく》記念の宮殿及び臣民の功績を表彰すべき陳列館その他、林泉等の設備を施したく候。

以上の方針定まって後、諸般の設計及び経費の予算を調製し、ここに奉賛会を組織し、献費取り纏《まと》めの順序を立てたく候。

国費及び献費の区別及び神宮御造営の方針は速《すみ》やかに決定せられ、その国費に関する予算は政府より帝国議会へ提出せらるる事に致したく候。

青山に於《お》ける御葬場殿はある期間を定め、之《これ》を存置し、人民の参拝を許され候事に致したく候。

前項の御葬場殿、御取除《とりのけ》の後も該地所の清浄を保つため、差向《さしむき》、東京市に於いて相当の設備を為《な》して之を保管し、追って神苑御造営の場合には永久清浄の地として、人民の参拝に便なる設備を施したく候。

亮一は湯呑の茶を啜りながら、さすがは実業家揃いだと舌を巻いた。覚書の作成に、わずか十日しか要していないのだ。その日数で、これほど実際的な計画を練り上げた。

まずは金だ。冒頭で「内苑は国費を以て、外苑は献費を以て」と経費に言及し、しかも外苑は民間の献金で造ると明言している。

そして候補地は「内苑は代々木御料地、外苑は青山旧練兵場を以て、最も適当の地」と、具体的な地名を挙げている。

この根拠は何なのだろう。

しかも林学者はこの覚書作成時には適否の検討を済ませ、「東京で神宮林造営は不可能」との見解を伝えていたはずなのだ。にもかかわらず、委員会は東京での造営にこだわっている。

切り抜きの下に、響子の字で添え書きがある。相も変わらず、肩に力の入った文字だ。

――委員らはこの覚書を、西園寺首相、原敬《はらたかし》内相、大隈重信《おおくましげのぶ》公、山縣有朋公、桂《かつら》太郎《たろう》公ら政界有力者の許に持参し、神宮建設を政府案として議会に提出してほしいとの陳情を続けている様子。大喪之儀までに事を決しておきたいとの考えか。

亮一は何かに思い当たった。

大喪之儀と、博覧会だ。

神宮外苑候補地は旧青山練兵場で、御大喪が執り行なわれる場である。そして内苑候補地として挙げられている代々木御料地は、日本大博覧会の会場予定地だったはずだ。明治天皇の治世五十年を記念して、明治五十年、一九一七年に開催が予定されていたのである。天皇が存命なら五年後には開かれていたはずだが、崩御によって幻となった。

そうか、その構想を踏襲する形で候補地としたのか。

明治以降、政府が熱心に催してきた博覧会は数万人もの入場者を集め、海外に国威を示し、国民には日本がいかほど近代化を成し遂げ得たかを確認させる場であり続けてきた。実際、博覧会で展示された国産の織機《しょっき》は全国に広がり、日本の絹《きぬ》製品の輸出は飛躍的な伸びを示した。外貨を獲得する一大産業に成長したのだ。

亮一は眉根を寄せ、煙草を指に挟んだ。

この造営計画も、巧妙なる経済活動ではないのか。しかも従来のような政府主導ではない。民間主導だ。

何度も唸り声が洩れる。

「難しい顔をして」

振り向くと、響子が足早に畳間に上がってくる。

「どうした。帰ったんじゃなかったのか」

「差し入れよ」

響子にしては明るい花文様の包みを、掲げるように持ち上げた。

「サンドウィッチ。ただし、今日は胡瓜とチーズだけですって」

「助かる」

響子は自身の机の前に腰を下ろし、亮一の手許を覗き込むようにして膝脇に手をついた。

「感心。やってるわね」

「武藤さんにああ言ったものの、今のままじゃ誰をどう取材したものか、行き暮れるばかりだからな。ただでさえ、時間が取れない」

「毎月七百圓の広告を取ってこいだなんて、阿漕《あこぎ》が過ぎる。今どき、工場労働者にそんなことを命じたら大騒動だわ」

「ハードルを高くしても乗り越えたい題材なのかどうか、試してるんだろう」

「そうかしら、ただの嫌がらせじゃないの。ちょいと一本、分けてくださる？」

煙草の箱と燐寸を渡してやった。響子は深々と喫いつけてから腰を上げ、身を捩《よじ》って硝子《ガラス》窓を引いた。

潮の匂いを含んだ夜風が入ってくる。響子は窓枠《まどわく》に肘をつき、煙草を喫いながら外を眺めている。

亮一はまた帳面を繰った。次の切り抜きは八月十九日の東京朝日で、これは発行当日にざっと目を通した記憶がある。

朝日は滞在先の巴里《パリ》で天皇の訃報を知った歌人の与謝野晶子に奉悼歌《ほうとうか》を依頼し、『晶子女史の哀歌』と題して二十首を掲載したのだ。

――小雨降り白き沙漠《さばく》にあるごとし　巴里の空も諒闇《りようあん》に泣く
　ひんがしに真広き人の道あるも　この大君の御代《みよ》に初まる
「瀬尾君、晶子女史の君死にたまふことなかれ、読んだ？」

窓際から問われて、「むろん」と答えた。

与謝野晶子は明治三十七年（一九〇四）、日露戦争に従軍した弟の身を嘆いて「君死にたまふことなかれ」なる詩を雑誌の『明星《みようじよう》』に発表した。亮一は高等学校の寮でそれを先輩から教えられた。もう名も思い出せない先輩であるが、生真面目《きまじめ》な男が何度も「これは凄か」と声を震わせたことは憶《おぼ》えている。

響子は窓の外に灰を落とし、立ったまま身を返した。

「ああ、弟よ、君を泣く。君、死にたもうことなかれ。親は、その手に刃《やいば》を握らせて人を殺せと教えたわけじゃない。人を殺して己も死ねと、二十四の歳まで育てたわけじゃない。そして三節目で、晶子女史は天皇を名指ししたんだったわね。……君、死にたもうことなかれ。すめらみことは戦場に、御《おん》自《みずか》らお出ましにならぬ」

すめらみことは、天皇の尊称である。

文芸評論家の大町桂月《おおまちけいげつ》は晶子と親しい間柄であったが、「家が大事、妻が大事、国は亡びてもよい、商人は戦う義務なしとは、あまりに大胆すぎる言葉だ」とこの詩を批判し、晶子も「何事も忠君愛国の文字や教育勅語などを引いて論ずるのは危険、歌はまことの心をうたうものです」と反論した。それを受けて桂月はまた、「乱臣、賊《ぞく》子《し》」とまで呼び捨てて応酬した。

「でも、問題となった三節目の語句は、こう続けているのだわ。互いに人の血を流して荒野に死ねよとは、それが人の誉《ほまれ》であるとは、それが帝の深き御心《みこころ》でありましょうか。さようなはずは、ございませんでしょうって」

「そうだな。晶子女史は一貫した反戦家とは言いがたい。励戦歌も詠《よ》んでいるし、幸《こう》徳秋水《とくしゅうすい》の反戦論を大嫌いだとも評している。しかしその秋水も、僕が学生であった頃は社会主義と天皇への思いを分けて主張していた」

　幸徳秋水は昨年、大逆《たいぎゃく》事件で死刑に処せられた社会主義者である。

「よくよく考えれば、他の多くの思想家、文学者にも同様の傾向がある。政府への批判を激烈に展開する社会主義者であっても、ほとんどの者は天皇への尊崇を公言してきた。憤懣《ふんまん》の矛先《ほこさき》は常に、政府の薩長閥と成り上がりの金満家だ。近代化主義と帝国主義への批判だった」

「でも、帝国主義を批判しながら天皇への尊崇を謳うのは、思想としては明らかに矛盾するわよね。民主主義や資本主義だって、突き詰めれば君主制度を否定せざるを得なくなる」

　窓際から離れた響子は、亮一の灰皿で煙草を消した。

「私も帝国主義は批判してきたわ。むろん反戦主義者よ。戦意発揚記事を正面から非難して、前の社にいられなくなった。もともと鼻摘まみだったから理由はそれだけじゃないのは承知しているつもりだけど、でも不思議なことに、戦と天皇を結びつけて考えたことはないのよ。思想と魂って別なのかしら。近頃、時々、そんなことを考えるけれど、まだどうにも説明がつかないでいる」

そこでふいに言葉を切ったかと思うと、袂を揺らした。「次の頁を見て。七月三十日の英吉利《イギリス》、タイムズ紙よ」

細い指先に促されて、また帳面を繰った。ここも響子の字である。

――天皇、睦仁《むつひと》の死により、日本はほとんど神のごとく崇敬し給《たも》うた君主を失い、世界は最も卓越した英傑を失い、吾が大英帝国はここに忠実にして信篤すべき一盟友を失った。

「これは、君の翻訳か」

「叔母の知り合いに翻訳家がいるの。次の頁は亜米利加、タフト大統領の弔辞《ちようじ》よ。ニューヨーク・ヘラルドに掲載されたもの」

長文を訳してあるが、大統領は明治天皇との親密なる関係を「幸運」と述懐し、こう結んでいる。

――近代に於ける日本の歴史を親しく知悉《ちしつ》せるものは何人《なんぴと》も、陛下を以て其《その》臣民の真正なる指導者と為し奉るを拒否するもの非《あら》ざるべし。

「これを読んだ時、私、胸が熱くなったのよ。自分でも思いがけないほど。これもまったく説明がつかない」

戦はやはり勝たねばならぬものだと、亮一は内心で思った。

清国、露西亜《ロシア》を相手に勝利を収めたからこそ諸国も日本の天皇を重んじ、世界でも稀に見る君主だと表現するのではないか。

次頁も切り抜きではなく、響子の筆跡で「『法学協会雑誌』の奉悼文」と題してある。東京帝国大学法科大学が発行している雑誌だ。大正元年（一九一二）、八月一日掲載と付記されている。

サンドウィッチを口に運びながら、目を上下に走らせた。

過去四十五年間に発展せる最も光輝ある我が帝国の歴史と終始して忘るべからざる大行《たいこう》天皇去月三十日を以て崩ぜらる
天皇御在位の頃学問を重んじ給ひ明治三十二年以降我が帝国大学の卒業式毎《ごと》に行幸の事あり日露戦役の折は特に時の文部大臣を召して軍国多事の際と雖《いえど》も教育の事は忽《ゆるかせ》にすべからず其局に当る者克《よ》く励精《れいせい》せよとの勅諚《ちょくじょう》を賜《たま》はる
御重患後臣民の祈願其効《こう》なく遂《つい》に崩御の告示に会ふ我等臣民の一部分として籍を学界に置くもの顧《かえり》みて

天皇の徳を懐《した》ひ
天皇の恩を憶《おも》ひ謹んで哀衷《あいちゅう》を巻首《かんしゅ》に展《の》ぶ

「奉悼の辞としては珍しく、淡々とした文章だな」

筆者の名は記されていないが「籍を学界に置くもの」としているので、法科大学の教授の手によるのだろう。実に率直な奉悼文だ。己の立場を明確にし、そのかかわりの上に立脚して書かれている。日本独特の感情を拡大する表現を用いず、名文となるのをあえて避けているかのような態度だ。

これは極めて緻密《ちみつ》に計算された文章ではないかと、亮一は感じ入った。記者としては、嫉妬《しっと》さえ覚える。

「その奉悼文の筆者、やはり気になるのね。誰だかわかる?」

響子の目が何やら思わせぶりな光を含んだ。もう一度、読み返した。

余分な修辞が排されていることで、末尾の言葉がかえって胸に響く。

「この書き手は外国語に堪能《たんのう》だな。まるで、翻訳しやすいように配慮したかのような文章だ。日本人か、この筆者は」

「もちろん」

そして、漢文の素養も並大抵ではない。

「掲載されてから評判を呼んで、筆者は誰かとの問い合わせが殺到したそうよ。その名を聞いて、皆、ああ、なるほどと納得したみたい」

「ということは、著名人か。法科大の教授じゃないんだな」

「お手上げ？」

「まだだ。何か、手掛かりをくれ」

「文学者よ」

「文学者。そうか、陸軍軍医の鷗外《おうがい》か」

「ノー。留学先は独逸《ドイツ》じゃなくて、英吉利」

息を呑んだ。

「欧化近代主義を批判し、反自然主義文学者でもある」

「いや、もうわかっている。そうか、漱石がこれを書いたのか」

亮一にとって夏目漱石は、明治という時代から距離を置く者であった。留学先の英吉利で近代主義の果ての光景を目撃し、曇天と煙害に絶望し、人生を低徊《ていかい》する人だった。

しかも、亮一自身が在籍していた当時はすでに離職していたが、母校の熊本第五高等学校は漱石が英語教師として教鞭《きょうべん》を執った学校だ。亮一は漱石が作品を発表するたび貪るように読んできた。『三四郎』で言わせた「この国は亡びる」に胸を震わせ、共感したのは帝大生の頃だ。以来、大学の講義に出る代わりに小説に耽溺した。

いや、学資と生活費を稼ぐのに明け暮れ、その埋め合わせをするために読み漁り、思索に耽《ふけ》ったのだ。自我なるものに向き合い、苦悩することがインテリゲンチャの証でもあった。この西洋語が露西亜語であることに気づいた時、なお暗澹《あんたん》たる気分に陥ったものだ。

己の人生に応《こた》えられぬ無力さに愕然《がくぜん》とし、やがてひどい偏頭痛と吐き気に悩まされるようになった。そのまま大学に行かず、学業を放擲《ほうてき》した。

今、若い頃の自分が何を思い悩んでいたのか、まるで思い出せない。こせついた生き方だけが身についた。

窓の向こうで、汽笛《きてき》が響いた。夜汽車が出るらしい。

亮一は奉悼文に目を戻した。

あの漱石が天皇の「徳」や「恩」をこうして文字にするとはと、息を吐く。他のどの作品とも異なる印象を抱かせるのだ。

本当に漱石がこれを書いたのだろうか。であるならば、漱石もまた分けていることになる。思想と魂を分け、この国と天皇を別に捉《とら》えているのだ。

源次が校正刷りを持って上がってきたので、それを機に響子は腰を上げた。

「そういえば」と、まっすぐに亮一を見下ろした。

「取材を申し込んだのよ。瀬尾君の名で。電話をしてみたけど、双方とも本人には取り次いでくれなかったから、今日、依頼状を書いて投函《とうかん》しておいた」

「無断で僕の名を使ったのか」

「忙しそうだったたから、声を掛けそびれたのよ。原稿執筆の邪魔をして、あなたが臍になっても後味が悪いもの」

「誰に申し込んだ」

「農科大学の本郷講師と、青淵先生よ」

「渋沢氏にか」

呆《あき》れながら、校正刷りを手に取った。源次は煙管に火をつけ、悠揚と待つ構えだ。

「あの御大《おんたい》の談話が取れれば、武藤さんだって掲載しないなんて言えないはず。きっと掌を返して、尻馬に乗ってくるわ」

「東都タイムスの瀬尾の名で、取材を承諾してくれると思ってるのか」

「向こうが音《ね》を上げるまで、依頼し続けるまでよ。瀬尾君も明日から電話してちょうだい。じゃ、お先」

すたすたと畳間を横切る響子の後ろ姿を見やって、源次が苦笑した。

「瀬尾さん、いつから伊東さんの手下におなりになったんで」

「まったく。女首領だ」

呆れ返りながら、校正刷りに目を落とした。

三

他紙のあらかたを読み終えて、給仕を呼んだ。二杯目の珈琲《コーヒー》を頼み、テーブルに頬杖をつきながら煙草に火をつける。

近頃の政治面はやけに自信たっぷりだと、亮一は灰皿に燐寸棒を投げ捨てた。日本の新聞もいよいよ政府の提灯持ちから脱却して、言論機関になりおおせるのか。

大新聞各紙は憲政擁護《ようご》運動を盛んに展開し、前年、大正二年（一九一三）の二月十一日、ついに第三次桂太郎内閣を総辞職せしめたのである。どこの記者が名づけたものか、今では「大正政変」と呼ばれているが、これは専横の甚だしかった政府長州《ちょうしゅう》閥と陸軍に対する憤激が火薬となって起きた政変でもある。そして今年の一月には独逸のシーメンス社による、海軍高官への贈賄事件が発覚した。今度は薩州閥と海軍への非難が集中しているが、根本から改善されるかどうかは怪しいものだろう。大臣が更迭《こうてつ》されようと、薩長の軍閥は明治から五十年近くもの時をかけて堅牢な権力基盤を築き上げている。

窓外に目をやれば、冬空は澄んで晴れ上がっている。

だがその下を行き交う誰もが不景気な面持ちで首をすくめ、寒々しい。小学校に上がっていてもおかしくない十歳前後の子供が、古びた鳥打帽に法被姿で駆けていく。零細な店や工場では子供の働く姿は珍しくない。関東周辺のみならず、東北や九州からも東京での稼ぎを目当てに絶えず人が流入してくるのだ。が、政局が混迷するにつれ、巷間の不況は根深くなっていく。そして、東京の自治と治安は旧幕時代よりも遥かに落ちたと憂う向きも少なくない。

ただ、世間の新聞への信用度とペンの力への畏怖《いふ》はこの数年で格段に高まった。そのお零れによって東都タイムスも着実に部数を伸ばし、武藤はついに自前の販売店を東京に三店舗、大阪にも一店舗を置いた。

ほどなく扉口で鐘《かね》の鳴る音がして、響子が入ってきた。肩からショールを外しながら店内を見渡している。すぐに亮一の姿を見つけ、足早に近づいてきた。

向かいの椅子に腰を下ろし、巾着を隣の椅子の坐面に置いた。

「待った？」

「いや、さほどでも」

響子は巾着から手巾《ハンケチ》を取り出してから、給仕を探して振り向く。

この喫茶店は日比谷公園のはずれにあるわりにストーヴの薪《まき》を倹約《しまつ》せず、珈琲もいっぱしのものを飲ませる。給仕が注文を取りに来て、響子は早口で注文を告げた。

「珈琲。ブラックに洋酒を落として。数滴でいいわ」

「かしこまりました」

亮一の視線に気づいてか、片眉を上げげた。

「この後の取材、来週に延期になったのよ」

「楽器の製造会社の社長だったたか」

「ええ、大正琴《たいしょうごと》。風邪みたい」

この二年もの間、仕事の合間に外でこうして落ち合い、互いが摑んだ種を報告し合っている。

といっても一昨年、大喪之儀を終えた後、神宮造営計画そのものが捗々《はかばか》しい進展を見なくなった。その理由が明かされたのは翌春四月で、国民新聞が渋沢栄一の直話《じきわ》を取り、今は「宮内省の御沙汰待ち」であり、今上《きんじよう》天皇の諒闇が明ければ本格的に動き出すはずだと述べていた。

つまり今上天皇は明治天皇崩御から一年間、喪に服しており、その間は神事を遠慮せねばならない。政府としては諒闇中の天皇に進んで相談するのも如何《いかが》かと差し控え、今は時期尚早との判断を下したようだった。

ただ、天皇奉祀の神宮造営を巡る賛否両論、鎮座候補地など、新聞各紙は渋沢、阪谷らの動向を追い続けた。「青山より井之頭《いのかしら》御料地にせよ」「拝殿は青山に、神殿は代々木に造営すべき」といった各方面からの意見も連日、掲載された。

そして農科大学の本多静六《ほんだせいろく》博士が、『全国神職会々報』に「東京・青山反対論」を発表したのである。

本郷高徳講師と同じく本多博士も、神社の荘厳さ、雄大さを醸《かも》し出すのは日蔭を好む針葉樹であって、広葉樹ではこれに遠く及ばないという考えを披瀝《ひれき》していた。しかし東京は針葉樹の生育に適さない暖帯であるうえ、工場と鉄道による煙害をも指摘した。

空気が「すこぶる不清浄」であるゆえ、帝都に神宮林を造営するのは不可能だとの反対論である。

武藤はそれらに目を通しながら、亮一と響子を皮肉ったものだ。

「うちの記者は何を出し惜しみしてるんだろうなあ。瀬尾、伊東、お前ら、神宮造営を追いかけるんだって息まいてなかったか。それとも、手も足も出ねえか」

響子は押し黙り、亮一も一言も返せなかった。

委員の誰かに張りつくことはおろか、面談を申し込み続けている渋沢、本郷の二人ともコンタクトが取れぬのだ。依頼状を出し、電話を掛けても、本人にまるで辿り着けない。昨年辺りからは電話で「東都タイムスの」と名乗っただけで、「不在だ」と返される。

商業会議所の周囲をうろついて委員らの動向は探り続けたものの、裏を取りに回るうちに他紙が報じた。むろん、委員自らが懇意《こんい》の記者に意図的に種を流しているはずだ。ゆえに諒闇中であっても、世間の関心は神宮造営に集まり続けたのである。

「有識者を招いて、神宮造営についての座談会を開かせてもらえませんか」

武藤に談判したことがあるが、即座に却下された。

「うちが大新聞の猿真似をしてどうする。東都タイムスの読者は議論など好まねえ」

そんな時、決まって弁当を遣っている田中と目が合う。ほんの束《つか》の間《ま》だが田中は物問いたげに眉を下げ、また目を逸らして瘦《や》せた頰を動かし続ける。

そして昨冬になって、神宮造営はついに正式な展開を見た。

大正二年の十月、「明治天皇奉祀ノ神宮創設ニ関スル件」が閣議決定され、十二月には官制公布により、内務大臣の監督に属する組織として「神社奉祀調査会」が設置されたのである。

奉祀に関する大半の要件、鎮座地から祭神、社名、社格をいかにするかから、例祭日、神宝、宝物殿、境内《けいだい》、外苑等についての一切が、この調査会で決定される。組織は民主的な委員制度を取っており、会長は内務大臣原敬、むろん渋沢栄一と阪谷芳郎も委員に任命されている。

社殿の建築は東京帝国大学教授、伊東忠太《いとうちゅうた》博士、関野貞《せきのただし》博士、園芸分野から宮内省の福羽逸人《ふくばはやと》子爵、農学は東京帝国大学教授の原熙《はらひろし》博士、そして樹林、樹木の専門家として東京帝国大学農科大学の川瀬善太郎《かわせぜんたろう》博士、本多静六博士が名を連ねていた。

調査会がまず着手すべきは、鎮座地の確定だった。

東京の有志委員会の動きが新聞で盛んに紹介されたことによって、全国各地が候補地として名乗りを上げていた。内閣総理大臣や内務大臣に宛てて請願が提出されたのは、十三候補地三十九件に及ぶ。

東京周辺では元の候補地であった旧青山練兵場に代々木御料地、さらに陸軍戸山《とやま》学校敷地と青梅町《おうめまち》の御岳山《みたけさん》の名もある。東京以外ではまず富士山、そして茨城の筑波山《つくばさん》と国見山《くにみやま》、埼玉の宝登山《ほどさん》、城峯山《じょうみねさん》、朝日山《あさひやま》、千葉の国府台《こうのだい》、そして神奈川の箱根《はこね》離宮付近からも陳情が出ていた。

武藤は他紙を読みながら、「なかなかの陳情合戦だな」と面白がる始末だった。

「御膝下の東京市民が神宮を招致せんとする赤心は理解できるが、神社たるもの、崇高森厳にして山紫水明《さんしすいめい》の勝《しょう》をせしむる地であるべきだ。東京にかような土地は望むべくもなかろう、か。……なるほど、この反対意見はもっともだ」

だが、鎮座地は東京に決定した。今年の一月十五日に開かれた調査会においてである。

「従来、官幣社《かんぺいしゃ》の鎮座地は、御祭神に由緒の深い土地を選んできた」

原内務大臣のこの発言が、東京反対派をまず制した格好だ。おそらくその裏で、渋沢、阪谷らの委員が熱意でもって原大臣を説得したと思われる。

そして驚くべき意見が出されたのは、この後だ。

「神聖、森厳を主旨とするなら富士山や筑波が適地であろうが、明治天皇の御徳《おんとく》を万《ばん》古《こ》に欽仰《きんぎょう》するためには、参拝者が訪ねやすい場所でなくてはならない。となれば、東京を鎮座地とし、人為で森厳性を確保するしかあるまい」

つまり既存の森厳地に神宮を造営するのが不可能であれば、人工で神聖なる森を造ればよいとする考えだ。ただし、それがいかなる技術で具現できるのかについての議論は皆無だった。実践については専門家の調査を待つが適当として、審議は終了した。

「強引だな。何が何でも東京に神宮を造営してえ。この一念たるや、尋常ならざるものがある」

武藤のその指摘については、亮一も同感だ。

人工林はあくまでも理論上の、もっと言えば鎮座地を東京と決定するための思案《アイデア》だとしか思えない。だが専門家らは当初から、「東京は無理だ」と明言している。

こんな状態で果たして、造営などできるのか。

この二月に入って、東京府下の候補地が発表された。陸軍戸山学校敷地と白金《しろかね》火薬庫跡、青山練兵場、代々木御料地の四ヵ所である。

給仕が珈琲を運んできた。

「おいしい。芯《しん》から温まるわ」

響子は立て続けに何口か啜ってから窓の外を眺め、そして亮一に眼差しを戻した。

「瀬尾君、朗報よ。本郷先生が会ってくださる」

胸の裡で、何かが動く心地《ここち》がした。

「いつだ」

「明後日の日曜、大学を訪ねることになった。ついては、その前に見ておきたい場所があるんだけど、今からどう？　ご同道願えますか」

珍しく冗談めいた口をきく。

「どうせ、断らせないんだろうが」

苦笑いをしながら、冷めた珈琲を飲み干した。

四

原宿《はらじゆく》の停車場は乗降客も他に一人となく、思わず外套《がいとう》の襟《えり》を立てた。

頭上で架線が風にあおられ、揺れている。

「何てぇ吹きさらしだ」

響子が踏切を西に渡り、亮一も後に続く。

ふと、前を行く響子の足許に気がついた。男のような短靴が着物の裾から見えて、何とも奇妙である。近頃の女学生は袴の下に編《あ》み上げ靴を履《は》くようだが、それとはまるで異なる格好だ。

「伊東。靴を履くなら洋装にしろ」

今や、大手の女記者は洋装で銀座を闊歩《かっぽ》し、バーでも大きな声で話しているのだ。その話題の大半は帝国劇場で興行された芝居や活動写真の批評、そして松井須磨子《まついすまこ》ら女優についての噂である。ところが響子はそういった世情には一切、関心がないらしく、社でも田中がその方面の記事を担当している。

「着物の方がよほど楽だわ。洋服で胸や腰を締めつけられるのは、不自由極まりない」

道の周囲に田畑が広がっている。どこまでも乾いた土色をしていて、民家も疎《まば》らだ。東京市外に滅多と出ない亮一にとって、どうにも殺風景な土地である。時折、薪束を肩に担《かつ》いだ野良着の男とすれ違う。平日の午後に女連れで野道を歩いているのを、咎めるような目つきだ。

とはいえ、今日が平日、あるいは日曜だなどという料簡《りょうけん》は給与所得者以外には行き渡っていない。町場の職人や店員などは、休日だからといって休んだりしないのである。文選工である源次もその一人で、武藤が交替で休みを取るように命じても心地の悪そうな顔つきをする。

起きている間は仕事をする、そのことだけを全身で考えるという、昔ながらの気質なのだろう。彼らはおそらく喰うためだけに働いているのではないのだろうと、ふと考える。

やがて足の運びが重くなった。野道を枯草が左右から蔽《おお》い、足首が時折、埋もれそうになる。

「市外もここまで西に来ると、殺伐としているな。原宿で降りたということは、ここは豊多摩《とよたま》郡か」

「そうよ。代々幡《よよはたむら》村、大字《おおあざ》代々木。地元の人は代々木ノ原と呼び慣《なら》わしているようだけど、ここも武蔵野《むさしの》台地の一角」

旧幕時代は御朱引《ごしゅびき》内ではあったものの、今も東京郊外だ。その昔、淀橋《よどばし》の十二《じゅうに》社権現《そうごんげん》は大池のほとりの梅林と紅葉が有名で、梅見や紅葉狩《もみじがり》といった野遊びに訪れる者も多かったらしい。が、明治三十年代初めに淀橋浄水場を設けるため、池の大半が埋め立てられた。

「こんな辺鄙《へんぴ》な土地に、御料地があるとはな」

「ともかく進みましょう。本郷先生に会う前に見ておかないと」

取材は面談の前に始まっている。相手のことをいかに知り、理解しておくかで質問が変わるからだ。

「見ると言っても、立ち入りはできないだろう」

「周辺だけでも」

さらに西へと歩き出した。道がいっそう草深くなってきた。つと、響子が足を止めた。延々と巡らされた板塀を見上げている。

「塀囲い。御料地だものね。囲いがあるのは当然だわ」

また羽織の裾を翻した。塀に沿って進みながら、辺りを見渡す。

「井伊《いい》家の下屋敷がこの辺りにあったなんて、信じられないわね。御一新の後は政府の所轄地になって、その後、皇室の御料地になったみたい。庭の一部は御苑《ぎょえん》として残されているそうだけど」

喋りながら、また前を行く。時折、砂塵混じりの寒風が吹きつけては頬を叩く。この近くに代々木練兵場があるので、そこの砂場から舞い上がってくるのだろう。

「いい加減、引き返さないか。これじゃあ行軍だ」

響子は振り向いて、唇の前に人差し指を立てた。

「管理人がいるかもしれないから、静かに」

足を止め、手招きをする。

「瀬尾君、ここ」

傍《そば》に近寄ると、塀の一部の板が腐れて幅二尺ほどの間隙がある。

「おい、よせ」

小さく叫んだ時はもう、身を斜《はす》にして中に入ってしまっていた。

「早く入って」

塀の向こうから呼ぶ。

「勝手に入るなんぞ、見つかったらただじゃすまないぞ」

「たった数歩じゃないの。理屈をつけている暇があったら、さっさと入ったらどう」

「命令するな」

舌打ちをして身を屈めた。肩を斜めにし、先に左の足を踏み入れる。塀の中で躰《からだ》を起こした途端、目を見開いた。

見渡す限り、茫々《ぼうぼう》たる原野である。

枯草が一面に波打ち、白く荒涼としているのだ。かなたに丘が見えるものの、重く垂れ込めた冬空の灰色と溶け合って果てが判然としないほどだ。

「本当に、ここが御料地なのか」

信じられぬ思いがした。

「途方もなく広いことだけはわかるが」

「敷地総面積は二十万六千坪余り。そのうち御苑は四万六千坪ほどで、世伝《せでん》御料地となっているはずよ」

「世伝？」

「皇室が代々、引き継いでいく世襲財産よ。明治の半ばに皇室典範《てんぱん》が整備されたでしょう。それによって定められている」

いつとはなしに、二人で肩を並べて歩いていた。停車場からの道程で判ずるに、北へと向かっている。丘状の傾斜を上り、やがて下りるうちにいくつもの池沼《ちしよう》に行き合ったが、水鳥の姿もない。

「絶望的な荒地だ。ここに神宮は無理だろう。林学者でなくとも一見でわかる」

丘の向こうに淀橋浄水場が、振り向けば薄灰色の汚気を吐く渋谷《しぶや》発電所の煙突が見える。

「どうかしら。候補地だもの、ここになるかもしれなくってよ」

「君らしくもない、蕪雑《ぶざつ》な推測だな。青山では不可能だと学者が言ったんだろう。青山が駄目なら、ここはなお無理じゃないか」

やがて身の丈ほどの葦野《あしの》に入り、響子を背後につかせた。帽子を手にして葦を倒し、踏み越えながら進む。

「下手に葉に触るなよ。切れちまうぞ」

沼沢《しょうたく》地であるからか、時折、足を取られそうになる。見れば、草の蔭で凍ったままの水溜まりがあった。「滑るぞ」と振り返った途端、響子の身が大きく傾《かし》いだ。咄嗟に引き返して腕を持つ。

「待て。一気に動くと転倒する。右足に重心を掛け過ぎるな、そうだ、少しずつ躰を立てろ」

身を支えてやったが、響子は水溜まりの中に片膝をついた。短靴と着物の裾、手にしていた巾着も泥塗《まみ》れだ。

「大丈夫か」

「平気よ」

ようやく葦野を抜けると、また丘の斜面が広がっている。遠くに市街地の屋根が見えるが、何の感慨も覚えない。

帝都東京の風景もこんなものか。

むしろ、失望に近い思いが湧《わ》いていた。

近代化の太鼓を打ち鳴らして、ビルディングや工場を建て急いだ挙句《あげく》がこれか。巨大な円柱状の建物が目につく。

あの瓦斯蔵《タンク》の醜《みにく》さは、何だ。

響子は歩いてきた代々木ノ原を振り返っている。羽織の腰の辺りまで泥がはね上がり、膝から下は土色だ。亮一の洋袴《ズボン》も、そして手の甲にも泥がこびりついていた。

「見て、あんな所に松林があるわ。御苑に植えられていたものかしら」

貧相に並んだ松影を、響子は指差した。

五

二月十五日の午後、目黒村《めぐろむら》の駒場に向かった。

「帝大農科大学を訪問してきます」

社を出る前、大机の前に坐る武藤に告げると、目だけを大きく剝いていた。皮肉と揶揄が入り混じった目つきだ。

田中が身支度《みじたく》をしている響子に訊ねている。

「本多博士かい」

「いえ。本郷講師です」

「本郷。最初に東京反対論を朝日に発表した人かい」

「ええ」

「行ってらっしゃい」

するると武藤が「田中」と、喚いた。


「励ましてんじゃねえよ。こいつら、俺の命令に背《そむ》いて行きやがるんだぞ」

記者は曜日にかかわりなく交替で休みを取るのが尋常で、武藤は今日は出勤日ではないのだが、自身がかかわった酒屋の広告に間違いがあり、しかもそれが電話番号の数字であったので広告主から猛烈な抗議が来て、修正広告を出さねばならなくなった。昨夜、武藤はその記事作成を響子に押しつけようとしたが、響子は「お断りします」とにべもなく断った。むろん亮一も断ったので、田中にお鉢が回った。

三田《みた》用水の流れ沿いに歩き、正門の守衛に名を告げた。

「東都タイムスの瀬尾です。林学科の本郷先生とお約束があります」

名刺を差し出すと、守衛は訝《いぶか》しげに亮一の背後に目をやった。女を伴っているのが引っ掛かっているらしい。

「そちらは」

「記者の伊東です。林学教室はどちらになりますか」

響子が記者と力を籠《こ》めると、守衛はそれ以上は追及しなかった。

「学舎はたくさんあるもんでね。ともかくこの道をまっすぐ進んだらば四辻になりますからな、そこで誰かに訊ねてください。日曜なもので講義はありませんが、実習の学生が何人かは来ておりますから」

指し示された方角に向かって、ともかく歩き始めた。

「農科大学だけあって広大ね。あちらが農場かしら。確か、家畜の飼育所もあるはずよ」

響子が手庇《てびさし》をかざしながら、方々に向かって首を回している。

広道の両脇には葉を落とした高木の並木があり、行き交う学生も下駄履きではなく、大半が刺子《さしこ》足袋《たび》か軍人のごとき長靴《ちょうか》だ。農具を積んだ荷車を押し、学生か農夫か判別しにくい姿もある。

東京帝国大学農科大学が明治の初めに駒場の地に創立された農学校を起源とすることは、事前に調べて承知していた。後に東京山林学校と合併して東京農林学校となり、帝国大学に合併されたのは明治二十三年（一八九〇）である。今では講座制が敷かれ、学科は農学科、農芸化学科、獣医学科、水産学科、そしてこれから訪ねる林学科の五つだ。

　やがて守衛に教えられた四辻に出て、右手を見れば大きな洋館が建ち並んでいた。その建物の一つに向かうらしき数人に声をかけた。厚い書物の数冊と帳面を小脇に抱え、詰襟の襯衣《シャツ》に小倉袴、足許は下駄だ。学生はいつの時代も垢《あか》じみた薄着で、飯を喰い足りていない顔つきをしている。

「君たち、林学教室はどこだい」

「林学なら三棟東の、あの切妻《きりづま》屋根の建物です」

　亮一は「どうも」と帽子のつばだけを持ち上げた。学生らは響子に一瞬、目を這わせ、すぐに足早に追い越していく。

　林学教室は道から数尺ばかり土塁が築かれた上に建つ、総二階の洋館だった。妻《つま》側の漆喰壁《しっくいかべ》には学章らしき紋が彫られ、平《ひら》側には西洋風の明かり採り窓、そして暖炉の煙突が見える。玄関ポーチを潜って、また学生に訊ねた。珍しく洋装で、こざっぱりとしている青年だ。

「本郷先生ですか。さきほど外出されましたが」

「外出って、何かの間違いじゃないかい。今日、約束がある」

「恐縮ですが、日を改めていただくが賢明でしょう」

少し甲高《かんだか》い、言葉を刻むような早口である。

「一年半越しでやっと取りつけた面会なんだ。出直せない」

「一年半越し？」と、学生はとまどうような表情になった。

響子が大巾着から封筒を出して見せた。本郷から届いた取材承諾の書状だ。宛名は東都タイムスの瀬尾亮一になっている。女性名での依頼状は本人の手に届きにくいかもしれぬとの、響子の考えによるものだった。

学生は封筒を見澄まし、「なるほど。本郷先生の筆跡《て》ですね」と鼻から息を吐く。細面《ほそおもて》で、彫りの深い顔立ちだ。

「お待ちいただいても、お帰りが何時になるか請《う》け合えません。今日は空振りになる目算が大ですよ」

響子は「構いません」と打ち返した。

「空振りしようと思って試合に出る打者など、いないじゃありませんか。面談は五分でもいいんです。お願いします」

昨年の十二月、亜米利加の大リーグの混合チームが来日して模範試合を行なったことで、日本国民の野球熱はいや増している。

学生は苦笑を泛べて肩をすくめ、「では、どうぞ」と廊下を引き返す。亮一は響子と共に、その後に続いた。

会議室らしき部屋に通されて、何本目かの煙草を灰皿で揉み消した。

真正面にある壁時計を確かめると、三時半近くになっている。かれこれ二時間以上も坐っている勘定だ。二十畳ほどの部屋には木の長卓が並べられ、奥の壁には黒板が掛けられている。縦に長い窓硝子はどこも閉《た》て切ってあるのだが、時折、陽射しと風が動く。遠くで牛の鳴声も聞こえる。

「この匂い、落ち着くわね。懐《なつ》かしいような気がする」

「都会育ちはすぐにそうやって感傷に浸《ひた》るんだな。これは人糞《じんぷん》に鶏糞、稲藁《いなわら》の臭いだぜ。どこが懐かしい」

「あら。瀬尾君ってまるで訛りがないから東京だと思ってたけど。生まれ、どこなの?」

「佐賀だ。上京してくる前は、こんな田舎の臭いに囲まれて育った」

「高等学校からこっち?」

「高等学校は熊本。寮の裏は蜜柑《みかん》畑だった。大差ない」

「そういえば、瀬尾君って前の社で何したのよ。前科持ちなんですって?」

見ると、片頬で笑っている。

「何でこんな所で尋問されなくちゃならない。だいいち、前科はついちゃいない。あれは武藤さんが大仰に言ってるだけだ」

「今さらごまかしたって無駄よ」

呆れて溜息《ためいき》を吐《つ》いた。

「大事な取材の前に、君という女は大した神経だな。それに、気にならないのか、こんなに待たされて。このまま約束を反故《ほご》にされたらどうする」

「まだ二時間と三十分しか経っていないじゃない。この一年半に比べたら、まだほんの一時《いっとき》よ」

と言いざま、出入口に目を移し、椅子から立ち上がった。靴音が廊下で響いて、扉の取手が動く。白衣の男が入ってきた。亮一も腰を上げ、居ずまいを正す。

「お待たせしました」

男は詫びを告げてから、二人に相対するようにして足を止めた。想像よりも若く、まだ三十半ば頃だろうか。

亮一は名刺を差し出す。

「東都タイムスの瀬尾です」

て挨拶《あいさつ》をした。

「本郷です」

名刺を受け取る。響子も名刺を差し出し、挨拶《あいさつ》をした。

「どうぞ、お掛けください」

対面した本郷は細縁の眼鏡をかけ、手入れの行き届いた口髭である。頭髪にも櫛目《くしめ》が通っているが、たぶん相当急いで帰ってきたのだろう、髪の数本が乱れて額に落ちている。

「かくもお待たせした上に恐縮ですが、取材は四時までとしていただけますか」

「ということは、三十分ですか」

響子は質問すべき事項をリストにしてきていた。学生に「五分でもいい」と交渉していたが、二時間あっても足りぬほどの数がある。

「急用が出来《しゅったい》しましたので、四時を踏み越すわけにはいきません。熱心に手紙を頂戴したのに、甚だ申し訳ない」

響子が「急用?」と、身を乗り出した。

「もしや、造営の候補地が本決まりになったのですか」

本郷は微かに眉を上げげた。

「調査会会場の外にも新聞社が大勢来ていましたから、隠し立てをする意味もないでしょう」

再び亮一に視線を戻して、頷いた。

「代々木御料地です」

亮一はすぐに質問を投げる。

「代々木に決まった理由は」

「規模、それに土地を取得しやすいかどうか等も加味されたようです」

「なるほど。消去法ですか」

本郷はそれには無言でしか答えず、口許を引き結んだ。冷静な面持ちを崩さない。

少々、手強《てごわ》そうだと、亮一は椅子に坐り直した。

不躾《ぶしつけ》な質問をされて頭に血を上らせる性質《たち》の方が、取材はしやすい。内心でこれは喋るまいと決めていたことまで持ち出して、相手を言い負かそうとするからだ。後で「あれを載せるのはやめろ、これも駄目だ」と訂正してくるが、その時はすでに印刷部に原稿を下ろしている。

もしくは、掛け合いの種に使う場合もある。「仰せの通り、件《くだん》の発言については掲載を見合わせましょう」と恩に着せれば、幾ばくかの礼を包んで寄越す。何を書くかではなく「何を書かぬか」で稼ぐのが、亮一にとっての記者稼業だ。

ところが、この本郷という学者のように無駄口を叩かぬ者は隙がない。他者が知り得ること以上の種は、決して洩らさない傾向がある。

質問法を変えようと背広の裾を払うと、隣の響子が「本郷先生」と呼んだ。

「早くから青山への鎮座を反対しておられましたが、今のご見解はいかがですか」

本郷は実直そうな眼差しを向け、ゆっくりと口を開く。

「代々木でも同じです。今も、針葉樹こそが神宮林にふさわしいという考えは変わっていません。東京は青山であろうと代々木であろうと、針葉樹が壮健には育たぬ土地です。針葉樹はそもそも、水が流れる土地を好む。ところが武蔵野台地は水の得にくい、乾燥気味の土地だ。本来、関東以南の森林帯は常緑広葉樹林帯に属しています。常緑広葉樹とはいかなる樹木かわかりますか、伊東君」

「椎《しい》や樫《かし》など、平たく幅の広い葉が一年を通してついている樹木ですね。といっても葉の更新はしていて、春に落葉します。冬に裸木《はだかぎ》になる落葉樹は、秋に葉を落とす」

「さよう。ただ、東京はほとんどが開墾《かいこん》されているために、古来の広葉樹林はほぼ残っていません。御料地の中には掘り取られてできた谷底、いわゆる沼沢地もありますが、土壌としては乾燥しています。鬱蒼とした、森厳たる森を造るのは至難の業《わざ》です」

響子は頷いて、本郷の言葉を引き取った。

「代々木は練兵場に面していますから、砂塵も激しいですね。ああいう荒野に、と言っては語弊がありますが、皇室の御苑があったこと自体が腑に落ちかねます。なにゆえ明治天皇は、あの地に御苑を持たれたのですか」

「政府の主導によるものでしょう。先帝はあれがしたい、これが欲しいとは決して口にせぬお方であったと聞いています。ただ、旧幕時代の井伊邸の庭園を活《い》かす形で御苑が設計されると決まった折は、御自《おんみずか》ら図面をご覧になって、東屋《あずまや》や苑路の位置を指示されたようです。当時の皇后は蒲柳《ほりゅう》の質であられ、東京の気候風土は御身《おんみ》に合わなかったそうですから、それをご配慮されたのやもしれません。実際、天皇は西洋式の散歩を皇后にお勧めになり、練兵場からの砂風を防ぐために松が列植されました。その一部が今も残っている松林です。相当、痩せていますが」

壁時計の長針は刻々と動いている。本郷が言い終えるのを待つのももどかしく、亮一は思いつくままを投げかけた。

「淀橋浄水場と渋谷発電所、この二つから出る煤煙《ばいえん》は、神宮の神聖さを脅《おびや》かす懸念があるのではありませんか」

「それでも、事は決しました。もはや私たちが覆《くつがえ》せるところではなく、代々木に神宮林を造る方法論を提示しなければなりません」

「日蔭を好む針葉樹でなければ、荘厳な神宮の景は造れない。だが、その針葉樹の生長に適していないこの東京を鎮座地とする。この二つの命題は全く矛盾していますが、いかに止揚《アウフヘーベン》されるおつもりですか」

「それを計画するのが我々の仕事です」

「それは、林学者としての使命感によるものですか。それとも調査会のお偉方には逆らえない、屈服したということですか」

煽《あお》ってみたが、本郷は冷静な微笑を崩さない。

「熱心に依頼状をくれた瀬尾君とは、まるで別人だな」

響子が傍らで、また質問を発した。

「独逸で学んで来られた林学を神宮林の造営にどう活かされるのか、お聞かせくださ い」

「残念ながら、もう時間がありません。ただ、先ほどの質問にはお答えしておきましょう。瀬尾君の指摘通り、学者としての使命感、そして無力感をも否定しません。我々の主張は全く、顧みられることがなかった」

時計の長針がかちりと、真上を指した。

「ただ、かくなる上は、己《おの》が為すべきことを全《まっと》うするだけです。明治を生きた人間として」

本郷が言い終えぬうちに、どこかで鐘が鳴り始めた。

なぜか、あの文言《もんごん》が泛んだ。

　天皇の徳を懐《した》ひ

　天皇の恩を憶《おも》ひ

重く澄んだ音が響き、背後の窓硝子が小刻みに揺れた。

# 第四章　神宮林

## 一

武藤は昼前に出社してきて、煙草を喫《の》みながら他紙に目を通している。

「大正博、昨日の入場者数が二万四千人余。こいつぁ、五割ほど水増しで宣伝してやがるな。競馬大会に自動車の競技会、不忍池《しのばずのいけ》にモーターボートを浮かべて展示するとは、随分と子供騙しだ。こんなの、大の大人が喜んで観ると本気で思ってやがるのか。俺はこっちだな、牛込《うしごめ》の芸妓《げいぎ》踊りの方がよほど乙粋《おついき》だ」

紙面を指で弾くような音を立てながら、独り言を洩らす。

先々月、三月二十日から上野公園で、東京大正博覧会が開かれているのである。それが代々木御料地で開催を予定されていながら幻となった明治五十年博覧会が衣替えをしたものであるのか、亮一は真偽のほどを承知していない。

政財界は不況続きで不満が溜まりがちな市民の捌《は》け口として、そして景気挽回策《ばんかい》とし（ても博覧会を重視しているようで、新聞は連日、関連の記事を掲載している。だが、当初の予想ほど入場者数が伸びていない。

四月十一日に皇太后、すなわち明治天皇の后《きさき》が沼津《ぬまづ》の御用邸滞在中に発病して崩御されたとの発表があったのである。

市中の商店や浅草《あさくさ》六区の活動写真は休業となり、今もその喪の気配が尾を引いて博覧会は明るい祭騒ぎになかなか至らないのだ。

「武藤さん、ちょいとお願いしやす」

印刷部に呼ばれて、武藤は階下へ降りて行った。

田中はそれを見届けてから、こっちを見た。

「君たち、記事はどうなってるの」

小声で訊かれた。亮一が隣の席に視線を動かすと、響子は鉛筆を持ったままぷいと横を向いた。

「君たちじゃありません、田中さん。瀬尾君は戦線離脱しましたから」

駒場の農科大学からの帰り、響子は喰ってかかってきたのである。一年半もかけて取りつけた面談で亮一が不穏当な質問を重ねたと、腹に据えかねたらしい。

「あんな取材、あんまりだわ。本郷先生に対して無礼にもほどがある」

「うるさいな」

「何ですって」

「君の気に入るように動く義理はない。僕は訊ねたいことを口に出したまでだ。懲《こ》りたんなら、これからは堂々と己の名で取材を申し込め」

「ええ、金輪際《こんりんざい》、お願いしませんからご安心を。まったく、見損《みそこ》なったわ」

以来、ほとんど口をきかなくなったので、どこで何を取材しているのか知らぬままである。ただ、響子が書いた本郷の談話記事には目を通した。

武藤に原稿を見せられたからだ。田中と響子が社を出た後で、亮一は夜番で残っていた。

原稿の標題《タイトル》は、『帝大農科大　不可能に挑む』だった。

「もっともらしい標題をつけちゃいるが、中身は他紙が報じ済みのことばっかじゃねえか。いや、うちは焼き直しをいくらだってするが、より平易に面白くがモットーだ。こんなお硬いだけの原稿じゃ、話にならん」

大新聞や学術雑誌なら充分、成立する記事ではある。しかし紙面の限られた東都夕イムスでは、中小会社の経営者や女優、掏摸《すり》、強盗の記事の隣で「神宮造営」をやらねばならない。武藤の言うように咀嚼が足りないが、砕き過ぎれば概要を伝えるだけで枚数を尽くしてしまう。原稿にはその迷い、苦心の跡があった。

結局、記事掲載には至らなかった。翌朝、大机の前で「面白くねえ」の一言で却下されているのが聞こえた。

響子は膝を回し、田中に顔を向けた。

「興味がおありなら、ご一緒にいかがです。今、友軍募集中」

「君たち、何かあったの？」

「いえ、別に。瀬尾君は忙しいんですって」

勝手なことを言いやがる。忙しいのは前からだ。それを無理に引き込んだのは、そっちじゃないか。

「いや、僕も遠慮しておくよ。抱えている仕事だけで手一杯だ」

田中は背を丸め、慌《あわ》てて机にかじりついた。

亮一は賭博《とばく》事件の顚末《てんまつ》を原稿に起こしながら、久しぶりにあの牛乳屋の社長に電話をしてみようかと心組んだ。広告収入を上げるには、立志伝に登場するカモを一羽でも多く捕まえるしかない。掲載直後に何人か紹介があったので、一人くらいは当て込めるだろう。
亮一と響子にとって、毎月七百圓の広告を取れとの命令は相当な足枷《あしかせ》になってい
た。醜聞を種にした裏稼ぎにも手が回らず、社からの給金だけでは新しく購《あがな》った懐中
時計もまもなく質屋行きだ。
武藤に限らず、俸給が三十圓ほどの大新聞記者でも、茶屋遊びに毎月二、三百圓を
使う者は珍しくない。亮一も萬朝報にいた頃に盛んに遊んで、当時の借金がまだ響い
ていた。高利貸しの大口は二年近く前の夏に男爵夫人からの上がりで返済したもの
の、方々で少額ずつ摘まんでいるのがまだ残っている。その返済のためにまた借金を
すれば元の木阿弥《もくあみ》だとわかっていながら、背に腹はかえられない。
煙草の箱に手を伸ばすと、空だった。掌の中で潰した。

七月に入ってから牛乳屋を訪ねてみた。一向に電話がつながらなかったので、他社
の談話取りの帰りに麻布《あざぶ》の町はずれにまで足を運んだのである。
小規模であるとはいえ、社屋は煉瓦造りの洋館だ。ところが今は異なる会社の看板
が上がっており、中に入って「越したのか」と訊ねると、事務員らしき男が倒産だと
言った。

「倒産……」

「半年も前ですよ」

男は面倒そうな顔をして、眼鏡を拭き始める。

「この不況ですからね。どこも厳しいですよ」

取りつく島がなかった。

社への帰路で銀座に寄り、洋食を出す食堂に入った。麦酒とライスカレエを注文した。懐から書物を取り出して、まず一杯呑んでからそれを開く。樹木についての書物で、農科大学の学生が使っているらしいものを古書屋で見つけてあった。

響子が言うように「戦線離脱」には違いないだろうが、それはもう二度と農科大学には出入りできないだろうというだけのことだ。響子が外出をした折を見計らい、渋沢栄一にも面談を申し込み続けている。いまだ電話番にも相手にされないが、神宮造営から目を逸らしてはいない。

本郷のあの言葉が、耳の底に残って離れないのである。

——かくなる上は、己が為すべきことを全うするだけです。

何で、ああも毅然としていられるんだ。自らが不可能だと主張した計画に、なぜ取り組む。下手をすれば、林学者としての将来は絶たれるんだぞ。

——明治を生きた人間として。

本郷も数多の政治家や財界人、そして漱石のように、明治天皇に対する想いを何がしか抱いているのだろうか。

だとしたら、なぜだ。

なぜ、皆、あの天皇をそうも尊崇する。慕う。

その疑問にどうアプローチしたらいいのか、皆目、見当がつかなかった。そして気がつけば、樹木の専門書を手に取っていたのである。

亮一は松と桜の違いくらいはわかるが、樫《かし》や椎《しい》となれば樹形や葉の形をまるで想像できない。郷里の家や高等学校の寮の周囲にはごく身近に山や森林があったが、身近な風景であり過ぎて気にも留めていなかった。一日でも早く上京したい、父から離れたい一心のみで勉学した。「散歩」など、都会者の特権だと思っていた。

左手で書物を見開きにして押さえ、カレエを匙《さじ》で口に運ぶ。香辛料や玉葱、焦がし小麦粉の味を麦酒で胃の腑に流し込んでは、目を走らせる。だが、まるで集中できない。

あの社長、京の山科が出身だったたか。

幾度となく、牛乳屋の経営者だった老人に思いを馳《は》せている。

今頃、郷里に逃げ帰っているのだろうか。それとも東京の下町の片隅に潜り込んでいるのか。いずれにしても、二代目の若造は一緒にいないような気がした。

書物を押さえていた指が動き、勝手に閉じた。卓布の上で裏表紙側から繰り直す。カレエを喰いながらの流し読みであるので、さっき読んでいた箇所ではない頁を開いていた。柳についての解説だ。そのまま目を動かす。

ふと「目安木《めやすぎ》」という文字が見え、目を留めた。その前行から読み返してみる。

――柳は汚濁した水でも生き抜く樹木である。ゆえに、その土地に流れる水の汚濁を調べる際は、目安木となる。清水でなければ生存できぬ樹木と柳を混植し、他は枯死し、柳のみが生き残った場合、枯死の要因は土地の水質にあるとの推測が成り立つ。

給仕が皿を引きに来た。懐中時計を見ると、もう二時を回っている。

「勘定だ」

「はい、ライスカレエが七銭、ビールが二十銭、締めて二十七銭ですね」

パナマ帽と書物を脇に抱えながら釣りを受け取り、洋袴《ズボン》の内隠《ポケット》に入れた。暖簾の外に出た途端、右肘を正面から衝《つ》かれた。入れ替わりに入って来る男と躰が当たったようだ。相手は口の端に煙草を咥えている男で、背後に連れがいる。

「気をつけろ」

男は腕をさすりながら舌打ちをし、吐き捨てた。互いさまだと睨み返すと、連れらしき男が一歩、前に踏み出した。

「瀬尾さんじゃありませんか」

左の頬骨の黒子《ほくろ》に見憶えがあるような気もする。が、名前が出てこない。

「奇遇だなあ、こんな所で行き合うとは。この人、僕の先輩だったんだ。萬朝報にいた頃の」

連れに話している。と、煙草の男が「ふぅん」と亮一の身形《みなり》に目を走らせた。

「今、時事新報《じじしんぽう》の政治部にいるんですよ。萬は円満退社したんですが、いい時に辞めました。萬の記者といえば大手を振って歩いていた時代が嘘のようですからね。凋《ちょう》落《らく》が甚だしい」

亮一が在籍していた頃の萬朝報は販売部数日本一を誇り、とくに実業担当の記者は大層な羽振りだった。株屋と結託すれば世俗的な希みのほとんどはかなう、株流行《ばやり》の時代でもあった。

亮一はその中の一人と揉め事を起こし、社を追われたのである。

今から思えば、記者稼業の何たるかも理解していなかった。記者の名刺を持っていることが途方もない誇りで、同期の仲間と茶屋やカフェーで盛んに議論し、肩で風を切って町を闊歩した。仲間には大学を中途退学した者や年上の文士崩れも少なからずいて、亮一が学生時分に陥った憂鬱など珍しくもない経験だと知った。

皆、目標を見失っていたのだ。「大学を出たら、末は博士か大臣か」という一世代前の人生計画が、色褪《いろあ》せて見えた。そして自我の追究に溺《おぼ》れた。

「青年期の煩悶《はんもん》、厭世《えんせい》思想は、麻疹《はしか》だ。が、その病が引き起こす熱こそが文学の土壌を耕す。あの熱を体験せねば、何も開花しないね」

そう断言していた男は自殺未遂事件を三度、女との心中事件を二度引き起こしたことが自慢の種で、酔えば必ずその顚末を語った。実際、切れ味の鋭い記事を書いて、亮一は憧憬《しようけい》と微かな嫉妬を覚えたものだ。下宿に掲載紙を持ち帰り、筆写したこともある。

男は入社後半年も経たぬうちに、市電に轢《ひ》かれて死んだ。その夜、一緒に呑んでいた仲間が言うには、いつものごとく泥酔していたらしい。自殺か事故か、不明のままだった。

亮一はその数年後、女絡《がら》みの悶着を起こし、辞表を書かされた。

思い出した。向かいの机に坐っていた後輩だ。

「君か。見違えたよ」

当時は大人しい、いつも上目遣いに他人の顔色を窺う青年だった。

「瀬尾さんはお変わりがない」

こんなに陽気な声で喋る男だったかと訝しんだが、亮一は「じゃ」と小さく手を上げた。名前も出てこない相手だ。

「今、どこにお勤めなんですか。商社ですか、それとも広告代理店かな。今度、ゆっくり酌み交わしましょう」

名刺を渡そうとする。亮一は気づかぬ振りをして、後輩に告げた。

「今も記者をしているさ」

一瞬、後輩が口ごもった。

「それは失敬しました。そうですか、てっきり。で、どちらの社です」

「東都タイムスだ」

社名を告げると後輩は微かに眉間を寄せ、「君、知ってるか」と隣の男に顎を向けた。男は煙草を口から離し、足許に投げ捨てる。靴の爪先を動かしながら煙を吐いた。

「醜聞が得意なゴロ新聞だろ。僕は先に入るぞ」

暖簾を払い、店の中に身を入れた。後輩は手にしていた名刺を懐に戻し、「おい、待てよ」と男に声を掛ける。

「おかしいか」と亮一は訊ねた。後輩が振り向いた。

「何がですか」

「僕がまだ記者を続けていたら、おかしいのか」

黒子が上下に動いて、「いえ」と妙に大きな声を出す。

「そんな意味じゃありませんよ」

「収賄で馘になった男が、記者を続けられるわけがないからな。だがあいにく、のうのうとやってるぜ。今は神宮造営を追いかけている」

「神宮ですか」

後輩の目に微かな侮《あなど》りが宿った。

「造営の件は何かと記事になっているので承知していますが、今、欧羅巴《ヨーロッパ》全土で動乱が続いているんですよ。我が国も英吉利《イギリス》と日英同盟を結んでいますから、我々はその動向を追うので手一杯です。外電待ちですがね。そのうち、神宮の造営どころではなくなるでしょう。ああ、そういえば瀬尾さんと同期だった永島《ながしま》さん、あなたが辞めて半年も経たないうちに萬朝報を辞めたこと、ご存じですか。今は議員ですよ。何かと顔のきく人なんで、僕も懇意にしてもらっています」

薄い笑みを泛べている。

「永島。記憶にないな」

亮一はそこで話を切って背を向け、三十間堀川を目指して歩き始めた。振り向くと、後輩の姿は店の中に消えていた。

あいつも押し出しが強くなったものだと、歩を運ぶ。

奇妙なことに、今になってかつての姿を鮮明に思い出していた。

そうだ、慇懃《いんぎん》無礼な物言いをするので、上役の格好の標的になっていたのだ。返事の仕方が「女のように生温《なまぬる》い」「軟弱だ」と責められ、ひどく怯えていた。

亮一は上役に何度か抗議したことがある。

「横暴が過ぎませんか。ここは軍隊じゃない」

むろん、正義感などではなかったと自覚している。市電に轢かれて亡くなった朋輩《ほうばい》の姿が、胸の隅にあったのかもしれない。結局、だらしのない死に方をしたが、陰湿な苛《いじ》めには真っ向から抗議の声を上げる男だった。

後で知ったことだったが、上役は軍の信奉者だった。学歴のない叩き上げで、従軍記者として死線を彷徨《ほうこう》しながら記事を書き、手柄を立てたという。軍から名指しで新聞種の提供もあり、社からは重宝《ちょうほう》されていた。

幾度目かの抗議の後、亮一に仕事が回ってこなくなった。自ら外回りをしようと席を立つと、「瀬尾はいい」と止められる。出社しても、ただ無為に時を過ごす日が続いた。それでも平静を装い、黙って机の前に坐っていた。何を考えて毎日をやり過ごしていたのか、もう憶えていない。苛立って、軍隊式に殴《なぐ》られた方がまだましだと上役に突っかかったこともある。すると上役は、「俺は平和主義者だ」と拳で机を叩いた。

「軍兵も皆、同様だ。大日本帝国の尊厳自立と平和を守るために命を賭《と》している。何も知らんくせに、高みに立って批評するだけの奴には虫唾《むしず》が走る」

反論できなかった。頭の中には、当時の反戦論や社会主義論が渦巻いていた。だが、自前の言葉をもって相対することができなかったのだ。やがてまた偏頭痛に悩まされるようになり、医者にかかると神経症だと診立てられた。それでも出社した。何もせぬまま坐り続け、帰りには足腰が立たぬようになるほど酒を呷った。

その頃だ。永島の女と出会ったのは。

カフェーで独りで酒を呑む女が珍しく、亮一には新鮮に映った。何度か顔を合わせるうち話をするようになり、女はピアノの教師をしていると言った。萬朝報の永島という実業担当の記者と交際していると、それも自分で語った。亮一は社会部であったので、永島の顔は知っていたが口をきいたこともなかった。女を誘ったのは亮一からだ。女は黙ってついてきた。永島には何の怨《うら》みもなかったが、女を抱いた翌日は社で落ち着いて坐っていられた。

やがて上役が支局に異動して、亮一は仕事に復帰した。闇雲に働いた。女のことなど綺麗に忘れていた頃に、新しい上役から別室に呼ばれた。

「若造のくせに収賄とは、大した度胸だな。警察沙汰は勘弁してやるから辞表を書け」

亮一ごとき新米に賄賂を贈っても株屋には何の利益もないことを、上役は承知していたはずだ。まして亮一は株にかかわる部署ではない。が、証拠が揃えられていた。永島の父親は、内務省に顔のきく実業家だった。

萬朝報で収賄事件を起こした男を雇う新聞社は、大手では一紙もなかった。

いつもは濁っている川面《かわも》が眩しくて、顔を上げる。建ち並ぶビルディングの向こうで雲が流れ、川沿いに並ぶ柳の葉が揺れた。

下らん。俺はどこまで下らんのだと顔を顰《しか》めた。名前を憶えてもいなかった後輩相手に、何であんな子供じみた言い訳をした。

――今は神宮造営を追いかけている。

その報酬が、憐《あわ》れみ混じりの嘲笑だ。あの男はそれがどうしたと言わぬばかりに、口許をおおっていた。嗤《わら》われたのだ。当然だ。いつまでも人生を低徊している男が嗤われるのは、当たり前だ。

溜息を吐いた。

後輩が言ったように、戦争が始まったら神宮の造営どころではなくなるだろう。計画はおそらく頓挫《とんざ》する。

本郷の眼差しをまた思い出しそうになったが、振り切るように歩いた。頭の中で、立志伝の記事に乗ってきそうな経営者の名を繰った。

二

八月も末に近づいた夜である。

夜番は響子であったが、武藤と田中、そして亮一も残って仕事をしていた。

さっきから何度も響子が溜息を吐いている。鬱陶《うっとう》しいが、捨てておく。今もろくろく目を合わせてこないのは、響子の方なのだ。こちらから声を掛けてやる義理はない。

「瀬尾君、ちょっといいかしら」

ふいに話しかけてきた。硬い小声だ。

「珍しいな。僕なんぞ、とうに御役御免じゃなかったのか」

「皮肉は嫌いだと言ってるでしょう。男らしくないわね」

何を言う。つんけんしてるのは、手前《てめ》ぇじゃないか。

亮一は舌を打ち、原稿用紙に気を戻した。

「しばし休戦よ。原稿、読んでくれない？」

隣を窺えば、机の上に原稿用紙の束が置いてある。

「伊東、休戦の解釈が間違ってるぞ。いいか、僕はまったく闘っちゃいない。君がいつまでも根に持ってるだけの話じゃないか。馬鹿馬鹿しい」

すると響子は「あら、そうかしら」と嘯《うそぶ》く。

「ま、どっちでもいいわ。ともかく読んでみてよ」

響子が背後を振り返り、大机の前の武藤を見た。盛んに煙草を吹かしながら、ペンを走らせている。響子はなお声を潜めた。

「もう失敗できないのよ。今度武藤さんに却下されたら、万事休すだわ。何度も取材させてもらいながら一度も記事にならないなんて、本郷先生たちに申し訳が立たない」

「それは君の面目《めんぼく》の問題だろう。僕にはかかわりがない」

「かかわりはあるでしょうよ。たった一度とはいえ、かつ無礼極まりなかったとはいえ、君も農科大を取材したんだから。意見くらい出しなさいよ」

頭に血が上り、鉛筆を叩くように置いた。

「それが他人にものを頼む態度か。君こそ無礼じゃないか、自儘《じまま》が過ぎる」

と、田中と目が合った。細長い腕を動かして、頭を掻いている。

「伊東君、どうせなら、いっぺんに見せたら」

「いっぺんって？」

「武藤さんと瀬尾君に同時に読んでもらえばいい。その方が、瀬尾君も援護射撃がしやすいと思うよ。それに、僕も拝読したいな」

「田中さんはご自分のお仕事で手一杯なんじゃ」

「今、揚げ足を取ってる戦況じゃないと思うけどね」

田中は亮一をも取り成すように、目配せをして寄越した。

二時間の後、応接室に集まった。

武藤と響子は奥の椅子に、亮一と田中は扉側の長椅子に並んで腰を下ろした。

武藤は煙草を喫みながら、斜め左に坐る田中に読み終えた原稿を回していく。武藤は黙読が途轍《とてつ》もなく速く、田中は遅い。田中の前に溜まっていく原稿を辛抱強く待ちながら、亮一も煙草を咥えて読んでいく。

田中の口添えによって、不承不承《ふしょうぶしょう》ながらも共に応接室に入ったのだ。内心ではあの後、本郷が何を語ったのか、興味もあった。

そして何よりも、神宮造営の先行きが気懸かりだった。

今月八月二十三日、日本は日英同盟に基づいて、独逸《ドイツ》帝国に宣戦を布告した。亜細《アジ》亜《ア》の国で唯一、欧羅巴での大戦に参戦したのである。いつか萬朝報の後輩が口にしたように、そのうち、造営計画は行き詰まるかもしれない。

標題は、『神宮内苑に計画　永遠に続く杜《もり》』としてあった。

記事はやはり否定的な論調から始まっている。

明治神宮内苑の造営地として決定された代々木御料地は、御祭神に由緒の深い土地である。しかしながら、林苑を造るにおいては必ずしも理想的とは言えない。人が神社を訪れる際、我知らず崇敬の念、森厳の感興を催しめるのは、亭々《ていてい》として昼なお暗いスギ、ヒノキ等の針葉樹林の力に負うところが大なのだ。ゆえに明治神宮の林苑としても、この種の樹木が欲しい。

しかし幾多の針葉樹類は深山においては雄大な生長をなすものの、森林帯上、暖帯に属する東京においては安全な生育を期待できない。そして何より懸念されるのは、周囲より襲来する煤煙の害だ。ことに周辺の針葉樹の中でもスギ、モミ、アカマツ等の被害が甚だしい。専門家が当地を明治神宮林苑造成上、必ずしも理想的ならずとするのは、まさにこの点にある。

ここで響子は、本郷の留学先、独逸での体験に触れていた。

本郷講師が独逸で目の当たりにしたのは、都会、ことに工場地付近に見る煤煙が木々の生育を害すること甚大で、至る所で悲惨なる状態を呈するさまであった。

確か、漱石も留学先の英吉利で日本が目指す近代国家の行末を目撃したはずだと、亮一は思い返した。

工場群が黒々と吐き出す煙、煤《すす》によって空は日がな鬱々とおおわれ、古来の自然は無価値な物として壊滅的なまでに痛めつけられていた。ただでさえ太陽の光が乏しく季節の少ない国で、漱石は精神的に追いつめられたのである。

代々木御料地の近くにも、淀橋浄水場と渋谷発電所があった。これからあの煤煙が増えることはあっても、減ることはあるまい。

記事に目を戻した。

帝都の気候風土に適し、煙害にも耐性がある樹木は常緑広葉樹である。この見立《みたて》に疑いを挟む余地は全くない。が、常緑広葉樹では、日本人が崇敬してきた神宮林を形成できないのである。

そして、本郷講師の談話がこう引かれていた。

しかし鎮座地は決定されたのであり、もはや我々の覆せるところではありません。となれば、理想の林苑像そのものを転換せざるを得ない。神宮林は、永遠に続いてこそ杜です。ここに我々は、千年、万年続く人工林を造る方法論を提示いたします。

隣に坐る田中が、珍しく昂奮した声を洩らした。

「これは、凄いですよ。いや、大した度胸です。日本にもこんな学者がいたんだ」

いつのまに席を外していたのか、響子が盆を持っている。武藤、田中、そして亮一の前に湯呑が置かれる。ふだんは断固として拒否する茶汲みを、今夜は自ら率先して行なったらしい。ふだんは誰に対しても腰の引けている田中に率直な指摘を受け、しかもそれが「助け船」であることに響子も気づいているのだろう。

「田中、感想はその方法論とやらを読んでからにしろ」

武藤が不機嫌に制したので、田中は「すみません」と肩をすくめて原稿に手を伸ばした。読み終えた一枚一枚が、亮一の前に回ってくる。

千年、万年続く杜を人工で造る方法論として、次の基本方針を定める。まず、構成する樹木の選定は次の三つを要件とする。

一、最もよく気候風土に適し、かつ四周より襲来する危害に堪《た》え、永く健全なる発育をなすべきものたること。

一、林苑構成後はなるべく人為によりて植伐を行なうことなくして、永遠にその林相を維持し得るもの、すなわち天然更新をなし得るものたること。
一、林相は、森厳にして神宮林としてふさわしきものたること。

そして響子は、記事をこう続けている。


具体的には、樹木の生長を勘案し、四段階の遷移経過を予測して植栽計画を行なうのである。初期の植栽から五十年、百年、そして百五十年という時をかけて天然林相の実現を目指す、壮大な計画だ。

初期にはマツ、ヒノキなどの針葉樹を植えはするが、東京では健全に育たぬのを承知で選んだのは、やはり造営直後にも荘厳なる風致《ふうち》を得る必要があるためである。ただし、それらはいずれ枯死すると予測されるので、直射日光に強く、関東の冬の乾燥風、しかも煙害にも耐える樹種を混ぜて植える計画だ。

亮一は茶を啜りながら、響子の右肩上がりの文字を追い続ける。

その主となるのがカシ、シイ、クスノキ等の常緑広葉樹である。これらの樹木こそが東京付近の気候風土に合い、明治神宮林の主材となるものである。やがてマツなどの針葉樹が枯れると、常緑広葉樹が主役の杜に変貌を遂げる。

末尾にまた、本郷の発言がある。

厳しい気象や植生遷移《しょくせい》などの戦いの中で、森の上層林冠を形成していく樹種もあれば、消えていくものもあると予測しています。それを見越して樹種の選定と配置を行ない、配慮する所存であります。

亮一は目頭《めがしら》を揉み、原稿から目を上げた。

「森が完成するのは、百五十年後なのか」

響子が湯呑を持ったまま、「そうよ」と首肯した。

「しかし百五十年後ともなれば、調査会の委員はむろん、本郷氏自身もその計画が正しかったのかどうか、検証することができないじゃないか。こんな遠大な計画の是非を、誰がどうやって判断する」

「まだ先があるわ。全部、読んで」

武藤は脚を広げて貧乏揺すりをし、田中は身じろぎもせずに原稿を読み続けている。亮一は未読の何枚かを手にした。

別の記事原稿であるらしく、冒頭が改まって異なる文言が付いている。

標題は『理想は藪《やぶ》のごとき原生林』とある。

取材に応えているのは、農科大学の上原敬二《うえはらけいじ》という大学院生だ。記事によるとまだ二十代も半ばの青年で、研究室の一員として神宮林の林苑計画にかかわっているらしい。

上原は宮内省の諸陵寮頭《しょりょうりょうのかみ》の知遇を得たのを機に、全国の御陵林を視察する機会に恵まれたと書いてある。大阪府堺《さかい》にある仁徳《にんとく》天皇陵の内部にも足を踏み入れることが許されたのだという。

上原君はかく語れりと、響子は談話を紹介している。

天皇陵の境内は原生林、全くの藪でありました。数百年もの間、人の手が加わっていないことが見て取れました。あまりの荘厳さに足がすくんだのです。落葉、常緑の広葉樹が神域を成し、地面には数百年の落葉が堆積《たいせき》して絨毯《じゅうたん》を踏むがごとく、樹木の生長も実に見事でありました。全くの藪、これぞ永遠に変わらぬ極限の林叢《りんそう》であると、私は直観したのであります。以来、神宮林の設計では、この藪のような原生林を究極の理想として進めねばならぬという自覚に至りました。


響子に「瀬尾君」と呼ばれ、目だけを上げた。

「その上原君に、君も会ったことがあるのよ」

さっぱり憶えがない。首を捻ると、響子はそれ以上は何も言わぬまま口を噤んだ。

次の原稿は、独逸の森林美学についてが題材だ。

独逸には天然更新で永遠に繁茂する広葉樹の森があるらしく、本多博士、そして本郷も独逸での留学でそれを実地で学んできているらしい。

最後の一枚を卓の上の束に重ねると、武藤が身を乗り出した。

「田中、瀬尾。この記事、理解できるか」

田中は「はい」と頷き、亮一も首を縦に振った。すると、武藤は両の眉を大仰に上げた。

「俺にはさっぱりわからんな。常緑広葉樹と書いてあるだけで、頭の中が止まる」

「武藤さん、常緑広葉樹は身近な木ですわ。椎《しい》も樫《かし》も、団栗《どんぐり》が生《な》るでしょう。あの木はみな、常緑広葉樹。もっとも、人の暮らしに身近だからこそ、神座《しんざ》としての風格は針葉樹に遥か及ばずと見做《みな》されるのですが」

武藤は「そんなもん」と、音を立てて茶を啜る。

「うちの読者にどうやって伝える。だいいち、百五十年後とやらの森の姿が想像できる読者が一人でもいたら、懸賞ものだ」

すると田中が蟀谷《こめかみ》を掻きながら、「あのう」と顎を突き出した。

「何だ、田中」

「脚注を入れたらどうでしょう。もしくは図式で解説する方法もあります。針葉樹と広葉樹は明らかに樹形が異なりますし、葉の形など具体的に示せば誰でも腑に落ちます。うまく絵で説明してやれば、親は子に見せてやるんじゃないでしょうか」

「うちは読み捨て専門だぞ。艶種《つやだね》の載った新聞をわざわざ家には持って帰らねえ」

「ですから家庭欄の頁を充実して、女房子供にも見せたくなる紙面を構成しませんか。大新聞では家庭婦人からの投稿も多いし、教育に熱心な中流家庭も増えていますす。科学的な内容をわかりやすく図式で紹介すれば、反響はあると思いますが」

田中がこんな風に意見を述べるなど、かつてなかったことだ。

「有難うございます」

響子が礼を口にするのも、しごく珍しい。田中は叱られた小学生のように赤面して俯《うつむ》いた。

「図や絵を入れるのは無理だな。広告を取れねえ自前の記事で、そんな銭はかけられない」

武藤はすかさず却下した。

「だが、この藪ってのは面白い。段階を踏んで自然遷移させるとか、独逸の森林美学云々もとんと理解できねえが、日本の御陵内に足を踏み入れたんだろ、この学生は。なかなか興味を惹く」

亮一は武藤の言を、「確かに」と受けた。

「百年、百五十年後の森を読者が想像する助けになるかもしれません。計画の壮大さ、遠大さが伝わりやすい」

「どうだ、田中」

「賛成です。日本人は古代から、山そのものを神と崇《あが》めてきました。鬱蒼とした森にも敬虔《けいけん》な気持ちを抱き、歌を詠んできたんです。伊東君が森を杜と表記しているのも、山や森林、樹木そのものに神を感じてきたことを踏まえているのでしょう」

「その通りです」と、響子の声が活気を取り戻した。

「じつは日本人だけではないんですよ。本郷先生によれば、古代のゲルマン民族も、原生の樫や楢《なら》の林に神を見ていたそうなんです。人類に共通しているんです」

「それはまた、興味深い説だ」

武藤は白々《しらじら》として、田中と亮一の顔を順繰りに見る。

「ともかく、藪の記事が先決だ。難解な単語、専門知識を必要とする言葉は一切、使うんじゃない。今夜じゅうに手を入れられるんなら載せてみよう。できるか、伊東」

響子は「もちろん」と、背筋を立てた。


東都タイムスが『明治神宮林　藪が理想』と銘打って記事を打ってから五日も経たぬうちに、他社が立て続けに同様の記事を掲載した。

武藤は他紙をばさりと置き、大机の上に足を投げ出した。

「藪を目指す神宮の森、林苑計画の要《かなめ》は藪。どこもうちの後追いだ。先陣を切るってのは、こうも気持ちのいいものだったか」

首の後ろで両手を組み、咽喉《のど》を鳴らさんばかりだ。

「久しぶり過ぎて、喜び方がわからねえな」

亮一は思わず苦笑した。

「奢ってやったらどうです、伊東に」

響子は直行で取材に出ていて、まだ出社していない。

「ん。久しぶりに稲菊でやるか。土曜の晩、どうだ」

東都タイムスは日曜を休刊日としているので、大事件でも起きない限り、土曜は比較的、時間の都合をつけやすい。

「僕は構いませんが、田中さんは」

田中は背を丸めたまま、「すみません」と詫びた。

「土曜は、私が子供を風呂に連れていく当番なんです」

「風呂当番なんぞ代わってもらえ。たまには、女房にがつんと言ってやれ」

「はあ」

「近頃の亭主は弱いな」

いつのまにか源次が上がってきていて、「主筆」と取り成し顔になった。

「うちは三代続けて、女房の尻に敷かれてますぜ。江戸者は昔っから、女房が怖《こえ》ぇ口でさ」

「そうなのか。じゃ、源さんも駄目か、稲菊」

「あたしは他用がありますんで、編集部だけで行ってきておくんなさい。けど田中さん、たまにはうまいこと交渉しなせぇよ、お女房《かみ》さんに。今度、上野の動物園に子供らを連れてくとか、帝国劇場を奢るとか。そのくらいの資金は主筆がお出しになりやすよ」

田中は「そうですか」と、尻を持ち上げた。

「何でだ、何で俺が田中んちの子供に動物園を奢らなきゃならない」

源次は笑いながら、郵便の束を武藤に差し出した。

「お、今日も来たな」

武藤は足を下ろし、さっそく封を開けている。二、三日前から手紙が届くようになり、いずれも件《くだん》の記事を読んだ読者の感想だった。

「他紙と読み比べてみたが、貴紙の記事が最も秀逸だと。当たり前だ、こっちは先駆けだぞ。ほう、出身が大阪の堺とやらの読者からも来てるぞ。懐かしき陵墓周辺の景色を思い出し、胸が熱くなりて候。かくも誇らしき思いは戦時の只中にあって、光明を見る思いにて候、か」

昨日の大新聞では、二日前の九月二日、日本陸軍は独逸が権益を持つ中華民国山東《さんとう》省の租借地に上陸を開始したと報じていた。

この欧州大戦への参戦については英吉利政府からの要請によるもので、首相の大隈重信はその要請を受けるや緊急会議を開き、すぐさま参戦を決定したらしい。今上天皇の御前会議は開かれず、独断専行との批判もあったが、いずれにしてもこの戦争は数ヵ月で終わるだろうとの見方が大勢を占めている。

参戦の号外が出た日は市中もさすがに騒然となったが、この読者のように「戦時の只中」という感覚を持つ国民は少数派で、神宮造営の計画も頓挫することなく着々と進んでいる。

ふと気持ちが動いて、武藤に訊ねた。

「京都出身の読者からの投書はありませんか」

「京都？　何でだ」

「いえ、明治天皇は京の生まれ育ちですから」

武藤はすげなく、首を横に振る。

「生まれ育ちっつっても、明治帝は十七、八歳で東京に来てるんだぜ。東京の方が遥かに長いだろう」

武藤はそれきり手紙から顔を上げず、源次は階下へと降りて行った。亮一は躰を戻し、机の上に肘を置く。

「瀬尾君」

呼ばれて顔を上げると、田中の顔が間近にあった。

「君、何が気になってる」

もごもごと囁《ささや》くような声だ。

「明治帝のこと、調べているんだろう」

「調べてませんが。何のことですか」

だが田中は「ふうん」と、得心のいかぬ顔つきだ。

「先だって、僕が夜番の時、君の原稿で不明なことがあって、机の上を少し触ったんだ。そしたらその、右側の山が崩れて。奉悼文やいろいろが目に入ってね。詫びようと思っていたんだけど、ずっと機会がなくてさ」

例の資料を見たのかと、すぐに察しがついた。

「あれなら、神宮造営の資料ですよ。伊東がいろいろと切り抜いて、目を通しておけと命じたんです。もう何年も机の上に置いたままにしてあったので、お気遣いは無用です」

「じゃあ、いいけど。いや、要らぬ差し出口だろうけど、明治天皇については難物《なんぶつ》だと思ってね。ちょっと心配になっただけなんだ」

「難物ですか」

「そりゃあ、そうだよ。亜細亜で初めての立憲国家の君主であったのに、帝自身についての記録は今も御簾の向こうだからね。まあ、日本には正史すら存在しないんだから無理もないが。今、神宮の造営に当たって、国史の編纂《へんさん》事業もようやく進んでいるらしいけど」

「国史の編纂」と呟くと、田中は「うん」と鼻の下を動かした。

「明治神宮の中に絵画館を設立するという計画があるだろう。金子堅太郎《かねこけんたろう》という御仁が国史の編纂に取り組んでいる。先帝の崩御後に欧米から日本に正史がないことを指摘されて、目下の急務らしいね。でも、政府が唱える歴史は薩長が中心の史観だろう？　宮内省の、いわば宮中の史観とは全く嚙み合わなくて、難航しているらしい」

よく呑み込めなかった。

日本には「正史」が存在しない。

そう言われればまさにその通りであるのだが、気に留めたこともなかった。

「明治政府は憲法と議会でもって国を運営するのが、やっとだったんだよ。何もかもが零から始められたんだからね。代々木の原野に杜を造ろうという志と同じさ。あれは百五十年計画だが、日本は五十年足らずでともかくここまで来た。近代化を急ぎ過ぎたと批判もされてきたが、我が国はこれまで一度も欧米列強による植民地化を許していない。何を割り引いても、これだけは東洋の奇跡だと言える」

「田中さんも、何か調べているんですか」

「とんでもない。僕は命じられた仕事で精一杯だ」

いつもの口癖を繰り出して、寒そうな顔をした。が、背後の武藤を窺ってから、

「ただ」と続けた。

「僕の家内の実家が、元は京都でね。遠縁に、女官《にょかん》をしていた人がいる」

思わず「女官」と呟くと、田中はゆるりと首を振る。

「もう退官しているらしいがね。女房も会ったことのない親戚なんで、僕もよくは知らないんだけど、女房が事あるごとに子供らに言って聞かせているもんでね。落ちぶれたりといえども、元は公卿《くぎょう》の血筋だって。いや、大した自慢にもならない分家のそのまた末なんだけど、女官をしていた人の家はそれなりの名家だったようだ。それで何となく僕も、宮中のことには気持ちが動いてしまうといおうか」

出入口の扉が音を立てて、田中が振り返った。響子だ。

「よぉ、花形記者。存外に早かったな。取材、首尾よくいったか」

武藤はひときわ大きな声で迎えている。

「読者がいろいろ言ってきてるぞ。さっそく次を書け。図入りの記事も案を出してみ

ろ。検討してやる」

　ところが響子は巾着を胸に抱えたまま、棒立ちになっている。

　武藤が怪訝《けげん》そうに眉を上げた。

「どうした。顔色、悪いぞ」

　響子は頰に手を当て、大きく息を吐いてから口を開いた。

「あの記事が問題になっています」

「あの記事って、藪のか」

　黙って頷く。すると武藤は笑いながら、肩をそびやかした。

「神宮の杜を藪にするとは何事かってえ、非難か。それなら、うちにも来てるぜ。境《けい》内《だい》は公園や庭園のように明るくすべしとか、花壇を設けて四季折々の美しい花を咲かせてこそ先帝の御霊《みたま》を慰《なぐさ》められるのだとか、好きに言ってやがる」

　他紙にも同様の批判記事は出ていたが、東都タイムスにもその趣旨の手紙が来ていたことを武藤は伏せていたのだろう。初耳だった。

「今さら気にしてどうする。何かを書けば何かを言われる、これは付き物だ。月に兎《うさぎ》、柳に蛙《かえる》みたいなもんだ」

「違うんです。ただの読者じゃありません。神宮林が藪のごとき林であっては見苦しいと憤慨しているのは、大隈首相です」

　大隈重信は明治の元勲の一人であり、今は総理大臣と内務大臣を兼任している。しかも神社奉祀調査会の会長も務めているはずだ。生まれは亮一の郷里である肥前、佐賀である。

「きっと、藪という表現がよくなかったんだわ。誤解を招くような気がしていたのに、私、そのままにして」

「俺があの原稿に許可を出した。格好つけて、己だけの咎《とが》にするんじゃねえ」

「そうだよ」と、田中までが細長い腕を振り上げた。

「伊東君、僕らもあの記事でいいと思った」

「でも、これで林苑計画に支障が出たら、私、申し訳が立たない。どうすべきなんだろう。記者はこんな時、どう振る舞えばいいの」

　響子は立ったまま天井を仰《あお》ぎ、眉の上に手の甲を当てている。

　亮一は上着と帽子を摑んで、板間に降り立った。

「行くぞ」

「どこへ」

「本郷さんの所だ」

「邪魔になるだけだわ。皆、血相を変えていたのよ。当事者にしてみれば、今、最も私たちにうろついてほしくないはずよ」

「そうだ。我々は当事者じゃない。記者はいつだって傍観者だ」

靴に足を入れながら、響子に言った。

「だからこそ、書けることがあるんじゃないのか」

三

林学教室に向かうと学舎建物の正面、玄関ポーチの前に記者が集まっていた。写真師を伴った社もあり、総勢で五十人を超えているほどの混雑だ。

亮一は学舎から少し手前で足を止めた。響子が口惜《くや》しそうに洩らす。

「こういう騒動になると、皆、素早いんだから」

「他人が難渋する案件ほど、読者をそそるからな。まして、高みに立って見下ろす批判記事ほど書きやすいものはない」

記者に囲まれているのは、三つ揃えの上下を身につけた男である。歳の頃は五十前で、堂々たる恰幅《かっぷく》の紳士だ。

「大隈首相の意見に対抗する手立てはあるんですか」と、記者が詰め寄った。

「市民からも、神宮林が雑木《ぞうき》なんぞの林であっては見苦しいとの意見が多く出ています。抜本的な見直しが必要では」

「そもそも、明治大帝を奉祀する神社に藪を造ろうとは、けしからん計画でしょう」

責め立てられても、男は重たげな一皮目《ひとかわめ》の上を指で擦《こす》るのみだ。

亮一は響子に顎をしゃくり、学舎の角にある大木の蔭に身を移した。藪記事を書いた女記者に気づけば、記者らは響子にも迫ってくる可能性がある。

密に葉を繁らせた枝越しに様子を窺いながら、低声《こごえ》で訊ねた。

「彼が本多静六博士か」

「そうよ。私はまだ直に取材できていないけれど、神宮林苑計画の事実上の責任者」

道々、響子から聞かされた話では、大隈首相は本多博士を呼びつけて叱咤《しった》したようだった。

「神宮林が藪のごとき雑木林であっては見苦しい。伊勢神宮や日光東照宮に倣《なら》い、巨大な杉並木を造成したまえ」

雑木などを植えては、神社林にならぬではないか。森厳悠久なる森を形成するには、杉や檜《ひのき》のような針葉樹こそがふさわしい。

つまり理屈の根本は本郷講師や本多博士が数年も前から主張してきた、「神宮を造営するには東京は不適」とする論と同じであった。

本多博士は大隈首相に、こう反論したようだ。

「杉なる樹木は、俗に谷杉、尾根《おね》松、中檜と言われるほど、水分の多い肥沃《ひよく》な土壌を好むものであります。かような土地では驚くほどの生長を見せますが、閣下もご承知の通り、東京は水の得にくい武蔵野台地に築かれた都市にて、我々はこれを関東ローム層と呼んでおりますが、至って乾燥した土壌であります。そこに杉を植えたところで、伊勢神宮や日光東照宮のごとき生長は得られません。ゆえに我々は、あえて常緑広葉樹を選んだわけであります」

だが大隈首相は納得しなかった。

「君らは現地をしかと調査したのかね。御料地内に残っておる清正井《きよまさのいど》、あの近くには一抱えもある杉の大木があるではないか。杉林のできぬわけがなかろう」

代々木御料地は元は彦根《ひこね》藩井伊家の下屋敷を含んだ土地であるが、その以前は熊本藩主加藤《かとう》家の下屋敷であったという由緒がある。その庭内に加藤清正に縁《ゆかり》のある井戸が残っているらしく、清正云々は実際にはもはや伝説の類であるが、今も滾々《こんこん》と清水を湧かせる水源があり、「清正井」なる名称も受け継がれていると響子は説明した。

「つまり偶々《たまさか》、その杉の根元に湧水があって、土の下でも水が流れるような環境であったから大木になったらしいのよ。本多博士はあれは特別な例で、神宮の造営地にともかく杉は適さない、まして広葉樹なるものは藪でも雑木でもない、広葉樹でなければ神宮の杜を永久に持続し得ないと説いたらしいんだけど、首相は全く納得しない。計画の変更を厳命したみたい」

響子はまた沈鬱な声を出した。想像以上に応《こた》えているようだ。

記者らは声を高め、矢継ぎ早に質問を浴びせている。

「本多博士、黙ってないで見解を出してください」

「首相を説得する自信はあるんですか」

しかし本多は身を返し、正面の石階段を上った。

「逃げるんですか」

記者らを尻目に本多の背中はさらに数段進み、そして踵を返した。ゆっくりと両の脚を広げて記者らを見下ろす。

「諸君」

路傍の演説者のごとき大音声《だいおんじよう》だ。階段の途中で足を止めた記者らが一斉に帳面を持ち直し、鉛筆を構えた。

「ゲーテはかく言えり」

本多は洋袴《ズボン》の内隠《ポケット》に両手を入れ、胸を反らせた。

「自然は常に正しい」

一拍置いてまた身を翻し、階段を駆け上って扉の向こうに消えた。

束の間、呆気《あっけ》に取られた記者らが「待ってください」と追ったが、扉の内側から守衛らしき男が三、四人も飛び出して、「学舎の中は立ち入り禁止です」と行く手を阻《はば》んだ。

「あんな一言じゃ、記事にならんじゃないか」

怒声を上げる者がいるが、守衛が決然たる姿勢で扉前に立ちはだかっている。

「ゲーテとは、とんだ煙幕を張ったもんだな」

響子に呟くと、黙って頷いて返す。武藤とひと回りほど違うように見えるので、生まれはさしずめ慶応《けいおう》あたりだろう。

「本多氏は何の博士《ドクトル》だ」

「林学。日比谷公園の設計にも参画した博士よ。当時、移植などとんでもないとされた樹齢数百年の大公孫樹《おおいちょう》があって、自分の首を懸《か》けてでもと移植に挑んだらしいわ。それで見事、成功を収めたという逸話を持っている。相当、肝《きも》の大きい人のようね。

出身が埼玉で、渋沢氏とは同郷ですって」

「なるほど。同郷の誼《よしみ》で、農科大学が神宮林の計画に加わったわけか」

「その辺りの事情は把握していないけれど、博士の夫人も大変な才女で、日本で四番目の女医よ。明治の頃、昭憲《しょうけん》皇太后の御前講義も務めたらしいから、そういった縁も重なっているのでしょう」

明治天皇の后は崩御後、五月九日に「昭憲皇太后」と追号された。

「渋沢氏と本多博士が以前からの見知りであったことは確かね。二人とも、青年修養団活動の推進団体の役員をしているし」

「青年修養団って、あの、地方の青年らが集まって地元に奉仕するという活動か」

遥か鎌倉時代に起源を持つ「若者組《わかものぐみ》」という町村の仕組みを祖型《そけい》としているのが、青年修養団だ。若者組は時に共同で生活をしつつ、土地の警備や神社への奉仕など、自治活動に従事してきた。それが明治に入って青年修養団なるものに発展したのだが、成人としての心構えや振る舞い方の規範を学ぶ修養に目的があるもので、これは旧幕時代から変わらない。

独逸にも同様の組織はあるが、軍事的鍛錬《たんれん》を目的としているらしい。ところが日本の青年修養団は一定の教義、主張に共鳴する同志の集まりではなく、軍部や政治に利用されることがあってはならないという強い警戒心を持って指導されている。

「ただ、神宮を東京に造営するについては本多博士も反対論を公表していたでしょう。それで一時は神宮候補地があんなに増えて混迷したわけだけど、難渋した渋沢氏が博士を直々《じきじき》に説得したらしいのよ。元はといえば、東京に神宮を造るのが目的で委員会を立ち上げて金子も集めているのだから、今さら他の地で造営となっては東京の面目が立たないって」

「東京ありきか、やはり」

「え」

「いや、何でもない。それで？」

「それで本多博士は、いまだ未熟なる日本林学ではあるけれど、無理な所に立派な神苑を造り上げて進ぜましょうと、青淵《せいえん》先生に請け合った」

　ところがよりによって、政府の最要人たる大隈首相が論を蒸《む》し返したのだ。下手をすれば計画を練り直すどころか、振り出しに戻るのではないか。

　記者らは守衛に掛け合いながらも、首を振りながら一人、二人と群れを離れていく。

「何だ。記事で世論を盛り上げてきてやったのに、非協力極まりないじゃないか」

「あんな調子で、本当に森なんぞ造れるのか」

「学者ごときがあの大隈公に太刀打《たちう》ちできんだろう。杉林に計画変更だ」

「それにしても腹が減った。どうだい、浅草に出て鰻でも」

昼飯の算段をしながら、構内の大通りを引き上げていく。揃いも揃って肘や膝の抜けた洋装で、肩をそびやかして歩くさままで似ている。己の姿を遠目で見ているような気がして、亮一は顔をそむけた。

「伊東、正面以外に出入口はないのか」

「こっちよ」

木の幹《みき》をはさんで建物の壁沿いに立っていた響子が、建物の脇道へと案内した。草深い道を回り込むと裏木戸があり、扉を引いて建物の中を覗いてから手招きをする。

「ここの守衛まで表に駆り出されたようね。不用心極まりないわ」

足音を忍ばせながら長い廊下を進んだ。昼間にもかかわらず薄暗く、静かだ。

ほとんどの大学は入学が九月、卒業は七月上旬であるので、農科大学も新入生を迎えているはずだが、まだ本格的な講義は始まっていないのか、人影が少ない。

響子はもはや建物内を心得ているようで、迷いもせずにいくつかの角を折れる。しばらく行くと歩を緩め、数歩、後じさった。亮一も足を止めて顎を上げた。声が洩れ、廊下の天井に響いている。

「ともかく大臣を説得する材料を用意したまえ」

誰かが何かを答えているが、よく聞き取れない。

「いかん、いかん。大隈公にそんな論が通じるとでも思うのか。敵は老獪《ろうかい》にして意志堅固たる大狸《おおだぬき》だぞ。今さら藪の解釈を云々したところで、容易に引き下がる相手じゃない」

幾つも洋扉が連なる廊下のうち、端の部屋の扉だけが開け放たれている。

「本多博士のようだな」

さらに近づき、手前の部屋の前でまた足を止めた。壁際に身を寄せて立つ。

「ここで屈するわけにはいかんのだ。針葉樹の林苑なんぞ造れば、十年も経たぬうちに枯れ果てるのは目に見えている。本郷君、そうだろう」

やはり、彼もここにいる。

当然のことであるのに、細く息を整えながら壁に背をつけた。響子が亮一を見上げ、背後にある扉を指差しながら口だけを動かした。

「ここに入りましょう」

手前の部屋の扉前に立っており、後ろ手で扉の取手を握っている。

「盗み聞きか」

「廊下でこうしているのも同じじゃないの」

「いや、よそう。このままでいい」

首を横に振ると、響子は西洋人のように肩をすくめた。

本多博士の声が一段と間近に響く。

「何としてでも、我々の手で天然に負けぬ人工林を造り出さねばならんのだ。でなければ今後、林学は不要の学問として政府に排除されかねんぞ。日本の林学がまた、世界に後《おく》れを取る」

ややあって別の声が何かを答えたようだが、やはり聞き取れない。本多博士が「そうだ」と言葉を継いだ。

「技術的に合理的な森林こそが最高に美しい。独逸森林美学の系譜を受け継いだこの計画の正当性を、大隈公に示さねばならん。論陣を張る材料を用意したまえ。……七日だと。とんでもない、表に群がった記者の数を見ていなかったのか。一日経てばその分、薮批判が増すんだぞ。真に恐ろしいのは大隈公じゃない、世論を味方につけた大隈公だ。いや、いやいや。待って三日だ。それ以上は一日も猶予《ゆうよ》できん。即刻、着手したまえ」

いくつかの物音が重苦しく行き交い、と思うと一人が廊下に出てきた。

本多博士だ。出入口からすぐに向こうへと折れ、脇目も振らずに廊下を行く。このままやり過ごせそうだと息を吐いた途端、薄暗い廊下の中央で立ち止まった。ゆっくりとこちらを振り向く。

表情はよく見えないが、剣呑《けんのん》な気配を発している。

亮一は咄嗟に響子を背後に隠し、数歩、間合いを詰めた。パナマ帽を少し持ち上げる。

「博士、ご無沙汰しております」

すると本多はやや置いて、首を傾げた。

「卒業生かね」

「久しぶりに上京いたしましたので、妻《さい》を伴ってご挨拶に伺ったのですが。外出されるようですね。また出直します」

本多の一皮目の奥がちらと亮一の背後に動いたような気がしたが、「ん」と頷きながらもう身を斜めにしている。

「そうしてくれたまえ。あいにく、今日は取り込んでおるのでね。失敬」

慌ただしい靴音が響き、博士の後ろ姿が廊下の角を折れるのを見送った。と、背後で溜息が洩れた。

「よくも思いつくものだわ。卒業生だなんて出鱈目」

「出鱈目じゃない。博士が勘違いしたのを訂正しなかっただけだ」

と、響子が眉を上げた。振り返れば、開け放された扉の中から、誰かが首から上を斜めに突き出している。

「あれ、伊東さんじゃないですか」

廊下に出てきた。彫りの深い顔立ちの青年だ。

「相変わらず熱心だなあ。でも、どうやって入ったの。今日は外部の人は閉め出しのはずだけど。ああ、そうか、いつもの裏口か」

早口で、いかにも江戸前の率直な物言いである。

思い出した。そうか、前にこの林学教室を訪ねた際に案内してくれた学生だと察しをつけた途端、響子が前に出て青年に頭を下げた。

「このたびはご迷惑をお掛けしました。申し訳ありません」

「何です、神妙な顔をして。迷惑って何ですか」

「ですから、藪の記事です」

「ああ、藪。いや参った、とんだ騒ぎに発展しちまって。でもあの発言は、僕自身が発したものだ。あなたに詫びられる筋合いじゃない」

　青年の肩越しに、別の人影が動いた。目が合う。

「君たち、ここで何をしているんです」

　落ち着いた声音《こわね》ながら、本郷は有無を言わせぬ口調を使った。


　本郷と共に正面の玄関を出た。階段を下り、黙って歩く。

　学内の大通りに出ても、本郷は振り向きもせずに歩く。時折、竹箒《たけぼうき》を持った職員らしい者が気づいて挨拶をすると、すっと手を上げて応えるのみだ。

　夏の気配が残る初秋の午下《ひるさ》がりのことで、通りの両脇に並ぶ木立の影が濃い。厩舎《きゆうしや》からか、牛馬の鳴声がする。

　亮一は歩きながら、林学教室の学舎を振り仰いだ。響子は研究室に残っているのである。上原という大学院生が掛け合ったのだ。本郷が亮一と響子を追い返そうとした時、「先生」と間に入った。

「伊東さんに雑用を手伝ってもらってもよろしいですか。彼女はじつに整理が上手いんです」

研究室の大机に書物や資料、図面の類が堆《うずたか》く積まれているのが見えた。

「記者に助手をさせるのか」

上原は取って返して大机の隙間に左手を置き、右手で頭を掻いた。顔の小ささに比べて、やけに髪が多い。

「でないと、とうてい間に合いません。たった三日ですよ、三日で説得材料を用意しなくちゃならない。僕一人がいくら徹夜したって、どうにもなりません」

「わかっている。私も今夜は人と会わねばならん。家に戻って書斎の文献を繰ってみるから、明日の朝、互いの案を検討しよう。それから一気に準備に入る。今、闇雲に材料に当たっても無駄になる公算が大きい。いかなる反論を組み立てるかが先決じゃないのかね」

「僕もそう思います。ですがその論のために考えつく限りの、かつ科学的な材料をまずは集めたいんです。助手はいくらだって欲しい。今から他の学生を呼び出すにも、手間がかかるじゃありませんか。内田《うちだ》君と川又《かわまた》君は郷里に帰っていて、こっちに戻ってくるのは九月半ばだと聞いています。仙台と富山ですよ。向こうに手紙が届いた頃には、すべてが終わっています」

襯衣《シャツ》の袖をまくりながら、上原は壁時計に目をやった。

「それに、伊東さんは他の学生より正しく計画を理解しています。先生も記事を褒《ほ》めておられたじゃありませんか。許可してください。ほんの三時間、いや二時間でもいい。日が暮れたら、守衛に停車場まで送らせますから」

講師相手に、院生とも思えぬ強引な申し出だ。本郷は眉根を寄せながら響子を見た。響子が前に進み出る。

「文献の整理、筆写もいたします。いえ、せめて書棚から必要な書物をお探しするだけでも」

本郷はしばらく黙していたが、亮一に眼差しを移した。

「うちの研究室は慢性的に人手が不足していてね。これまでも伊東君にはいろいろと雑作《ぞうさ》をかけてきたから、今さら了承を得るのも妙な按配《あんばい》だが」

「本人が望んですることとです」

「内密にできるかね。研究室の内輪《うちわ》のことは一切、外に洩らしてもらっては困る。伊東君はこれまでその約束を守ってくれたから、ここへの出入りも黙認してきたんだ」

「つまり、僕に釘《くぎ》を刺しておられるんですね。余計なことは書くなと」

本郷は黙って頷いた。

「それはご心配に及びません。今の時点では書きようがありませんからね。まあ、これほど重大な計画に携《たずさ》わっているのがじつはたったの三人で、しかも責任者である本多博士は無理なところを何とかしろと部下に命じるばかり、実際に手を動かすのは一《いっ》介《かい》の講師と院生だけだとは、それはそれで世間の興味を惹く話題にはなるでしょうが」

すると、上原という学生はにやりと片眉を上げた。

「あなたが瀬尾さんですね。お噂はかねがね、伊東さんから伺っていましたよ」

「偏屈な批判屋とでも」

「いや、お見受けしたところではもう少し積極的だな。わざと波風を立てて、その反応を観察している」

「いずれにしても、ろくな者ではありません」

すると上原は大机についていた手を離し、白い歯を見せた。

「改めまして、よろしく。東京帝国大学農科大学大学院の上原敬二です」

亮一も名乗り、「よろしく」と返した。

「君の、堺の仁徳陵での件《くだり》は非常に説得力があったよ」

「大隈公の不興を買ってしまいましたがね」

「林苑計画に参加したのは、いつから」

「三年生の春からです。本多博士にちょっと君と手招きされて、気がついたらどっぷりと首まで浸《つ》かっちまっていました。大きな声じゃ言えませんが、本多博士は人をお使いになるのがそれは上手い。方々で大風呂敷を広げて来られるから、こちとら、それを包んで回るのに駆けずり回っています」

本郷の前だというのに、平気で本多博士を槍玉に挙げている。随分と自信家のようだ。

しかし、悪くないと思った。自身の考えに基づいて思考し、手を動かしているのがわかる。そしておそらく育ちがよいのだろう、いかに率直な物言いをしても品《しな》が下がらない。であればこそ、まだ院生という身分にもかかわらず御陵内にも立ち入りを許されたのだ。通常ではまずあり得ない処遇である。

そして上原は再び本郷を説得し、響子を研究室に残らせる許可を取った。といっても、外で約束があるらしい本郷が時間切れになった事情も働いたのだが。

前を行く本郷は規則正しい足運びだ。よく磨き込まれた洋靴が、時折、土の中の小石を踏んで音を立てる。亮一は思い切って大きく踏み出して、本郷の隣に並んだ。

「少しよろしいですか」

「見ればわかるでしょう。急いでいます」

本郷はこちらに目もくれず、ひたすら大通りを行く。

「ゲーテの、自然は常に正しいという言葉ですが、林苑計画にかかわりがあるのですか」

「ゲーテ？」

「本多博士が記者らにおっしゃったんです。その一言を投げつけて、煙《けむ》に巻いておしまいになった」

「そうですか。本多先生らしい」

本郷の横顔が微かに動いた。苦笑のようだ。

「自然は常に正しい、誤るとすればそれは人間である」

「その言葉が、林苑計画の思想背景にあるんですね」

「さあ。それはどうかな」

「違うんですか」

「君はなにゆえ、そう考えるんです」

問い返してきた。亮一は歩調を合わせながら考えを巡らせる。

「樹木の生長を想定し、植物相《しょくぶつそう》の遷移までを読み込んで植栽するのでしょう。自然をよほど信頼していなければ、できない計画です」

「信頼か。それは観念が過ぎるような気がしますね。我が農科大学の林学研究室は、農林学校の時代から独逸林学の系譜を汲んでいます。明治政府はあらゆる分野に外国人教師を招聘《しょうへい》しましたが、独逸林学と森林植物学を教えたのはマイルというドクトルです。本多博士は独逸に留学する前にマイル先生の講義を受けたことを、今でも誇りにしておられる。つまり我々は観念ではなく、実体のある科学的態度で計画に臨んでいるつもりです」

「科学的態度」

「そうです。そもそも本多博士や私が東京に神宮を造営するのに反対した根拠は、神宮林にふさわしい針葉樹が育ちにくい植物帯であるという研究成果に基づいています。本多博士は森林の生育と環境要因との関係性に着目された、いわば日本列島の植生研究の第一人者ですが、その基礎となったのがマイル先生の調査研究です。マイル先生は大学で講義を行なうかたわら、日本の森林の実地を踏査された方でね」

「外国人教師が、ですか」

「北は択捉《えとろふ》から、南は屋久島《やくしま》までですよ。その調査成果が日本の植物帯研究の基礎となっています」

そういえば、本郷自身も独逸に留学していたはずだ。

「林学がかほどに発展するとは、独逸はよほど自然に恵まれた土地なのですか。あいにく私には洋行経験がありません」

亮一に限らず、多くの学生は一度ならず洋行を夢見る。だがそれをかなえられるのは、ほんの一握りの人間だけだ。成績が極めて優秀か資産家の生まれか、あるいはよほどの運が要る。亮一はそのいずれも持ち合わせていなかった。

本郷はしばらく逡巡するふうを見せてから、「独逸の自然ですか」と繰り返した。

「豊かだと言えるし、違うとも言えます。独逸が世界で初めて森林学の体系を打ち立てたのは十八世紀末ですが、それは当時、古来のゲルマンの森が荒廃を極めてしまっていたからでね。橅《ぶな》や樫《かし》のそれは美しい広葉樹林帯が広がっていた土地が、強引な工業化と農地開発によって壊滅的な打撃を受けた。その森を甦《よみがえ》らせようと復興に立ち上がった学者らが拠《よ》り所としたのが、ゲーテやシラーの思想です」

「強引な工業化とは、まるで今の日本じゃありませんか。いずれ独逸と同じ轍《てつ》を踏むことになりはしませんか。今年の末には中央停車場が開業する予定です。なるほど、市民と物資の流れは格段に速まりましょうが、となれば機関車の黒煙も増加するはずだ。東京の百年後の煙害など、おそらく今の比じゃないでしょう」

百年、百五十年後に天然林を完成させる林苑計画など、やはり途轍もない賭けだ。

傍らの横顔を見返したが、本郷は歩く速度を崩さない。が、静かに口を開く。

「明治以上の速度で工業化が進めば、そして経済優先の考えが今以上に強くなれば、環境要因が悪化するのは間違いありません。そうなれば、神宮林は五十年も保《も》たないでしょう。しかも、世界のどの国にも前例がない計画です。我々を教え、導いてくれる御雇《おやとい》教師はもういない」

その計画にたった三人で挑んでいると、誰が想像するだろう。しかも実務に携わっているのは、どうやら本郷と上原の二人である。

「ただ、明治政府は工業化だけを推進してきたわけではありません。農科大学の発祥は、明治十一年に開校した農学校にあります。開校を熱心に推し進めたのは大久保利通内務卿《ないむきよう》でした。あまり知られていませんが、大久保公は御一新後、勧業富国《かんぎようふこく》だけでなく農本《のうほん》主義をも唱えていました。農学校の開校式の祝辞でも、農をもって国民の生活を豊かにすると述べられている」

「ちょっと待ってください。明治十一年は、確か」

「そうです。農学校の開校式は一月、そのわずか四月《よつき》後に大久保公は暗殺されました」

新政府が元老院《げんろういん》と大審院《だいしんいん》を設置し、「漸次《ぜんじ》立憲政体樹立の詔《みことのり》」が発布されたのが明治八年（一八七五）、その翌年に「廃刀令」が出たことで不平士族の不満が一気に噴き出した。明治九年から十年にかけて神風連《しんぷうれん》の乱、秋月《あきづき》の乱、萩《はぎ》の乱、そして西南戦争が起きたのだ。その戦の半ばに木戸孝允が病没し、数ヵ月後に西郷隆盛は自刃、そして大久保利通が暗殺された。

天皇を君主とする近代国家の体《てい》が至って不安定であるにもかかわらず、当時、自由民権運動も起きていた。徳川幕府を倒した果てに築いた天下がこれか、こんなはずではなかったと、反動の嵐が吹き荒れた。

ふと、当時、明治天皇はいくつだったのだろうと思った。

まだ二十代も半ばではなかったか。政府の重臣らが立て続けに身の回りから消えて、いかなる思いが過《よ》ぎったのだろう。

目の中に泛んだのは、見慣れた御真影《ごしんえい》の、あの堂々たる威貌を持つ大帝ではなかった。

亮一の生家にも、そして全国の小学校から大学にまで御真影は行き渡っており、目を閉じていても顔貌が泛ぶほどだ。広い額に眉は太く、双眸《そうぼう》も力強い。髭の下の口許はやや下唇が厚く、少し突き出しているようにも見える。後に知ったことだが、明治天皇は大変な写真嫌いで、御真影は外国人絵師による肖像画を日本の写真師が撮影したものであるらしい。

だが、今、過《よ》ぎったのは瘦せぎすの青年だった。

玉座に坐って、目を瞬《しばたた》かせている。

薄寒いと思いながら、ただ黙している。

「本郷さん、その農学校の開校式に天皇の臨御はあったのですか」

「はい。農学に農芸化学、獣医学の講義や作業の様子も通覧されたと聞いています」

本郷が唐突に足を止めた。

「では、ここで失礼」

気がつけば構内を抜け、門の外にまで出ていた。牛馬の鳴声が急に耳に戻ったような気がした。

「本郷さん、今度、正式に取材させていただけませんか。もうお察しかと思いますが、以前、手紙を出し続けたのは僕じゃない。あれは伊東です」

本郷が微かに眉間をしわめた。

「困るね。君には相容れないものを感じるのに、いつのまにか思いも寄らぬほど喋らされる」

「記者としては、悪くない感想です」

互いに会釈だけを交わし、門前で左右に別れた。亮一は歩きながら煙草に火をつけ、渋谷の停車場へと向かう。

無性に問うてみたかった。

東京が神として祀らんとしている明治帝を、あなたはどう捉えているのか。

四

中庭伝いに、三味線《しやみせん》の音が低く響いてくる。

武藤は女将の酌を受けながら、「伊東の奴、遅《おせ》ぇな」と胡坐に組んだ脚を叩いた。

「いつまで待たせやがる」

「響子ちゃん一人を夜まで働かせといて、何言ってんですか」

稲菊の女将は「ねえ」と銚子を持ったまま、瀬尾に愛想笑いをした。

「東都タイムスより農科大の方が、よほど人使いが荒いじゃねぇか」

武藤には、他社にはできない潜入取材なのだと話してある。むろん、本郷から書かぬことを条件に許可を得たことは伏せてあった。

そして今日、本多博士が説得材料を携えて大隈首相に会いに行っているはずだ。その結果の報せを稲菊で待つことになった。

「どうですかね、うまくいったんでしょうか」

田中が不安げに眉を下げる。

「大丈夫に決まってるだろう。本多博士ってぇ御仁は口の立つ、なかなかの傑物らしいぜ。なあ、瀬尾。ゲーテで大手の記者を追っ払ったんだろ」

するとと女将が「あら」と、口をすぼめた。

「下駄で新聞記者を追っ払うなんて、ひどい話。近頃は博士もお大臣も、なっちゃいませんね」

亮一が苦笑いを零すと、田中は噎《む》せて飯を幾粒か噴き出した。

「田中さん、お酒が駄目なんだから、ご飯くらい、しっかり上がんなさいよ。どう、その糠漬《ぬかづ》け。あたしが漬けたのよ」

「はい、旨いです」

「そうでしょ。うちの糠床、おっ母《か》さんが伊豆《いず》から嫁入りする時に持ってきたってぇ代物でね。亜米利加《アメリカ》のペルリが黒船でやってきた年だって言ってたから、年季が違いますのさ。よかったら持って帰んなさいよ。瓜《うり》と茄子《なす》、それから茗荷《みょうが》と夏大根も漬けてあんの」

「女将、あんまり喋ると歳がばれちまうぞ」

「あら、そうなの。何で糠漬けで歳がわかっちゃうの」

女将は銚子を亮一の膳に置いて、口に手を当てた。

「瀬尾さんは、お麦酒の方がよろしいかしら」

「いえ、お構いなく」

女将は忙《せわ》しなく立って、座敷から廊下へと出て行った。

「まったく。外来語におを付けるなっつってんだろう」

武藤が口髭の先を引っ張りながらぼやいた。

「何べん注意しても、お麦酒にお珈琲って言いやがる。そのうち、おパン、おフルーツになるぜ」

するとと田中が取り成し顔で、「可愛《かわい》いじゃありませんか」と言った。

「あの婆さんがか？　詩人崩れがふざけんな。可愛いってのは、小さき愛らしきものに使う形容だろうが。そういや、瀬尾、市蔵の女房、亡くなったらしいぞ」

猪口《ちょこ》を持つ手が止まった。

「市さん、独り者じゃなかったんですか」

「いや、子はなかったが古女房がいたぜ。長い間、入院してたらしいんだが」

「そうですか、お女房《かみ》さんが」

久しぶりに市蔵のことを思い出して、亮一は酒を口に含んだ。

明治天皇が崩御したあの夏から、丸二年が経った。その間、市蔵とは一度も会っていない。

「市さんの家、ご存じですか」

「はて。それは聞いたことがないな。女房が亡くなったのも、探索の古株から聞いたもんでな」

武藤は盃を口に運びながら中庭に目をやった。小さな石灯籠《いしどうろう》に火が灯り、数本の樹木の足許に植えられた下草が艶を帯びて揺れている。

「伊東の奴、やっぱり遅いな。厭《いや》な予感がする」

武藤も造営計画の成り行きを気にしているのだ。

廊下で足音がした。女将と響子だ。女将は銚子と急須をのせた盆を持っており、

「ご着到よ」と先導して中に入ってくる。

「どうだ、博士は説得できたのか」

武藤が噛みつくように大声を上げた。

「まあ、何ですねえ、いきなり。気の毒に、随分と走ってきたみたいよ」

女将が湯呑を差し出したが、響子は天井を睨んでいるような目つきだ。

「女将さん、麦酒ください」

「お麦酒ね」

女将がコルクの栓《せん》を抜いた。響子は洋盃を鷲掴みにし、白い咽喉《のど》を見せながら呑んでいる。

「伊東、もったいぶるな、早く聞かせねぇか」

響子は麦酒を呑み干してから、ゆっくりと皆を見回した。

「成功です。首相が折れました」

当然と言わぬばかりの言いようだ。

「そうか、説得しおおせたか」

武藤が「よし」と拳を突き上げると、田中も歓声を上げた。

「や、やった」

女将が「ねぇ、何がそんなにおめでたいの」と、亮一に訊ねてくる。

「東都タイムスに、そんなに御利益《ごりやく》がある事件なの」

「いや、何もないいんですがね」

煙草に火をつけ、また響子に眼差しを戻した。

「ご苦労だったな」

「私は何も」

「どうやって説得したのか聞かせてもらいたいが、まだ緘口令《かんこうれい》が敷かれているか」

「いえ、解析図《かいせきず》についてはお話しできてよ」

「解析図？」

「本郷さんと上原君の二人が説得材料として用意したのが、樹幹《じゆかん》解析図。つまり代々木に自生している杉の壮齢木の何本かを伐《き》って、樹齢と樹高、直径の値《あたい》を求めて図にしたの。それから日光地方で産した杉材も同じように図にして、代々木ではいかに杉が生長しにくいかを示したってわけ」

　武藤は「さっぱり、わからん」と鼻を鳴らした。すると田中が懐から何かを取り出した。帳面と鉛筆である。さっと手を動かしてから、ひょろりと立ち上がった。床の間の前に坐る武藤の傍らに両膝をつく。

「要は、年輪です。輪切りの図ですよ。樹木は一年ごとに年輪を増やしますから、同じ幹の太さに達するのに年輪の数が多い場合、それだけ生長が遅いということになります」

　武藤はまだ不審げに首を傾げているので、亮一は前に移った。そこには二つの年輪が描いてある。右のものは輪の数が多く、左のものは少ない。

「瀬尾、わかるか」

「輪の数が多い右の図が代々木、少ない左の図が日光の杉ですね」

田中が細い両腕を大きく広げて見せた。

「たとえば、同じ五十年という時をかけても、日光なら一抱えほどの大木になります。ところが、代々木じゃ幹の太さがこのくらいにしかなりません」

今度は脇を締め、腹の前で幹回りを示している。

「子供の胴回りくらいということです」

「なるほど。そんな木じゃあ、いかにも殺風景だわな」

田中は響子に顔を向け、「農科大学も考えたなあ」と感心した。

「大隈公がいかに頑固でも、日光と代々木の育ち具合の差を図で示されたら、反駁《はんばく》のしようがないよね」

ところが響子は、また麦酒を呑みながら頭を振った。

「それが、首相はすぐにはお許しにならなかったんですよ」

武藤が田中と顔を見合わせた。

「何だ、輪切りで折伏《しやくぶく》できなかったのか」

「とてもとても、一筋縄《ひとすじなわ》ではいかなかったようですわ。それで、本多博士が業《ごう》を煮やして」

響子はいきなり半身を前に倒し、両の拳でどんと畳を叩いた。

「では、神宮林苑に杉を植えるといたしましょう。その何千本が枯れてしまった場合、いや、間違いなく枯れるのでありますが、あなたはその責任をお取りになれるんですか」

響子はそのまま顔だけを上げて、皆をぐるりと睨《ね》め回した。

「と、詰め寄ったそうです。それでやっと首相も引き下がった。東京の気候に合う常緑広葉樹を主にして神宮林を造ることに、相成りました」

再び歓声が上がった。

「よし、今夜は祝賀会だ。酒だ、芸妓も呼べ」

武藤が騒いで、女将にあれこれと命じている。

「伊東はあまり呑み過ぎるなよ。この顚末、すぐに書いてもらうからな」

「しばらくは無理です。また首相の機嫌を損ねたら、今度こそ私は切腹しなきゃあなりません」

「何だと。じゃあ、この三日の間、いや今日も含めたら四日だ。四日もお前を差し出していた我が社はどうなる」

「大丈夫です。他にいろいろ仕入れてきましたから。傍観者であればこそ、書けることがあるんです」

亮一が告げた言葉を憶えているようで、響子は愉快そうに笑みを泛べた。

「まったく。うちは慈善事業をしてるんじゃないぞ。神宮に振り回されてるうちに、こっちが潰れちまう」

田中は立ち上がって、亮一の肩に手を置いた。

「そろそろ校正刷りが上がる時分だから、行くよ」

今夜は田中が夜番だ。

「お疲れさまです」

一緒に廊下に出た。

「瀬尾君、悪いけど糠漬け、女将さんから預かっといてくれる?」

「わかりました」

一滴も呑んでいないのに、田中は鼻唄混じりだ。

「田中さん、樹木に詳しいですね」

「そうでもないよ。まあ、誤植を見つける作業よりは得意かもしれないけど」

自嘲ぎみに笑いながら、首の後ろに手をやる。廊下を折れて、玄関の式台の前に出た。下足番を置いている家ではないが、女将が気をきかせたのか、田中の靴が三和土《たたき》に出してあった。古ぼけて、黒か茶色か判然としない洋靴だ。

田中は式台に腰を下ろし、靴紐《くつひも》を結んでいる。その細い背中を見ているうちに、心積もりを思い出した。頼んでみようと思いながら、ずっと取り紛《まぎ》れていた。

「田中さん」

手を動かしながら、「何？」と気軽げな声が返ってくる。

「女官をお務めになっていた方が、親戚におられるんでしたね」

「ああ。女房の遠縁ね」

「面会を申し込むことはできませんか」

「面会って、誰が」

「僕です」

田中が首だけで見返って、「本気？」と洩らした。

「取材はまず受けないと思うよ。女房も死んだ母親から聞いただけみたいだけど、住んでる世界がまるで違うんだって。風儀も価値観も、何もかもが異なっている。だから親戚との交誼《こうぎ》もほとんどなかったって」

「書くなと言われることは、書きません。いや、そもそも、うちの新聞では扱えない題材ですから、掲載の当てもありません」

田中は三和土《たたき》の上に立ってから身を返し、真正面から見つめてくる。今さらながら、風采《ふうさい》の上がらない男だ。薄い髪は蓬草《よもぎそう》のごとく伸び、目の下はいつも薄茶色に疲れ、肩幅が頼りない。

「でも、書きたいんだね」

「書きたいというより、知りたいんだと思います」

「まあ、神宮林を追ってる動機が伊東君とは違うような気がしてたけど」

「そうですか」

「うん。伊東君のは、同時代の人間として偉大なる営為を目撃したい、その場に居合わせたいという欲求だ。計画の当事者に共感して、そのタスクに参加してさえいる。いや、今じゃ伊東君だけじゃないよね。僕らまで何かを共有し始めちゃった。でも、君は少し違う。森に分け入って、何かを探ろうとしている感じを受ける。そういう君を見るのは初めてだ」

「お願いします。連絡先だけでも教えてもらえませんか」

背筋を正して、頭を下げた。顔を上げると、田中の半開きになった口から反っ歯《そっぱ》が見えた。

「君が僕に頭を下げるのも、初めてだよね。……自信はないけど、ともかく女房に話してはみよう。ただ、察するに、女官はおそらく首相より手強いよ」

「覚悟してお待ちします」

「糠漬け、忘れないでね」

田中は格子戸《こうしど》に手をかけて、念を押した。

（郷愁）


誰も彼も、おらぬようになってしもうた。

何でや。何で、こんなことになる。

新しい国を造るのと違うのか。世界に恥じぬ憲法を作り、有色人種が憲法を持つなど不可能だと見做《みな》しておる国々に、存在感を示すのではなかったのか。

そして議会を開き、国を富ませ、教育と軍備を整える。これぞ民草を守り、生きてゆく誇りをもたらす道やと、共に誓《ちこ》うたのではなかったか。

そやのに、何ゆえ、誰もおらぬようになった。

御座所の窓を見ながら、奇妙な想像をした。

鳥はこの硝子《ガラス》が見えるのやろうか。風の流れに乗って翼を広げるうち、追突することはないのやろうか。

そこに透明な壁が仕込まれていることを知らぬ燕《つばめ》が嘴《くちばし》を潰し、軒下《のきした》に落下する姿が目に泛ぶ。


ああ、馬に乗りたい。

我が足で歩くことは禁裏《きんり》の慣いにあらず、公式では殿中でも輿《こし》を用いるのを常としてきた身やが、馬は格別や。

あれは后がこの東京に着いた翌々年やったから、明治四年のことやったか。

天気さえよければ、毎日、馬場に出た。木戸に導かれて、鞍《くら》の上に初めて乗った日のことは今でも忘れられぬ。

己の力でどこへでも駆けていけるような気がした。

けど何もかも虚ろやと、嘆息した。

木戸に西郷、そして大久保までもが逝《い》ってしもうた。父とも兄とも信頼しておったのに、もはや岩倉《いわくら》と伊藤《いとう》しかおらぬ。

岩倉は高齢で、伊藤は欧羅巴《ヨーロッパ》に外遊したままではないか。
能を観たとて、心のいずこが慰められよう。酒量だけが増えていく。
帰りたい。
后だけを我が胸に抱いて馬を駆り、帰ってしまいたい。
あの静かな、美しき都に。

# 第五章　東京の落胆

## 一

大正四年（一九一五）四月三十日、貴族院本会議において明治神宮造営局の官制及び予算が可決された。総員起立による可決で、神宮創建はこれで法律上も確定した。

そして昨日、五月一日、内務省が造営局官制を公布した。

一、明治神宮
　　祭神　明治天皇
　　　　　昭憲皇太后
　右、東京府下豊多摩郡代々幡町大字代々木ニ社殿創立

社格ヲ官幣大社ニ列セラルル旨、仰出《おおせいだ》サル

民間有志の発意から始まった神社奉祀調査会に代わって、霞ケ関《かすみがせき》の内務省に明治神宮造営局が設けられた。総裁は伏見宮貞愛親王《ふしみのみやさだなるしんのう》、副総裁は歴代の内務大臣が務める。初代は大浦兼武《おおうらかねたけ》だ。内苑造営は今後、国の工事専門部局が担《にな》うことになる。

公布の内容について、亮一と響子は大手の新聞紙上で知った。

神宮造営局には本多博士が参与、本郷講師が技師、上原敬二が技手として任命されていた。本多博士は教授のままで、本郷も講師を兼務するようだが、上原は大学院を退学し、いわば現場をまとめる主任として着任した。

「官制公布については、上原君も新聞で知ったみたい」

響子は今も農科大学に通っているが、上原は造営地の測量と既存樹林の調査で外業《ぎょう》に忙しいようだ。

陣容は整ったものの現地はいまだ原野状態で、高等官らはすべて内務省詰め、判任《はんにん》官《かん》以下は現地に詰めて仕事に臨んでいる。造営局仮事務所は農家を改造した二間で、上原はこの現場事務所に陣取りつつ、打合せの際は大学の研究室に集まらねばならない。絶えず大学と行き来し、現地を走り回っているようだ。

「時々、近所の子供が御料地内に潜り込んで、枯草に火をつけて遊んだりしているそうよ。すわ火事かと仰天して、お弁当のお箸を放り出して駆けつけたって。子供のすることだから、始末に負えないわよね」

以前、自身も板塀の隙間から潜り込んだことなど棚に上げて、上原に同情していた。

響子はあれからいくつかの記事をものし、武藤も掲載の許可を出した。いずれも図解付きで、いつか田中が言っていたように、子供の興味も惹く内容である。針葉樹、広葉樹の見分け方から、年輪によって樹木の生長を判ずる法をわかりやすく紹介して好評を博した。

さらに埋草原稿ではあるが、植栽計画についても取り上げた。計画は今も同時進行で進められているのだが、常緑広葉樹だけでは単調で殺風景になる心配から、計画に矛盾しない限り、針葉樹や落葉広葉樹であっても形と色の美しいものは植える方針であるらしい。

つまり百五十年後の完成を目指しつつ、竣工《しゅんこう》直後の風致《ふうち》、美観にも配慮したわけで、これらの目的で植える樹木を「風致木」と呼ぶ。形の美しい風致木は黒松《くろまつ》と椹《さわら》、高野槙《こうやまき》など、色彩で風景を彩る風致木としては落葉広葉樹の公孫樹《いちょう》や榎《えのき》、楓《かえで》類、さらには欅《けやき》や四手《しで》、椋木《むくのき》などが選ばれるようだ。

響子はその後も研究室に出入りしているだけあって、ちょっとした難題の発生もこまめに拾ってくる。たとえば北参道として計画されている箇所の傍に敷地内最大の在来木、椋木があるのだが、相当な老木で幹には空洞ができていた。いつ枯れるか不明の状態であるとの判断が下され、その横に後継樹として若い椋木が植栽された。

ただし、この手の難題は響子いわく、毎日、いや、日のうち幾度も起きているようだ。響子はそれらを原稿に起こすのだが、むろんそのすべてに掲載許可が下りるわけではないし、入稿前に突如、没になったり、文字数を減らされる場合が多い。掲載の中止や延期、スペースの拡大縮小は新聞編集の宿命でもあるのだが、武藤の方針変更の影響もあった。

「月給取りの会社員だけじゃねえ、家庭の婦女子も安心して読める紙面を作れ」

田中がいつか社の応接室で説得した台詞が効《き》いたものか、いや、世の中の趨勢《すうせい》が明らかに変わりつつあることを武藤は読んだのだろう。

亮一は窓際の机の前で煙草を咥えたまま、東都タイムスの今朝の紙面をめくった。『春の行楽　いずこも近年にない賑《にぎ》やかさ』との標題《タイトル》が、大文字で横に組まれている。行楽記事は田中の担当で、ことに潮干狩《しおひがり》が盛況、品川の人出は前年の二倍以上になったと報じている。

この春、上野にもおびただしい花見客が集まり、隅田堤《すみだづつみ》は帝大生の競漕《きょうそう》を見物する者らで沸いた。別段では、帝劇の芸術座による『サロメ』や常盤座《ときわざ》などが連日、満員を続けている記事だ。

「明治から大正にかけて、ようやくリベラリズムが行き渡りつつあるんだ。今や、人生をいかに潤沢《じゅんたく》に生きるべきかが国民の最大の関心事だ。といっても、うちの読者に小難しい理屈は要らねぇぞ。要は、外を出歩きたくなる種を拾え。大正の市民を大いに遊ばせてやれ、人生を味わい尽くさせてやれ」

武藤は陣太鼓を打ち鳴らすかのように、煽り続けている。露わな艶種を減らした甲斐もあって、他紙の販社からの引き合いも倍増している。醜聞記事が紙面から姿を消すことはないが、その主役は政治家や実業家、貴族から、芝居役者と女優、力士に替わった。

そして広告面には化粧品や椿油《つばきあぶら》、ブリキの小児玩具《しょうにがんぐ》が登場している。家庭受けしそうな商品であれば、武藤は媒体料を半値にしてでも掲載に持ち込む。

「広告は時世を映す鏡だからな。紙面が華やぐ」

景気はさほど好転しておらず、しかも日本は今も欧州大戦に参戦中である。が、市中は平穏そのものだ。日清、日露を経て、日本人は「戦時下」という状況に慣れてしまったのかもしれないと、亮一は思う。

まして主たる戦場は、市民から何万里《り》も離れた欧羅巴《ヨーロッパ》だ。大新聞の政治面も、英吉利《イギリス》や仏蘭西《フランス》、独逸《ドイツ》、墺太利《オーストリア》が東洋に触手を伸ばす暇のないこの間こそ、帝国日本の覇権を固める好機だとの論を張っている。朝鮮、台湾を傘下《さんか》に収めた日本は東洋唯一の一等国として、亜細亜《アジア》の平和を守る義務を負っているとの理屈だ。

市民は敏感にその気分を察しているのかもしれない。

我々は猫を嚙む窮鼠《きゅうそ》ではなく、東洋を守る龍虎《りゅうこ》なのだ。神国日本の民なのだ、と。

そして日々の暮らしを楽しむ、そんな割前《わりまえ》がようやく庶民の自分たちにも巡ってきたとばかりに出歩くようになった。

日曜日に仕事を休むことに罪悪感を覚えぬようになり、活動写真は何を掛けても大入り満員だ。活動写真に押され気味であった帝国劇場もトルストイの『復活』が大反響を呼び、とくに劇中で松井須磨子が歌う「カチューシャの唄」は今も流行し続けている。

――カチューシャかわいや　わかれのつらさ

ミルクホールの女給だけでなく、市電を待つ停車場の女学生、そして響子までが時折口ずさむほどだ。

「伊東」

　武藤に呼ばれ、隣で原稿を書いていた響子が椅子を後ろに引いた。畳間であった編集室も板間敷きの洋間に改装され、各々《おのおの》が洋机と椅子で仕事をしている。といっても亮一と響子は以前の通り西側の窓際で、田中は北側の壁沿いだ。田中は朝から家庭博覧会の取材に出ていて、まだ帰社していない。

「何だ、この原稿。神宮林、国民の献木で造るだと」

「ええ、造営局が全国で出願調書受付を開始したんです。神宮林への献木を希望する者は、事前に書類を提出する運びとなりました」

「それは読めばわかる。訊きてぇのは、何で献木なんだってことだ」

「樹木の購入費用が、予算計上されていなかったからですわ」

　苛立った声で答えている。

「何だと」

「造営の総予算はおよそ三百四十六万圓、このうち苑路、苑地の造成に八十八万圓が見積もられています。植樹作業、土盛、その他の経費としては約三十三万圓。ですが、予算書には樹木購入費については言及がありませんでした」

「全く計上されてなかったのか」

「社殿や宝物殿の建造など、莫大な経費を要するものが他にありますし、周囲の土塁や池泉《ちせん》等を除いた面積は十八万四千八百三十五坪です。土木費だけでも相当な掛かりですわ」

「人工で森を造るってぇのに、植木商から木を買う予算を取ってねえとは恐れ入る。これまでの用意周到ぶりとは打って変わっての、出たとこ勝負じゃないか」

「おっしゃりたいことはわかります。私も同じことを思って憤慨しました。ですが国民に献木を呼びかける方針で、もう動いているんです。うちの紙面でも協力して樹木を集めないと」

するとと武藤が響子の言葉を切るように、声を大きくした。

「気に入らねぇな」

振り向くと、大机の上に足を投げ出して腕組みをしている。響子も立ったまま腕を組んでいた。

「何がお気に召さないんですか」

「神宮造営はもはや国家事業だぞ。何で、民間の弱小新聞社がお先棒を担がなきゃならねぇんだ」

「確かに、うちはいつまで経っても弱小ですわね。先月のお給料だってまだだし」

「それは昨日も説明しただろうが。印刷機を買い替えて、写真の精度が上がったんだ。お前らだって、紙面が見違えたって喜んでたじゃねぇか。今、給料のことなんぞ持ち出すなよ。俺が言いてぇのは、国の事業の宣伝を何で民間がするんだってことだ。こいつぁな、維新政府がさんざん使ってきた手口だぞ」

「維新政府」

響子はうんざりとした面持ちで、腕組みをしたまま天井を向いた。

「そうだ。徳川家の幕府を瓦解《がかい》させちまったはいいが、新政府にはろくすっぽ金がなかったろう。伊東はそんなこと、学校で習ってないか。いや、学校ってとこはいつも今の政府に都合のいい事柄しか教えないもんだがな。まあ、ちと想像してみりゃわかることだ。帝を担ぎ上げて錦の御旗《みはた》を翻したものの、長州や薩摩の田舎侍が日本国をまとめるほどの銭なんぞ持っているわけがねえ。一藩だけで外国と戦をおっ始《ぱじ》めちゃあ負け、その後は討幕にも相当な銭を使った。ともかく戦争ってのは銭が掛かるもんだからよ。むろん朝廷には元々、金がない。先代の、孝明天皇の法要を営む銭さえなかったんだぜ。それで鳥羽伏見《とばふしみ》の戦が起きる直前に、徳川家にその法要の銭を出してくれまいかと申し入れている。最後の将軍になった慶喜《よしのぶ》公が、あのお方は生粋《きっすい》の尊王《そんのう》だったからな、幕閣を説き伏せて法要料を出したっつう話だ」

徳川慶喜公は一昨年、大正二年（一九一三）の十一月に亡くなっている。明治政府への参画を高官らに何度も促されながら辞退し、沈黙を守り続けた。

「ともかく幕府を倒しちまった以上、国の体制を何とか造らねばならん。亜米利加《アメリカ》や英吉利、仏蘭西辺りと渡り合いながら、侵略されねぇように国を守るのが先決だ。今から考えりゃあ、随分と危ねぇ橋を渡ったもんだな。渡り方を一寸《ちょっと》間違えりゃ、今頃、日本は列強の植民地になっていただろう。国が分断されて、江戸以北は亜米利加、上方《かみがた》は英吉利の領地だなんてな。そういや、仏蘭西は薩摩を欲しがってたなんてえ噂もあったな」

武藤はそこまでを一気に捲《まく》し立て、また目を押し広げる。

「欧米列強に対峙《たいじ》し、国の独立を守る。そのためには近代産業を興《おこ》して経済力をつけるのが急務だ。だが、政府が持っていたのは徳川幕府から召し上げた直轄地の八百万石《ごく》だけだったからな、無い袖は振れねえ。で、商人に命じて金蔵の中の物を引っ張り出させた。つまり国債という形を取って、京、大坂の豪商らに金を出させるってぇやり口よ。その返済に政府は長年、苦しんだらしいが、政権が不安定な時に諸藩相手の無茶はしにくい。後に諸藩には版籍奉還させたが、直轄地で重税を課したから農民一《いっ》揆《き》が頻発した。民衆の多くが新政府にただならぬ不信感を抱いたんだ。士族の俸禄《ほうろく》を止めるのも、かなり時機を見てからのことだ。それでも方々で不平士族の反乱が起きただろう。政府はその最中にも近代工場を建て、軍を強化し、政府要人は何年も外遊した。元手は、民間の金子ってことだ」

席に戻ってきた響子は溜息を吐きながら、「瀬尾君、お昼、行きましょうよ」と言った。

蕎麦をたくし込みながら、響子は愚痴《ぐち》を吐き続けた。

「原稿を没にするのに、毎回、あの長広舌《ちょうこうぜつ》を揮われたんじゃあ堪《たま》らないわ。何が大正のリベラリズムよ。頭の中はまだ御一新じゃないの。古いのよ」

「過去を検証しながらでないと、先に進めないのさ。とくにあの世代は、激動の時代を生きてきた」

「あら、庇《かば》うのね。お給料、遅配されているのよ。こんなに酷使されてるのに」

箸を持ったまま睨みつけてくる。

「庇ってなんかいやしないさ。実際、懐は厳しいが、以前よりは広告を取ってこいと尻を叩かれんだろう。その分、まともな取材や執筆に時間を割《さ》けている。数年前と比べたら、我が社も随分な向上だ」

響子は肩をすくめてから、店の女に蕎麦湯を言いつけた。

「そういえば瀬尾君、最近、裏稼ぎをやってなさそうね」

「あれはあれで手間がかかる。探索への分け前も要るし、だいいち、腕のいい探索は皆、引退しちまった。手駒不足だ」

市蔵を訪ねようと思いながら、そのままになっていたことを思い出した。住所は武藤から教えられたのだがどの手帳に書きつけたんだったかと、煙草に火をつけた。響子も蕎麦湯を啜ってから、一服つけている。

「献木、どのくらい集まるかしら」

思案げに、細く煙を吐いている。

「そういや、本郷さんは変わりないか」

「お忙しそうよ。東都タイムスと変わらぬ激務。いいえ、それ以上かもしれなくってよ」

「本郷さんって、いくつなんだ」

「明治十年生まれだから、今年三十九になるんじゃないの」

「君はまったく、並外れた記憶力だな」

「こんなの、人並みよ」

「さっきの予算の仕分《しわけ》も全部、頭に入ってたじゃないか」

「瀬尾君が駄目過ぎるんじゃないの。記者ってのは、人の顔と名前はまず忘れないのが基本でしょう。でも大概、うろ覚え」

「相手によるさ」と言いながら、また本郷を思い泛べた。明治十年生まれであれば、亮一より九歳年長である。

「本郷さん、日露戦争の頃は二十代の後半だったんだな」

「そうなるわね。成績優秀で、第一高等中学だったらしいんだけど、でも神経衰弱が高じて退学を余儀なくされたらしいわ。もとは地質学を専攻するつもりだったのに、しばらく静養が必要だったんですって」

「伊東、いつ本郷さんに取材した」

「上原君から聞いたのよ」

亮一は「そうか」と煙草の灰を落とし、脚を組み直す。

「でも意外だな。初めから林学志望じゃなかったのか」

「農科大学の乙科に入学したのは、初志を泣く泣く断念した末のことだったらしいわよ。でも農科大って、野山に入って植物を採集したり演習林で実習したりするのよね。それが精神にもよかった、初心を翻した決意は間違っていなかったって、上原君におっしゃったことがあるんですって」

「じゃあ、独逸に留学したのはその後か」

「いいえ。農科大を卒業後にいったん教職に就《つ》いたみたい。これは私の推測だけど、おそらく食べていくためだったのでしょう。本心では学問の道に進みたかった、でも僕はこうして学者ではない道を歩くのだろうと苦悩して、諦念《ていねん》しかけた時分に大学時代の恩師が声を掛けてくれた。その恩師が、本多博士。彼が本郷さんを、造林学教室の助手として呼び戻したの。本郷さんがミュンヘン大学に留学したのは、その後のことよ」

「そうか」と、掌で顎をおおった。

挫折を知らぬ、林学者としての人生を真っ直ぐに歩んできた人だと思い込んでいた。

窓外に目をやると、五月の木々の若緑が陽射しを受けている。光までが青い。

「本郷さんには、一度、取材をさせてくれと申し入れたことがある」

「そうじゃないかと思ってたわ。でも、しばらくは厳しいんじゃないの。時間が取れない」

「わかっている。だから電話もしていない」

「そういえば、田中さんにも何か頼んであるでしょう」

「一流は耳が早いな」

「また、そんな皮肉っぽい笑い方をして。同じ社内にいたら厭でも聞こえるわよ。昨日も小声で話していたじゃないの。皇太后の一年祭とか聞こえたけれど、何を調べてるの」

「いや、田中さんの伝手を辿ってもらっていたんだが、駄目だった。別の手立てを考えなきゃならない」

昨日、田中は「生憎《あいにく》だったね」と頭を掻いた。

田中の女房の、それも母方の遠縁が宮仕えをしていた女官だったのだが、その生家の血筋が途絶えているとかで、消息を得るのに随分と日数がかかったらしい。しかも当人は昨年四月、皇太后の崩御によって一年間の喪に服し、一年祭の後は生まれ育った京都に帰ったのだという。

昭憲皇太后の御陵は、伏見桃山にある明治天皇の御陵の傍らに築かれている。

京都か。

その地が、まるで異国のように遥かに思えた。

「あら、燕」

響子が細い頤《おとがい》を窓外に向けた。

蕎麦屋の軒下から、一羽が空に向かって飛んだ。

二

七日の後、亮一は市電を乗り継いでから新大橋《しんおおはし》を渡った。

東に進んで深川西町《ふかがわにしまち》で北に折れ、横川《よこかわ》沿いに歩く。かつては猪牙舟《ちょきぶね》が行き来していたこの川を、小さな蒸気船が幾杯も遡上《そじょう》している。煙突からポンポンと黒煙を吐きながら、新しい文明の空気を撒き散らしている。

本所菊川町《ほんじょきくかわちょう》に足を踏み入れれば、子供らが遊び回っていた。博覧会や行楽地で見かける子供とは異なる身形で、古びた絣の着物を端布《はぎれ》で結び、裸足《はだし》や半裸の子も珍しくない。洋装の亮一をじろじろと物珍しげに見て、視線を合わせれば蜘蛛《くも》の子を散らすように駆けてゆく。

行き交う飴売りや冷水売り、それを買いに長屋から出てくる女房も半裸だ。

不思議なことに、学生時代は思わず目を背けた下町の風景が今日は嫌悪を催さない。

開化から取り残されたような下町なのだ。彼らは新聞などに目を通したことがなく、今も近所の噂話の中で生きているのだろう。

汽笛が鳴った。遠くの海で響く、遥かな音だ。

亮一はもう一度手帳を見て、一本の路地に入った。縁台で将棋を指す男らに訊いて、目当ての裏長屋にようやく辿り着いた。板屋根が傾《かし》いで草が生えている木戸門を潜る。

棟割《むねわり》の木造は左右に二棟あり、井戸端には盥《たらい》が伏せて干してある。路地の奥で誰かが大きく脚を広げて屈んでいるのが見えた。見憶えのある首筋は今も陽に灼けて、だが盲縞《めくらじま》の単衣《ひとえ》の背中は随分と幅が狭くなった。頭もすっかりと白い。

背後に近づいて、声を掛けた。

「市さん」

屈んだままゆっくりと振り返った。手に鋏《はさみ》を持っていて、膝の前には盆栽らしき鉢がいくつも並んでいる。目尻と口の周りの皺が動き、「や」と声が洩れる。

「瀬尾さんじゃありませんか」

「ご無沙汰しています」

「いかがなすったんです」

「久しぶりに一杯やりたくなっただけですよ、市さんと」

右手の一升瓶《いっしょうびん》を見せた。市蔵は立ち上がって、尻端折《しりはしょ》りの下から突き出した股引の前を手で払った。

「こんな老いぼれのことなんぞ、うっちゃっといてくだすったらいいものを」

植木鉢を手にした拳で鼻の下をこすり、桟が飴色になった油障子を引いた。

「散らかってますが、お上がんになって。さ、ささ」

薄暗い土間を掌で示した。促されるまま中に入ると、左手に板間の台所があり、右手には二階への細い段梯子《だんばしご》が見える。四畳半を抜けて奥の六畳に通された。一坪ほどの庭に面した濡縁《ぬれえん》があり、そこだけが陽射しで明るい。市蔵は座布団《ざぶとん》を裏返して差し出したが、亮一は簞笥の上に目を留めた。

「拝ませていただいてよろしいですか」

「恐れ入りやす」

市蔵は頷いて、その場を離れた。

ひっそりと小さな位牌《いはい》に線香を上げ、鈴《りん》を鳴らしてから手を合わせた。槙《まき》らしき濃緑に、手摘《てづ》みらしい白花が添えて活けられている。

市蔵が戻ってきて、湯呑を二つ持ったまま胡坐を組む。亮一もその前に坐り、頭を下げた。

「ご愁傷様《しゅうしょうさま》でした」

「有難うございます。瀬尾さんに手ぇ合わせてもらえるなんて、女房も喜んでますよ。いやね、あなたの噂はちょくちょくしてたんでさ。外で呑むんならここに招いたらいいなんて、うちの奴、よく言ってたもんですがね。馬鹿野郎、こんな旧時代の長屋にお連れしたら、誂えの洋袴《ズボン》が台無しだなんて叱ったもんですよ」

確かに柱も畳も古びているが、市蔵は一人でも手まめに暮らしているのだろう、家の中はさっぱりと片づいてどこも埃じみていない。

亮一は一升瓶の栓を抜いて、湯呑に注いだ。自分なんぞの話が市蔵夫婦の間で出ていたなど、思いも寄らない。市蔵は押し戴《いただ》くように湯呑を額の前に持ち上げ、「乾杯」と言った。亮一も返礼する。

「乾杯」

市蔵は一気に呑み干し、手の甲で下唇を拭った。

「こんなに旨い酒、久しぶりだ」

土産の包みを畳の上で開くと、「こいつぁ、また結構な。牛肉の角煮ですか」と声を弾ませた。長火鉢の抽斗《ひきだし》から柳箸《やなぎばし》と小皿を出して寄越す。が、当人は角煮を掌の中に置き、すいと口に入れた。舌を鳴らす。

「こんな上等なもの、口が腫《は》れまさあ」

「うちの女記者に頼んで、見繕《みつくろ》ってもらったんです」

響子に酒肴を頼むと、快く引き受けてくれた。角煮は響子の叔母の手製であるらしい。

「西洋漬物と、バタピーナツも」

膝前に差し出すと、市蔵は恐縮する。

「あ、どうも。いえ、もう遠慮なく手前《てめ》ぇでいただきますんで。さいですか、へ、すいやせん」

市蔵は盆の窪に手を当てながら、酌を受ける。

「それにしてもあたしのことなんぞ、よく思い出してくれやした」

「うちの武藤ですよ。お女房《かみ》さんを見送られたらしいと聞いたんで、住所も古い見知りの探索に訊ねてもらったんです。もっと早くお訪ねしたかったんですが」

「東都タイムス、拝読してますよ。近頃、紙面に勢いがありやすね」

「武藤の方針です。相変わらず大声で喚いてますよ」

「結構なことだ。もう醜聞種で稼ぐ時代でもありやせんからね」

酒をまた口に含んでから、市蔵に問いかけた。

「市さんが引退を決めたのは、お女房さんの介抱でしたか」

斜視のきつい右眼は濡縁の外を向いている。

「さて、どうでしょう。確かに女房には長年、苦労の掛け通しでしたがね。ご承知の通り、探索なんぞ他人様《ひとさま》の後ろ暗いところを嗅ぎ回る稼業だ。出合い茶屋の裏通りで夜通し身ぃ潜めて、男が入った、女も入った、よし、茶屋の女に銭を摑ませて裏を取れって飛び込んでね。時には隣の部屋に入って、何せ襖一枚で隔ててるだけでやすからね、茶屋なんて所は。で、すっかり盗み聞きしたことだってありやすよ。いつだったっけ、政府の大物が場末で密会してましてね。相手がこれまた、女じゃねぇんですよ。衆道《しゆどう》でね。あの時はこっちが魂消《たまげ》たもんですよ」

小さく笑う。

「まあ、そんな稼業のお蔭で、女房をいい病院に入れることができたんでさ。その昔、皇后様も慰問なすったってぇ病院でね」

「昔ってことは、昭憲皇太后ですか」

「さいですよ。院長も婦長もそれがさぞ自慢だったんでしょう。看護婦らも学問のある、元は侍の家の出だ、女学校出だって人も多かった。うちの女房なんぞ、筋金入りの庶民でやすからね。いえ、親は江戸っ子でも何でもありゃしません。御一新前に上《じよう》州《しゆう》から流れてきた喰い詰め者でさ。まあ、女房も年端《としは》もいかねぇうちから料理屋の下働きやら、お運びやらをやってたような女でやすから、もう恐れ入っちまって、お医者や看護婦にここが痛むかと訊ねられても、それを言えやしねえ。ただ、いいえって首を横に振るばかりでね」

亡くなった母の面影《おもかげ》が甦った。母も「痛い」「辛《つら》い」を口にせぬ人だった。

「で、あたしが見舞いに行くたび、家に連れて帰ってくれって懇願するんですよ。元々、おとなしい女で、あたしがつまんねぇ女に引っ掛かって三月《みつき》も家に帰らなかった時も、一言たりとも恨《うら》み言《ごと》めいたことを言いやせんでしたがね。あん時ばかりは、子供みてぇに家に帰りてえの一点張りでさ。こっちも少しばかり気が立ってる日は、叱り飛ばしてやりやしたよ。あんな裏長屋で臥《ふ》せってたって治るもんも治らねぇだろう、ここできっちり治してもらいねえって」

「手術は」

「いや、メスを入れても手の施しようはねぇだろうって、お医者も匙を投げてたんですよ。胃の腑にでっけぇしこりがありやしたからね。まあ、そこを粘りに粘って入院させてもらったんですがね。そのうち、足腰が弱って便所まで介添えが要るってのに、それを看護婦に頼むのも気重だったみてぇで。小便を我慢し通して、とうとう膀《ぼう》胱炎《こうえん》ってのを併発しちまったんでさ。それが治まったら今度は顔から足の踵まで黄粉《きなこ》みてぇな色になっちまって、高熱を出しやした。胆管《たんかん》ってんですか？　そこの具合がよくねぇみたいでね。それでようやくあたしも目が覚めたんでさ。もう連れて帰ってやろう、うちで死なせてやろうって決めて、荷車に蒲団《ふとん》ごとのせて、ここまで曳《ひ》いてきやした」

市蔵の目はしばらくあらぬ方を見ていたが、胡坐の脚に肘を置き直した。

「こう言うと何だかあたしが女房孝行したような、しなかったような、そんな話に聞こえちまいますがね。正直に申せば、女房の病は一つのきっかけに過ぎなかった。今から思えば、そういうことでさ」

「きっかけとは」

「探索稼業から足を洗う機会ですよ」と言い、手酌で湯呑の中を満たす。

「嫌気が差してたんですか」

「それは違いやす。確かに世間様に胸を張れる稼業とは言えないが、まあ、若《わけ》ぇ時分は筆を持って記事を書いてたこともありやしたからね。己なりの張り合いは持っていやした。けど、新聞はこれから探索に頼る時代じゃねえ、おそらく記者自身が己の足で書くべきことを追い、洞察して書くような時代が来るんじゃねぇかって」

思わず、湯吞を持つ手を下ろした。

「参ったな。市さん、そんなことを考えていたんですか」

「あたしはね、明治天皇が御重体だと耳にした時に、ああ、自分もそろそろ引き際かと思ったんですよ。無性にね、終わったって思ったんだ」

「その後ですね、僕と会ったのは」

「そうでしたか」

「神田の、桜鍋屋」

市蔵はしばらく目瞬きをしていたが、「いや、このところ、物覚えがちっとばかり怪しいもんでね。耄碌《もうろく》しやした」と、頭を振っている。

亮一は湯吞を傾けながら、開け放した入口の向こうを眺めた。

「静かですね、この長屋は」

「空き家が多くなりやしたからね。うちの隣も早稲田《わせだ》の学生が住んでたんだが、芝居をやるってんで越しちまってね。近頃は戦争未亡人がやってる、賄《まかな》い付きのいい下宿があるらしい。そういや、瀬尾さんも以前は神保町で下宿しておられやしたね」

「今も同じ所に世話になってますよ。家主は戦争未亡人じゃありませんが、やはり婦人です」

「そりゃお誂え向きだ。さて、色っぽいことになっていそうですな」

言いようが悪かったのか、市蔵を誤解させたようだと、亮一は苦笑した。

下宿の主はイヨという、六十過ぎの老婦人だ。亭主を病で早く喪《うしな》い、荒物《あらもの》屋を細々と商いながら女手一つで育てた倅は日露戦争で戦死した。亮一はその二階を間借りしている。イヨは近頃、耳が遠い。

市蔵も笑いながら横顔を見せたのでつられて左を見れば、小庭に雀が何羽も降り立っている。その奥に盆栽の類が幾重も並んでいるのに気がついた。そういえば、家の前でも鋏を握って手入れをしていた。

「市さん、盆栽するんですね」

「いや。女房が好きでやってたんですよ。盆栽なんてご大層なもんじゃない、草市で苗を買ってきちゃあ増やしてたみたいですが、あたしは草木なんぞさっぱりでね。女房が残した物だから無下《むげ》にもできねぇんで、まあ、近所の植木屋に教えてもらったりして、見よう見真似で何とかやってまさ。けど不思議なもんですよ、草木ってのは。ああ、枯らしちまったと嘆いてると、いつのまにかまた新芽を吹いてたりするもんでね。そうなりゃ、あんな小さな鉢でもちっとばかし厳《おごそ》かな気分になるんでさ。そういや、タイムスでちょくちょく採り上げてなさる神宮林の工事、途轍もねぇ大仕事になるだろうって、植木職人の間でもその話で持ち切りみてぇですよ」

「そうですか。うちの女記者が聞いたら、喜びますよ」

響子は滅多と喜ばない女だが、神宮に関してだけは反応が違う。

「今、関東一円の職人に大招集が掛かってるみてぇで、しばらくは庭仕事も不景気でしたからね、願ってもねぇお申しつけだって沸き立ってますよ。まして明治天皇をお祀りする林苑を造るってんだから、この仕事に呼ばれなきゃ末代までの恥だって、何が何でも職人を出させてくれって掛け合う庭師もいるみてぇでさ」

「三月に、樹木献進依頼の通牒《つうちよう》を発しましたからね。本土のみならず、台湾、朝鮮総督府、樺太《からふと》にも通達したようです。それらの樹木が集まる前に造成が必要らしいんですが、現地はまだ原野ですからね」

「広いんでしょう。計画地の周囲はおよそ一里もあるって、記事に出てやしたが」

「庭師や植木職人だけじゃなく、土木の人足も相当な員数が要るでしょう。工期は六年と限られていますから、土塁工事と樹木の植栽工事は何が何でも大正九年にはしおおせなければなりません」

「で、あれでしょ。完成は百五十年後を目指すってんでしょ。あたしらには想像もつかねぇ年数ですよ。探索稼業なんぞ、こうと目星をつけた相手を追うのは長くて半年だ。いや、四月《よつき》が精々《せいぜい》だったかもしれねえ」

「それを言うなら、記者なんぞもっとですよ。取材して記事を書いて、翌朝にはもう停車場で配っていることも多いんですから。息遣いが短い」

「草木を相手にするってのは、ここの持ちようが違うんですかねえ」

市蔵は湯呑を置いて、己の腹に手を当てた。

「神宮、無事に完成するとよろしゅうござんすね。百五十年後の様子を、ちと見てみたい気がしやすよ。こんな年寄でもね」

雀はいつのまにか小庭から姿を消していた。陽が傾いて、塀際の盆栽のいくつかが影に紛れ始めている。

市蔵は煙管に火をつけた。

「瀬尾さんは、御大喪に行かれやしたか」

亮一も煙草を咥え、「行きました」と返す。

「あの夜、あたしはここで独りで酒を呑んでたんですがね。あの弔砲《ちょうほう》の音を聞いた時は、何とも言えねぇ気持ちになりやしたよ。幕府の瓦解から四十五年、己が生き延びることだけを考えて無我夢中でやってきやしたが、それにあたしは今でも政府ってのが嫌いですよ。田舎侍がフロックコートに勲章つけて、ふんぞり返ってやがる。手前ぇら、いったい何をやった。亜細亜を守るって大義名分をかざしつつ、本当は東洋のならず者になってんじゃねぇのかってね。戦意を発揚して、市民の目を内政から逸らす手口も気に入らねえ」

亮一は黙って耳を傾けた。

「けどね」

市蔵はぐいと首を突き出した。

「あの弔砲は、今も忘れられねぇんですよ。とうとう終わったと思ったんだ。幕末から御一新、そして明治を通しての、帝のおつとめが」

「つとめ」

「あたしなんぞが畏れ多いことですけどね。よくぞ天皇として全うしてくだすった、ああ、有難かったってぇ万謝の念が、神宮を造営し奉りたいってぇ志の源なんだろうって、あたしは解釈してんですがね。どうです、違いますか」

亮一は何も答えられぬまま、また酒を口に含んだ。

明治四十五年（一九一二）は七月に大正と改元され、九月十三日の夜、大喪之儀が青山練兵場で行なわれた。御柩を載せた轜車《じしゃ》が皇居を出発するのは午後八時だと、事前に発表されていた。その葬送の列を拝もうと、市中の沿道は夕暮れ前から市民で埋め尽くされた。芝居見物でもするかのように莚《むしろ》を敷き、酒を片手に葬列を待つ者らもいたほどだ。そう、この下町の者らも繰り出していただろう。

東都タイムスは武藤を始め、総員が青山の沿道で葬列を迎えた。

闇の中を、五頭の牛に引かれた轜車が近づいてきた。やがて誰もが固唾《かたず》を呑み、粛然とした。

「僕はその弔砲をよく憶えていません。確かに聞いたはずなのに、むしろ強く記憶に残っているのは静けさだ。あれほどの民衆が集まりながら、車輪が土を踏みしだく音だけが響いて、葬列の供の沓音《くつおと》が延々と続きました」

考えれば、あんな静寂を経験したことがなかったような気がする。

隣に立っていた武藤も粛として、頭を垂れていた。あんな武藤を見たのは初めてだった。大言壮語《たいげんそうご》も批判精神も影を潜め、秋の夜風の中で立ち尽くしていた。

轜車が式場である青山練兵場に到着したのは午後十一時前で、練兵場内に設けられた葬場殿に御柩が安置されたと知ったのは、後の新聞によってである。式典が執り行なわれ、今上天皇と皇后、皇族、各国の特派使節が参列した。

皇室はこの大喪之儀を機に、喪の装いを西洋に合わせて黒を採用した。日本古来の弔いの色は、宮中、武家にかかわらず白である。

日付が変わって十四日、午前一時四十分、御柩は霊柩列車の特別車両に移された。行先は京都である。同日夜半、伏見桃山に築かれた陵墓に明治天皇は埋葬された。

「市さんにもやはり、その万謝の念はあるんですか」

「先帝に対して、でやすか」

頷いて返すと、市蔵は薄白くなった顎を掌でおおった。斜視のきつい右眼が泳いで、やがて左の眼球だけがぴたりと亮一の眉間に据えられる。

「初めはお気の毒だと思ってやしたね。帝が初めて東京に入られた明治元年といやぁ、市中がいかほど荒れ果てていたことか。諸藩の大名や家中《かちゆう》は皆、妻子を伴《ともの》うて所領に帰っちまってやしたし、幕臣の多くは上野の戦で死ぬか東北に転戦して、江戸に残った者も駿府《すんぷ》で謹慎する慶喜公に付き従って移り住みやしたからね。朱門と庭木に彩られてそりゃあ豪壮だった大名小路も、ほとんどが廃屋《はいおく》でさ。いずこの旗本だったか、屋敷を売ろうにも買い手がなくてね、土地の租税を負担するってぇ条件を付けてもまだ引き取り手が現れねえ始末で、それで家屋だけ毀《こわ》しちまって、それが湯屋の薪材になったってぇ話もあるほどで」

市蔵は息を吐いた。

「あたしなんぞ上野の戦で生き残っちまいやしたが、主《あるじ》のいねぇ江戸城を見上げて暗澹となったのは侍だけじゃなかったと思いやすよ。財力のある者は早々に江戸に見切りをつけやしたが、他の地に移りたくとも移れねぇ商人や職人、百姓らはね、人が半分になっちまった江戸でこれからどうやって生きてったらいいんだろうって、さぞ心細いことだったでしょう。帝の御心中をお察しするのはこれまた畏れ多いかもしれやせんが、京から下向《げこう》された帝もそれは驚かれたことでやしょうね。二百六十年以上も天下の政を任ぜられ、宮中の歳費も担ってきた徳川将軍家が築いた東都とは思えぬ町に成り果てておりやしたから」

明治元年（一八六八）、明治天皇は数え十七歳だった。九月二十日に京都を出て東海道を下り、生まれて初めて富士の山と太平洋を見晴《みはる》かした。歴代天皇としても、初めてのことだったはずだ。

そして十月十三日、この東京の地に入った。その風景はどう映じたのだろう。もしかしたらいずれ近いうちに京に帰れる、そんな心積もりがあったかもしれない。当時はまだ、「東幸《とうこう》」という行事に過ぎなかったからだ。ただ、天皇が東京に着御すると直ちに城は「皇城」と改称され、東幸は大成功を収めた。

「何せ、公方様《くぼう》のことは身近に感じていても、帝についてはただ、やんごとない、神のごときお方だという捉えようしか持ち合わせておりやせんでしたからね。学のある者は尊王を頭では理解していたでしょうが、それでも実感ってものがねぇんです。その尊いお方がこうしてわざわざ下向してきてくだすったと思ったら、救われた心地になったんじゃありませんかねえ」

人々は天皇という存在が実在することを肌で感じ、打ち棄《す》てられた民であるという屈辱を紛らわすことができたのかもしれない。

その年の十二月に天皇は京都に帰り、孝明天皇の三年祭を斎行した。わずかその三日後、一條家《いちじょう》の美子《はるこ》姫の入内《じゅだい》之儀も執り行なわれている。つまり皇后を迎えたのだ。

そして明治二年（一八六九）、天皇は再び東京に向けて御所を出発する。この後、数日間の滞在はあったが、二度と京都で住まうことはなかった。

「そういえば、奠都《てんと》はいつ行なわれたんでしたか」

「奠都は帝からの詔《みことのり》によって行なわれるもののはずでやすが、なかったはずですよ」

「じゃあ、政府による布令ですか」

市蔵はそれにも「いや」と顔をしかめた。

「それもなかったはずです。政府としちゃあ、京をそのまま都にしておく案も持っていたんじゃありやせんかね。大阪が都になるという噂もありやしたから。ですが太政官《だじょうかん》は東京の政府内に設けられやしたし、結局、天皇は皇后を京から呼び寄せられた。御年十八歳でやすから、とてもご自身の判断とは思えやせんがね。ともかく江戸城の西丸御殿に少し手を入れただけでそのままお住まいになるってぇんだから、江戸者にとっちゃいかほど拠り所になったことか」

「それは、日本じゅうで言えることだったかもしれません。この国を一つにまとめ上げるために、政府も必死だったのでしょう」

亮一は腕を組み、また濡縁のかなたを見た。隣家の屋根越しの夕空を、薄い雲が流れていく。

明治天皇はすべての国民の精神的支柱であり続けたのだ。政府要人にその役割を求められ、見事に果たしおおせた。

だが一個の人間として、葛藤はなかったのだろうか。近代国家の帝としての模範は、どこにもなかったはずだ。おそらく、政府の強い意向によって新しい帝王教育が行なわれた。

市蔵はピーナツを幾粒も掌にのせ、そのまま口に放り込んだ。

市蔵が今しがた口にした言葉を、ふと考える。

――帝の御心中をお察しするのはこれまた畏れ多いかもしれやせんが同じだ。俺も気がつけば心中を推量している。

列強諸国にもその名を轟《とどろ》かせたエンペラーではなく、ただ一人の青年の感情を。

しかし、客観的事実が足りないのだ。明治天皇にまつわる事実を丹念に積まなければ、知りたいことには辿り着けない。人々が何ゆえこうも帝を尊崇し、神宮を造営し奉りたいと願うのかを解き明かせない。

どうすればいい。

「市さん」

市蔵はまだ頬を動かして咀嚼しており、酒を口に含んでは旨そうに舌鼓《したつづみ》を打っている。

「さっき、記者自身が己の足で書くべきことを追い、洞察して書くような時代が来るって言いましたよね」

「言いましたかね、そんなこと」

「洞察するには、想像は妨《さまた》げになりますか」

市蔵の左眼はまたあらぬ方を見ている。

「妨げにもなるし、何かに辿り着く階《きざはし》にもなるんじゃありやせんかね。瀬尾さん、何か重要な対象をお見つけになったんで？」

亮一は少し迷ってから答えた。

「無謀な挑戦だとは承知しています」

「それでも書くんでしょう」

「まだ覚悟がついていません。不明なことが多過ぎるんです。新聞記事としては成立しない」

時は大正だというのに、日本は正史すら編纂中の国だ。そして女官への手蔓《てづる》も失った。

「新聞の記事でなくったって、いいんじゃありやせんか」

「記事でなくても、いい？」

「さいです。洞察しながら書き、書くことでまた洞察する。それが記事としてふさわしいものか、それとも別の形がふさわしいのかはいずれ見えてきまさ。想像や勘を侮っちゃあ、なりやせんぜ。今は何でも近代的科学の一点張りでやすがね」

市蔵はふいに胡坐を崩し、片膝を立てた。左腕を膝の上に置き、右手を拳に握る。目が合った。

「この世を動かしてるのはつまるところ、人の心情だ。そのもようを探索するのも、やはりここでさ」

市蔵は亮一の左胸に拳の甲を当て、とん、とんと二度、軽く叩いた。それは珍しく、西洋人が扉をノックするような所作に思えた。

市蔵の拳から、ピーナツが幾粒も零れて落ちた。

三

八月に入って、神宮林苑の工事現場を訪ねた。

取材先からその足で代々木に向かい、響子とは代々木工務所で落ち合うことになっている。

現場は熱気と暑気で、地面から白煙が立ちそうなほどの喧騒だ。原宿から分岐して境内まで続く鉄道引込線が完成し、膨大な資材や道具が機関車によって続々と運び込まれているのである。

工務所に着くと、響子が立ち話をしていた。相手の上原は顔も腕も庭師のごとく陽に灼け、洋装でなければ職人らと見分けがつかないほどだ。

「人手も日数もまるで足りない。すでに過労務ですよ」

上原は頭をくしゃくしゃと掻きながら、亮一に零した。境内になる敷地の造成と樹木の植栽が始まったばかりで、年が明ければ社殿の背後に低い丘を造る大掛かりな土木工事や周辺の土塁工事なども行なわれるようだ。

「献木、全国から出願調書が集まり始めているようよ」

響子は我がことのように声を弾ませて、現場を見回した。黒々と土を盛った箇所が方々にあり、根を露わにして横倒しになった樹木もある。法被をつけた何人もの職人がその木の根元に身を屈め、声を掛け合いながら縄を巻いている。

亮一の視線に気づいてか、上原も職人らに目をやった。

「献木の搬入はまだ先でね。あれは、この土地に元々あった樹木ですよ。何も生えぬ荒野に見えてはいても、自然に芽を出し、ここに根を張った樹木も相当ありますからね。根回しを施して、林苑計画に基づいた場所に移植せねばなりません」

「根回しとは、何です」

「樹木を移植する際に施す処置で、太い根を切断してから埋め戻しておくんです。すると若い細根を多く発生させて、移植後の活着がよくなる。いわば樹木の若返り術かな。松類や欅《けやき》、辛夷《こぶし》などの移植によく利用される方法だと僕は理解していたんですが、職人によって、これは根回しを施すべきだ、いや、これはしない方がいいなんて意見が分かれるんでね」

そこで上原は腰に両手を置き、溜息を吐いた。

「気の荒い者同士だと揉めちまって、結局、判断を僕に求めてくるんだ。上原さん、どうしやす、決めてくれねぇと仕事にかかれやせんよって。僕はつい先だってまで、大学院で学んでいた一介の学生ですよ。庭師や植木職の習慣、技術についてはまったくの門外漢だ。でも、決断しなくちゃならない」

そう話しているうちにも職人らに呼ばれて、上原は足早に駆けていった。

じりじりと太陽が照りつけ、亮一は汗を拭いながら夏空を見上げた。ほとんど日蔭のない地で、土の匂いだけが濃く立ち昇ってくる。

社への帰り道で、響子と珈琲店に入った。ひどく咽喉が渇いていた。響子も同様であったようで、水を二杯も飲み干した。

手巾《ハンケチ》で顔を拭いながら、響子が言った。

「献木だけど、受け入れ作業も大変みたいよ」

「搬入はまだ先なんだろう」

「それが、さっそく盆栽を送ってきた人がいるんですって」

「盆栽？」

「全国に発布した触れでは、献木希望者は樹種と樹齢、樹高を記入して出願せよとしてあったのよ。一丈二尺六寸以上の高木、とくに好ましい樹種としては松、それ以外は広葉樹、背丈の低い灌木《かんぼく》は三尺以上、とくに美しい樹種としては常緑広葉樹ってね。でも、国民は神宮の中に何か途方もなく美しい庭園が築かれる、その中の一木を献進させてもらえると捉えた人が多かったみたい。じゃあ、先祖伝来の大盆栽を是非とも献呈せねばならぬって考えるわけよ」

「そうか。少しでも枝ぶりのいい樹木を出さねば、畏れ多いという感覚か」

響子は煙草を喫いつけ、灰皿に燐寸《マッチ》を投げた。煙を吐く。

「献木希望者の出願書が各地の役所から続々と手許に来ているみたいなんだけど、これも、なかなかの難物らしいわ。樹種名をね、片仮名や平仮名で記したんでは礼を失すると思うみたいで、無理に漢字を当ててくるみたい。その解読だけで一手間余計にかかるわ。中には方言で記されたものもあって、それがいったい何という樹木であるのかを判別しなくちゃならない。樹種によって日照条件や水遣《みずや》りの量が異なるから、植栽するまでの保存も気骨が折れる作業なのよ」

「そのために職人らがいるんじゃないのか」

「だから、皆、やり方が違うのよ。俺は三十年、この根回し法でやってきて失敗したことがねえ、いや、うちは先祖代々、この木には根回しをしねぇことになってるって、ぶつかり合う。上原君、首相並みの頑固者に取り囲まれちゃってるのよ」

「それは大変だ」

呆れ半分に頭を振った。

「笑いごとじゃないのよ、瀬尾君。職人って隠語を使うらしいんだけど、上原君にはそれがまるでわからない。異国で仕事してるみたいな疎外感じゃないかしら」

「なるほど」と、亮一は珈琲茶碗を皿に戻した。

「その上、この分だと献木は一万を超えるみたいなのよね」

「一万本か」

「そう。でも国民の志だもの、一本たりとも植栽前に枯らすわけにはいかない」

その大事業の現場に、二十七歳の上原が立っていた。

四

落葉樹のさまざまが紅葉し始めた、十月の夜である。

　亮一は安食堂で晩飯を済ませてから、神田裏神保町の下宿に帰った。

　イヨが一人で営む荒物屋は日暮れと共に表戸を閉《た》てるので、いつも裏の勝手口から入る。三和土は一間《いっけん》四方ほどであるのに棕櫚箒《しゅろぼうき》や塵取り、盥《たらい》などの売り物を積み上げてある。中肉中背の亮一でも靴を脱ぐのに難儀する。

　階段に片足をかけながら茶の間に首を伸ばすと、廊下に灯が洩れているのが見えた。足を戻し、障子を引いた。

「戻りました」

　耳の遠いイヨは背を丸め、熱心に繕い物をしている。長火鉢に鉄瓶がかかって湯気を立てているが、餅を焼いたらしき匂いが残っている。

　亮一がここの二階を間借りして、七年ほどになる。朝の賄いと掃除、洗濯付きで月に一圓だ。しかも朝飯はこの茶の間でイヨが給仕をしてくれる。献立は年じゅう同じで、飯に味噌汁、魚の干物か目刺《めざし》、それに手製の漬物がつく。

　イヨは決して一緒に箸を持つことはなく、亮一の膳だけを出して給仕に専念する。

「一緒に食べたらいい。その方が合理的でしょう」

　いつかそんなことを勧めたが、イヨは「とんでもない」とばかりに手を横に振った。

「食べるところを他人様《ひとさま》にお見せするなんぞ、お恥ずかしい」

亡くなった母にもそんな古風があった。父と亮一、弟の給仕を済ませてから、後で女中と台所の板間に坐るのだ。母の生家は別府《べっぷ》温泉でも名のある宿屋であったが、暮らしの万事を慎ましくを旨とする瀬尾家に従い、子を育てながら老いた義父母を看取《みと》り、昼間は小作人に混じって田畑にも出ていた。

瀬尾家は御一新後、俸禄召し上げとなってから荒れ地を入手した。明治七年（一八七四）に不平士族が結集して政府に対する反乱を起こしたが、父はそれに加わらなかったようだ。後に「佐賀の乱」と呼ばれるその反乱は、若い下級士族の鬱屈が蜂起につながっていた。父は一家が喰えるようになるまでひたすら開墾に精を出し、祖父は主君より賜った茶器や脇差《わきざし》まで手放したようだ。

やがて大学に入るべく上京して気づいたことだが、肥前は男尊女卑がきつかった。関東の女には一種の気強さがあり、闊達で捌《さば》けた物言いをし、場末の酒場では俠気《きょうき》を売り物にするような女も珍しくない。男たちがそれを喜び、ある種、煽って持ち上げるきらいさえある。

だが亮一の父は妻に有無を言わせず、母も忍従を当然としている節があった。時折、父に頬を打たれ、髷《まげ》を摑まれて座敷を引き回されても抗議一つしなかった。幼い頃はただ恐ろしくて、涙を出すことも堪えてその攪乱《かくらん》を見ていた。長じてからは割って入ることもあったが、「親に向こうて諫め口をきくか。母親の教育が悪い」と、母もろともに打擲《ちょうちゃく》された。

亮一が熊本第五高等学校生の時、母は肺を病んで寝つき、別棟の隠居家で一年ほど過ごして逝った。寮生活であったので、臨終《りんじゅう》には間に合わなかった。

父に決して逆らわぬ母であったが、いかに父に交渉したものか、一度だけ寮に会いに来てくれたことがある。弟を連れたきりで、父は同行していなかった。

折しも天皇の熊本行幸があって、そう、あれは十一月頃だ。一緒に沿道に出た。途方もない人波で、県民の叫ぶ「万歳《ばんざい》」で地鳴りがするような騒ぎだった。

亮一の傍らで、母も伏し拝んでいた。

「有難かねえ、こげん遠地にまでお来《こ》しくださって。有難か」

頬を上気させ、目尻を濡らしていたのを憶えている。

亮一には、母がまだ幼い弟の手を引いて佐賀から熊本までやって来た、その仕儀の方が僥倖《ぎょうこう》に思えた。母の旅は、あれが人生で一度きりだった。

「ただいま戻りました」

もう一度声を張り上げると、やっと気がついたらしい。右手を針山に伸ばしている。イヨはこのところ、ますます耳が遠くなった。

「おや、お帰りなさい。お早《はよ》うござんすね」

「明日は夜番ですから、今夜のうちにしておきたいことがあって」

日中に古本屋で購《あがな》った雑誌を小脇に抱えている。

「ご精が出ますね。お茶でもお淹《い》れしましょう」

腰を上げかけるので、「いや、これがあります」と洋酒の小瓶を見せた。稲菊の客が外遊してきたとかで、女将がその土産を届けてくれたのだ。響子と田中は缶入りのビスケットをもらっていた。

「じゃあ、お摘まみを」

「飯を済ませてきましたので、何も要らんのです」

断ったが、イヨはもう長火鉢の抽斗《ひきだし》を引いている。紙包みを出し、座布団の上に置いた物を拾い上げた。

「豆菓子をお向かいから頂戴したんですよ。お口に合うかどうか、わかりませんけどね。それと、ちょうど繕い終えましたから」

右手に先を絞《しぼ》った紙包み、左の掌の上には靴足袋がのっている。踵が擦り切れて穴が空いていたのを、洗濯の際に気づいたのだろう。

「これはどうも」

「ええ、ええ」

イヨは障子の縁に手を当てながら、目尻に皺を寄せた。足を引き、躰も左前に傾いでいる。線香の匂いがする。茶の間の奥の壁にはささやかな仏壇らしき棚があって、小さな二つの位牌にしじゅう香を手向《たむ》けているのだ。

イヨは息子がまだ乳飲み子の頃に亭主を病で亡くし、この奥寺《おくでら》荒物店を細々と営みながら子を育てたという。長じた息子は自ら望んで海軍に入り、二十歳で機関兵として日露戦争に出征して亡くなった。

「毎日、軍艦の煙突を掃除しております。何事も精進でありますって、葉書をくれましたんですよ。下手な字でね。おっ母さん、お躰、おいといくださいって添え書きがありました」

いつだったか、イヨはそんなことを語ったことがある。

明治三十七年（一九〇四）六月、常陸丸《ひたちまる》は増援部隊千二百余名を乗せて広島の宇品《うじな》港を出航した。護衛艦なしで日本海を航海中に露西亜《ロシア》艦隊に遭遇し、砲撃を受けて沈没した。イヨの息子はその出港前の宇品で葉書を書いたようだった。

「膝、まだ痛みますか」

「はい、おやすみなさいまし」

「……おやすみ」

頓珍漢《とんちんかん》な言葉をやり取りし、廊下を引き返した。頭を打たぬように身を屈めながら箱階段を上がる。雑誌と酒瓶、豆菓子と靴足袋を持って部屋に入り、ひとまず畳の上に置いた。帽子と上着を部屋の左手に投げ出し、燈火をつける。

元は、寝間と書斎を兼ねたこの六畳だけを使う約束だったが、襖を隔てた四畳半もいつのまにか書物置き場と化している。今はもう滅多と開かぬ文学書や文学雑誌の類を積み上げてあるのだ。いわば四畳半まで占有しているわけで、しかも物価はこの七年で随分と上がっている。だがイヨは下宿代の値上げを要求してきたことがない。おそらく一度決めた下宿代の交渉をするという発想そのものがないのだろう。その権利が己にあると理解していないのだ。だからこそ当方から申し出るべきだと思いつつ、借金の返済を優先してここは後回しにしてしまっていた。

洋酒の小瓶の栓を抜き、一口呷ってから服を脱ぎ、寝衣《ねぎ》の上に褞袍《どてら》を引っ掛けた。手焙《てあぶ》りには、いつもイヨが炭を埋《い》けてくれている。その前に胡坐を組み、炭火で煙草に火をつけた。雑誌を手に取る。

二年も前に出た古雑誌で、主に経済人の談話が売り物だ。東都タイムスでも以前は購入していたのだが、武藤の経費節減方針でしばらく手にしていなかった。ただでさえ読むべき誌紙が多く、机の上にも未読のままの冊子が山積みである。

亮一は今日、古本屋でごく何気なくこの雑誌を手にした。目的は別にあって、歯車屋の社長に面談の約束を取り付けていたので、下調べに役立つ資料はないかと立ち寄ってみたのだ。その本屋の入口で表紙が目につき、頁を適当に繰った。

すると、渋沢栄一という名が目に飛び込んできた。記事を拾い読みして、目をもう一度見開いた。すぐさま店主の坐る帳場に向かった。

社にはいったん帰ったので、自席で読もうと思えば読めたのだ。しかし稲菊の女将が土産を持って訪れており、客から受け売りの亜米利加事情を武藤に披露していた。その最中に、響子から「原稿を読んでみてくれる？」と頼まれた。

それは十月七日に終えた神宮の地鎮祭のもようで、本郷と上原も白の衣冠束帯《いかんそくたい》で参列したようだった。「国民の献木は予測の八倍、八万本を超えるようだ」との記事が響子ならではの種で、亮一は「いいんじゃないか」と返したが、女将が帰った後に目を通した武藤は「盛り込み過ぎだ」と訂正を命じた。

「献木云々は削除、写真を大きくしろ」

東都タイムスは昨年末に三色刷りの印刷機も導入していたので、『明治神宮　厳かなる地鎮祭』の標題は色文字を奢ってやると恩に着せた。

雑誌は下宿に帰ってから落ち着いて目を通そうと、食堂でも卓の上で開かなかった。本屋で斜め読みした時、「先帝」の文字が見えたのだ。それが気に懸かって、飯に味噌汁をぶっかけて掻き込んだ。

件の頁を開くと、記事は『民間の声で国を動かす』とある。記者の質問に渋沢が答える形の構成だが、冒頭に経歴が紹介してある。

渋沢栄一氏は天保《てんぽう》十一年、一八四〇年生まれのようだ。幼い頃から利発で知られ、従兄《いとこ》に「四書《ししょ》五経《ごきょう》」「日本外史《がいし》」を学び、水戸《みと》学の影響も受けて尊王攘夷《じょうい》を掲げていた。最初の洋行は慶応三年、仏蘭西だ。徳川幕府第十五代将軍慶喜公の名代《みょうだい》として、巴里《パリ》万国博覧会に出席する徳川昭武《あきたけ》公に随行した。渡仏中、駐仏日本名誉領事だった銀行家エラール氏に師事、株式の合本《ごうほん》制度を学ぶ。

その後、幕府瓦解により、明治元年に仏蘭西を離れる。明治二年、政府の要請によって民部省に出仕。明治三年に大蔵省に属し、国立銀行条例の起草立案にあたり、国の法に基づいた民間銀行である第一国立銀行を明治六年に設立するなど、日本の金融制度の礎《いしずえ》を築いた。

同年、大蔵省を退官、民間実業家として数百もの会社設立に尽力する。明治十一年、東京商法会議所を設立した。

渋沢は東京商法会議所の設立について、その背景に不平等条約改正の念願があったことを明かしている。

――一国として関税自主権の回復を主張するためには、経済活動を活発にして国力を増進せねばなりません。そのためには健全たる民間経済人の民意育成が必要でありました。つまり、商業道徳の錬磨が急務であったのであります。

渋沢は明治三十五年（一九〇二）の米国視察中、サンフランシスコの金門《きんもん》公園プールで「日本人泳ぐべからず」の掛け札を目にし、衝撃を受けたと述べる。当時、日本人移民の振る舞いが「商業道徳に反する」として非難を受けていたようだ。

外交だけでなく、民間人の一経済活動がその国を語ると、渋沢は思い知ったのかもしれない。むろん掛け札の背景には東洋人に対する蔑視、嫌悪も潜んでいただろうと、亮一はまた洋酒瓶を傾けた。

日本が不平等条約改正に漕《こ》ぎ着けたのは明治四十四年（一九一一）で、その間、商法会議所は商工業者の民意を形成する機関として大きな役割を果たした。いわば、官民一体で条約改正に成功したのである。

以前、武藤が話していたように、この官民一体の活動は明治の草創期からあったことだと、亮一は考えを巡らせる。

新政府は京、大阪の豪商の金蔵を元手に、国造りに取り組んだ。渋沢もその一員であったが、やがて民間経済人の地位を向上させ、「官民平等の社会を実現する」を活動指針とするようになったと、記事で答えている。

そして記者は、明治神宮造営について水を向けた。

――神社奉祀調査会の席上での演説は、お見事でした。「この委員たる栄一も、請願した委員長の栄一も同じ人間、同じ希望でございます」と、熱弁を揮われたのでしたね。

――民間の声で国を動かす。私は御一新このかた、片時もこの志を忘れたことはありません。

――神宮造営の前に、「陵墓を東京に」と宮内省に請願されていたようですが。

――いかにも。阪谷東京市長が宮内省に日参してね。だが、京都府下の旧桃山城址に内定していることを明かされて、引き下がらざるを得んかったのですよ。先帝の御遺志でありましたから。

ここだと、亮一は目を凝らした。この「先帝の御遺志」が目に入って、無性に胸が騒いだのだ。

――京に陵墓を造営するについては、明治天皇の御遺志だったのですか。

――さよう。

そして渋沢は、言葉を継いだ。

――余は京都に生まれ、京都に育ったから、京都は大変好きだ。京都へ行くと、東京に帰りとうもない心地がする。それゆえ、余は京都へ行かぬ。東京は帝都にして大切の地であるから、東京の地は離れぬ。国家のためにも離れてはならぬ。かように仰せであったそうです。むろん法要や公務で御所にご滞在になることはありましたが、御自ら希望されての滞在ではなかったと拝察いたします。ただ、御陵地は京都にと、暗にお決めになっておられたそうでありまして、御在世中はさほどまでお好きの京へお出ましにならず、この東の京にいていただいたのでありますから、この上はお願い申し上ぐる次第もございませんと、引き下がったのであります。

渋沢と阪谷の二人が洩らした溜息が、聞こえるような気がした。

京へ行けば東京に帰りたくなくなる。ゆえにせめて、死後は京で眠らせてほしい。

その心情を知って、二人は忸怩《じくじ》たる思いを抱きはしなかっただろうか。

いつも東京から昇り、日本国をあまねく照らしていると信じて疑わなかった太陽が他の地に沈みたいと願っていた。

帝は内心で、京を恋い続けていたのだ。

そして二人が落胆する姿が泛んだ。肩を落として深く息を吐き、腕を組み直す。その落胆が、神宮造営運動を起こさせたのではないか。でなければ帝都は、いや日本国はこのまま求心力を失うのではないか、そんな焦慮も働いたのかもしれないと、亮一は想像を巡らせる。

むろん市蔵が口にしていたように、明治を生きた人間にとって天皇への万謝の念は真率《しんそつ》を極める。市蔵の言葉を思い返した。

――よくぞ天皇として全うしてくだすった、ああ、有難かったってぇ万謝の念が、神宮を造営し奉りたいってぇ志の源なんだろうって、あたしは解釈してんですがね。どうです、違いますか。

亮一はあの時、何も答えられなかった。いや、市蔵が見通していたこととの重大さに気づいていなかったのかもしれない。

息を呑み下し、片手で雑誌の表紙を閉じた。洋酒の小瓶をその上に置き、大股で文机《ふづくえ》の前に動く。机の上に積んだままになっていた書物や新聞を肘で畳の上に落とし、抽斗から帳面を取り出した。鉛筆を持ち、書きつける。

東京の落胆、焦慮。そして明治天皇への万謝の念。

おそらくこの三つが、神宮造営へと人々を衝《つ》き動かしてきた。

だが、天皇自身の人生はどうだったのだろう。

多くの青年のように、「己は誰か」と問うた時期はなかったのだろうか。自我に目覚め、苦悩しなかったと誰が言える。

また、あの青年の顔が過ぎった。

心許なさそうな眼差しで、宮城の石垣を見上げている。砂混じりの海風が吹く。目前にあるのは故郷の京とはまるで違う構えの、武士《もののふ》の城だ。

何年、ここで過ごせばよいのだろう。五年か、それとも十年だろうか。

都に帰りたい。山々の匂いがする風が恋しい。

そういえばと、亮一は鉛筆を持ったまま顔を上げた。

来月、十一月十日に今上天皇の即位式、御大典《ごたいてん》が執り行なわれるはずだ。

場所は、京都御所である。

# 第六章　国見《くにみ》

一

十月も半ばに近づいた日の朝も亮一は上野公園内の帝国図書館閲覧室を訪れ、古い新聞記事を繰る。

天井からずらりと吊るされた洋燈の下にはいくつもの大机が並んでおり、早や閲覧者が一杯だ。ほとんどが学生と思しき若者らで、襯衣《シャツ》を内に着込んだ着物と袴《はかま》姿だ。時々、咳《せき》をする者がいるくらいで、頁を繰る音だけが響く。

先月の末から仕事の合間を縫《ぬ》って、ここに通っている。明治初期から発行された新聞を調べ、明治天皇についての記事を拾い続けているのである。

かの天皇が日本各地を巡幸《じゅんこう》したことはむろん承知していたが、実際に記事を目の当たりにすれば、凄まじいとも言える動き方だった。

明治五年（一八七二）、数え二十一歳の天皇は五月から七月にかけての四十九日間、九州、西国《さいごく》を巡幸した。明治九年（一八七六）の六月、七月には奥羽《おうう》、函館《はこだて》を五十日間、明治十一年（一八七八）は北陸、東海道を八月から十一月にかけて七十二日間、そして明治十三年（一八八〇）には六月、七月に三十八日間、山梨から三重、京都の巡幸だ。

京都は九州巡幸の際のほんの数日間の滞在を除いて、じつに八年ぶりだった。しかも正式に東京遷都が発表されたわけではないのに、御所に帰るという意味の「還幸《かんこう》」ではなく、「行幸」、つまり御所からの外出という言葉が用いられている。

明治十四年（一八八一）は北海道、東北を七月から十月にかけて七十四日間、明治十八年（一八八五）は山口、広島、岡山を七月から八月にかけて十八日間だ。

二十代から三十代半ばの青年とはいえ、梅雨や酷暑の季節を含んでいる。しかも当時、まだ鉄道が整備されていない土地が多い。東京の新橋と横浜間の二十九キロが一時間で結ばれたのは、明治五年の九月だ。移動には船が用いられることも多かったが、自らの足で険しい山道を踏み越えねばならない道程もあったようだ。ただ、御簾の外に出てからというもの、天皇は旺盛な好奇心を示している。気軽に農夫に声を掛けて一杯の水を所望《しよもう》し、温情を表現するのにも躊躇《ちゆうちよ》はなかった。

そうかと、亮一は古い新聞から目を上げた。

天皇の巡幸は、古代の帝が行なった「国見《くにみ》」という儀礼行為だったのかもしれない。

中世、近世の天皇が地方に行幸するなどあり得ぬことだったが、古代においてはしばしば諸国に足を運び、山や丘など見晴らしのよい場所からその土地や民草《たみくさ》の様子を望見したと伝えられている。

高窓の外に眼差しを移すと、澄んだ青空の中で大木の梢《こずえ》が見える。風が雲を追う。

大机の前から立ち、書棚を巡った。『日本書紀』や『古事記』、『風土記』と『万葉集』を繰った。帝は明るく清々《すがすが》しい山河を「見て」都を造る、「知らす」との記述がある。「知らす」は「知る」の尊敬表現だ。

古代において天皇が土地や民草を見、聞き、知ることが、「治《しら》す」、つまり治めることだったのだ。国を見聞する行為が「国見」であり、日本の帝の「統治」だった。

それは、西欧の君主や中国の皇帝による絶対的支配とは明らかに異なる仕方だ。

西欧を模範として近代国家を建設することに腐心した明治政府も、天皇のありようについては古代からの意義を見出《みいだ》したのだろうか。地方巡幸にはむろん、目に見えざる存在であった天皇を広く民衆の面前に出現させることで新国家の披露目をし、人心を束ねようとする狙いもあっただろう。

だが、それだけではないと、亮一は考えを進める。明治の為政者《いせいしゃ》には公家がいる。もしくは王政復古を考え抜いた薩長土肥の要人らの中にも、古き記憶が受け継がれていたのではないか。

高き場所からあまねく降り注がれた、帝の「まなざし」の記憶だ。人々はその神聖なるまなざしを受けることで「受け容れられ、守られている」と感じ、手を合わせる。それは権力による支配でも屈服でもない、日本独自の静かな響き合い方だ。

明治政府は西欧の近代国家を目指しながら、天皇の権能については日本固有の意味を見出し、復活させた。

そして若き天皇も、この国見によって周囲の死を乗り越えたのではないかと亮一は推測を巡らせる。明治九年（一八七六）から十年（一八七七）にかけて数々の内乱と西南戦争が起き、そして木戸や西郷、大久保らが斃《たお》れた。

天皇が民情を知るために新聞を読むようになったと報じられたのは、ちょうどその翌年、明治十一年（一八七八）だ。

目を上げて柱の時計を見ると、正午近くになっている。午後には鉄鋼会社の社長に面談の約束を取りつけてあるので、そろそろ席を立たねばならない。しかし再び古い新聞を手にし、ひたすら「聖上陛下」という文字を追い続ける。

すると、巡幸中の山道で思わぬ獣に出逢ったとの記事があった。日本人にしては上背のある、目の大きな青年の姿が、胸中に泛んだ。

橅林《ぶな》の梢が風を受けてさわさわと鳴る。

幹は灰白色《かいはくしょく》で、若葉は陽を受けて透き通っている。随行員は二百人を超えているので、皆の足が枯葉を踏みしめて歩く音が延々と続く。

こうして山の木漏れ陽《こもび》の中を、時には海沿いの道を往還するうち、誰にも口に出せなかった心細さが徐々に薄れていることに若き帝は気づいていた。そして、かつて江戸城に初めて入った時の志を取り戻し、深めている。

帝が「民を守る」とは、その実情を知り、思いを寄せること。理解することなのだ。

と、先導の者が小さな叫び声を上げた。行く手に獣が飛び出している。

円錐形《えんすいけい》の角を持つ、白い獣だ。

誰かが「羚羊《かもしか》にございます」と言った。そうか、この者が羚羊であるのかと、見返した。馬に比べて四肢が短く、体毛も柔らかそうだ。鼻先が丸く、眼の光も穏和な風貌である。

供の者らが咄嗟に庇って前に出たが、「よい。構うな」と押し留《とど》めた。

「当方が侵入者ぞ。この者を恐れさせてはならぬ。去るまで、待とう」

羚羊は何を思ってか、身じろぎもせずにこちらと対峙している。

山の獣に余も見聞されているのだと思い、息を凝らす。

やがて、穏和に見えた白い総身が光を帯びた。胸の中には神々への畏敬と、不思議なほど揺るぎのない覚悟がある。

この国に、余のすべてをお捧げ申す。

いつしか目を閉じ、手を合わせていた。風だけが渡る。

しばらくしてかさりと音がして、目を開くと羚羊の前肢《まえあし》が横に動いていた。悠々《ゆうゆう》と道を渡り、山の中へと再び入っていく。木立に紛れ、瞬く間にその姿は見えなくなった。皆が一斉に、安堵《あんど》の息を洩らした。

どうやら、見聞されていると感じていたのは余だけではなかったようだ。

やがて山頂に辿り着き、幕が張られて臨時の座所が設営された。だが床几《しょうぎ》に腰を下ろさぬまま、山々を見晴かした。

青い山影の向こうには、この季節も雪を帯びた連峰が見える。そして眼下には、民草の暮らす里が広がっている。田には水が張られ、稲の緑がなびいては揺れた。

古新聞のインクの匂いが戻ってきた。亮一は柱時計を見上げ、大机の上を手早く片づけた。

図書館の外に出ると、曇天になっていた。風も強まっているが上着の襟も立てず、大股で歩き始めた。

総身に何かが漲《みなぎ》っている。初夏の美しい景色がまだ胸にあった。

二

翌日は、朝からひどい吹き降りになった。

傘も役に立たず、木挽町に辿り着いた時には肩から下がしとどに濡れていた。二階に上がると、田中が「降るね」と言った。板間の中央に置いたストーヴの前の小椅子に坐り、猫背になって他紙を繰っている。

亮一は「まったく」と応えながら上着を脱いだ。頭や肘からも滴が落ち、板間の色を点々と変える。

田中が大きく伸びをし、欠伸《あくび》を立て続けにした。眠そうに瞼をさすっている。

「昨日の夜番、田中さんだったんですか」

「主筆だよ。けど七時頃だったかな、電話が掛かってきて外に出て、それきりだよ。稲菊にも電話したんだけど、女将も不在でね。だから僕が残ったんだ」

銀座に出て、そのまま酔い潰れてしまったのだろうか。

「仕方ないな、武藤さんも」

「近頃、酒が弱くなったからね。強気なのは変わらないけど。瀬尾君、お茶、要る？」

「いただきます」

田中は奥の湯沸かし室に姿を消し、しばらくしてから土瓶と湯呑を持って引き返してきた。

「伊東はまだですか」

「今朝は取材先に直行するって、昨日、帰りがけに言ってたけど」

「神宮の現場ですか」

「写真師をつれて目黒競馬場の下見に行くって。でもこの雨じゃ、下見も無理だよね」

「競馬場。ああ、自動車の」

この十六日に大規模な自動車競走が行なわれる予定で、我が国初の催しとあって、相当な見物客が詰めかけると予想されている。

「近頃は婦人の見物客も多いからね。僕は自動車の爆音がどうにも苦手だけど、主筆はそのうち自動車を買うって宣言してるだろう？　これからは船や汽車じゃない、自動車の時代だって」

「そのうち、自動車の特集を組むって言い出すんだろうな」

「自動車なんて、どこに取材したらいいんだよ」

「商社でしょう」

純国産自動車の製作は明治四十年代に始まってはいるが、まだ外国産が主流だ。

「やれやれ、また振り回されるよ。まあ、社主兼主筆の編集方針には逆らえないけどね。近頃は発行部数も二万部を超しているし」

とはいえ、武藤が掲げているのは十万部で、目標にはなかなか届きそうもない。一方、名の知られた大新聞は好景気を受け、百万部に迫る勢いで部数を伸ばし続けている。

洋扉をノックする音がした。磨り硝子《ガラス》の向こうに人影が見え、田中が返事をして立ち上がった。真鍮製の取手が耳障りな音を立てる。武藤は畳間を洋間に改装したものの、扉の不具合はそのままに放置している。

中に入ってきたのは三十前頃の男で、見慣れぬ顔だ。垢抜けた三つ揃えを身につけ、髪にも櫛目が通っている。手にしているのも洋傘だ。男は少しだけ辺りを見回して、壁際に慎重に傘を立てかけた。

「どちら様で」

田中が長い腕を首の後ろに回しながら訊ねた。

「大正《たいしょう》清和《せいわ》銀行、木挽町支店の山本《やまもと》です」

時々、武藤宛てに電話を掛けてくる銀行の一つで、亮一も取り次いだことがある。といっても、零細な銀行は新聞社と同様、設立しては離合を繰り返しているので記憶違いかもしれない。

「あいにく、武藤は外出中なんですが」

田中がそう告げたにもかかわらず、男はつかつかと入ってくる。

「承知しています」

大机の前を通り過ぎ、応接室の扉を勝手に押して中を窺った。亮一はストーヴの前から立ち上がり、田中の傍らに立った。

「君、失敬じゃないか。出直してくれたまえ」

すると男は顎を上げ、甲高い声で告げた。

「東都タイムスは今朝、不渡り手形を出しました」

電話交換手のような、何の感情も伴わない声だ。

「不渡り？」

「そうです。あ、君、何にも手を触れないで。その電話機も差し押さえの対象だ」

横柄な命じ方をした。田中はどこに掛けようとしていたのか、受話器を片手にしたまま口を半開きにした。痩せた横顔の咽喉仏《のどぼとけ》だけが上下に動き、受話器を戻している。

「武藤さんの自宅の電話はつながりませんよ。料金の滞納で止められている」

田中が不安げな面持ちで亮一を振り返った。

不渡り手形を出した。

事態を呑み込むのに、まだ時が掛かっている。

「となれば、当社は倒産」

「もちろん」

男が即答した。

「不渡りの額は」

「手形の総額は千二百六十圓。ただし他行や高利貸しからも借入があることは調査済みです。負債総額はその五倍はあるでしょう。いや、七千圓に近いかもしれない」

今、高等文官の試験に合格した公務員の初任給が六十圓ほどのはずだ。

「そんなに」と、田中が言葉尻を呑み込んだ。

「新聞社を持つなんぞ、土台が道楽です。よほどの資本がないと維持できませんよ」

亮一は男を睨《ね》めつけた。

「だが販売店も充実して、部数が伸びていたんだ。広告収入も数年前とは比較にならない」

今の日本の経済界は、大変な戦争景気に沸いているのである。

数ヵ月で終わるだろうと目されていた欧州大戦は終息の気配を一向に見せず、日本もまだ参戦中だ。よって鉄や銅、船が不足して価格が暴騰《ぼうとう》、鉄鋼会社や商船会社は濡れ手で粟《あわ》の儲《もう》け方を続けている。この好況によって給与生活者はさらに増え、東京、大阪、名古屋《なごや》の都市部では住宅難を解決するため、鉄道沿線で宅地が開発されるようになった。

男は田中から目を離し、「あなたは？」と真正面に向き直る。

「当社の記者だ」

「記者であれば、察しがつきそうなものですがね。部数なんぞ公称に過ぎんでしょう。まして東都タイムスですよ。停車場の売店では同レベルの他紙との競争が激しいし、ましてここの販売店ときたら町の煙草屋や酒屋の片隅に置いてあるだけの兼業じゃありませんか。大した売り上げにはならない。いえ、帳簿の数字を見れば経営の実態が把握できるんですよ。銀行はあなた方よりも遥かに、東都タイムスを知っている」

男はさらに畳みかけるように言った。

「社員の給与、仕入れだけでも毎月、利益を超して大幅な赤字だったんです。にもかかわらず武藤氏は高額な印刷機を購入し、広告掲載料の法外な割引をやめなかった。早晩、資金繰りが行き詰まると当行は何度も警告を発しましたよ。だが武藤氏は聞き入れないんだ。あの人は近代的経営、計数管理をまるで理解しておられない」

階下で大きな声がする。亮一は身を返し、板間を突っ切って窓から下を見た。

文選工の源次と植字工、印刷工らが道に出て騒いでいる。いつも開け放しているはずの硝子戸に向かって叫んでいる。窓を引いて顔を突き出すと雨風が吹き込んだ。源次は気づいてか、目を細めて二階を見上げた。

「瀬尾さん、銀行の奴らが印刷機に赤紙を貼りやがって、手を触れちゃならねぇって」

その途端、電話が鳴った。田中が受話器を持とうと近寄ると、男が鋭い声を出した。

「触れるなと言ったでしょう、わからない人だな。ここは上から下まで、頭の悪い連中が揃っているのか」

亮一は踏み込んで、男に飛び掛かった。

「無礼が過ぎるぞ」

胸座《むなぐら》を摑み上げた。だが、男は眉一つ動かさない。

「放したまえ。巡査を呼ぶぞ」

「呼べよ」

「いいのかな。東都タイムスは裏で強請《ゆすり》も働いて稼いでいるんだろう。武藤氏は何度も訴えられそうになって、その示談金の支払いをも借金で充当していたんだ。記者の君たちだって、後ろ暗いことの一つや二つ、持っているんじゃないのか」

なお力を籠めて男を締め上げると、痩身ごとぶつけるようにして田中が組みついてきた。

「瀬尾君、駄目だ、やめなさい」

反っ歯を剝き出して唾を撒き散らす。瘦せた腕に押し留められて、拳を握ったまま腕を下ろした。だが肚の中が収まらず、板間を踏み鳴らす。

山本という銀行員は咽喉に手を当て、首を何度も回している。袖の端をめくり、左腕の肘を張って腕時計を見下ろした。

「まもなく当行の者が来ますから、あなた方は即刻、ここから出てください。什器《じゅうき》、文具、書籍、原稿用紙の一枚に至るまで我々債権者の管理下にあります。私物以外は一切、持ち出さないように。後で面倒なことになりますよ」

電話はまだ鳴っている。

「うちの武藤は、まだ君の銀行にいるのか」

「昨日の時点で入金がなかったのでここにお電話を差し上げて、ですがお越しにならなかった。支店長命令で今朝まではお待ちしたんですが、やはり姿をお見せにならない。で、不渡りになったという次第です」

電話は一度切れて、また鳴り始めた。

洋扉が開いて、響子がつんのめるようにして入ってきた。階下で源次に聞いたのか、男を見るなり嚙みつくような目をした。

五日の後、陽が落ちてから芙蓉亭に集まった。

響子の提案で、田中と源次も一緒である。二人は気後《きおく》れしたように英吉利《イギリス》風の店内を見回している。

響子の叔母は留守にしているとかで、響子が手ずから紅茶を淹れて洋卓の上に並べた。しかし誰も茶碗に手を伸ばさず、口も重い。

あれから皆で手分けをして、武藤の行方を捜し続けたのである。今日もまた長雨で、田中と源次は首に手拭いを掛けたまま額や首筋を拭っている。誰も捗々《はかばか》しい手掛かりを得られなかったことは、互いの顔色で了解していた。

亮一は、最初に口を切ることにした。

「今日、大正清和銀行に行ってきた」

「銀行に乗り込んだの」

響子が口に咥えかけていた煙草を離した。

「事情を最も摑んでいるのは銀行だからな。あの山本という男に、面会を申し込んだ」

「で、会えた?」

「朝の八時に訪ねて、取り込み中だと門前払いされたがね」

それは織り込み済みであったので、支店の裏玄関の前で待ち伏せた。見憶えのある傘に一気に近づいて背後から声を掛けた時、午後の二時を回っていた。やはり山本だった。

「何の用です。また暴力を振るうつもりですか」

山本は舌打ちをして足を速めたが亮一は追い、さらに間合いを詰めた。

「僕ら社員も武藤の行方を捜しているんだ。どんな手掛かりでもいい、教えてもらえないか。こっちも被害者なんだ」

あえて被害者という言葉を持ち出してみた。

「まだ調査中です」

「先だっては結構、喋ったじゃないか。銀行員にしては口が軽かった」

すると山本は亮一を無言で見上げた。

「銀行の商道徳はどうなっているんだと、支店の中で喚きたくなる軽さだったな。記事にしようか」

「君はもう書けないだろう。タイムスは潰れたんだぞ」

「大手に持っていきゃあ、言い値で買ってくれる種だぜ。政府や銀行を叩くのが好物の連中は、掃いて捨てるほどいる。いや、商道徳云々よりも貸し付けの焦げつきを問題にした方が耳目を集めるかもしれんな。杜撰《ずさん》な融資で回収不能、大正清和銀行の木挽町支店危うしとでも報じたら、取りつけ騒ぎが起きる」

　嘲笑を泛べていた山本がようやく足を止め、傘の軸越しに亮一を見た。

「脅すのか」

「そう取るんなら取りたまえ。言葉は発信者じゃない、受信者が所有するものだ」

　武藤の台詞だったなと、口に出してから思った。

　山本はしばらく視線を左右に泳がせていたが、荒い溜息を吐く。

「武藤氏は自宅を何重も担保にして、操業資金を方々から引っ張っていた。端《はな》から返済の意志がなかった疑いが濃厚だ。無茶な資金繰りを続け、放埒《ほうらつ》経営の果てに逃亡したんだ。極めて悪質な倒産だ」

「それはもうわかっている。具体的な種を寄越せ」

　山本は何度も下唇を舐《な》めながら、「稲菊」と口にした。

「稲菊という茶屋への支払いが莫大だった。我々は武藤氏が茶屋と結託して、その一部を私《し》していたのではないかと睨んでいる。その茶屋の女将も行方知れずだ。僕は以前から、東都タイムスから手を引いた方がよくはないですかと支店長に注進に及んでいたんだ。だが武藤氏の大言壮語に懐柔されて、ずるずると貸し込んでしまった。あういう縁故や情実を挟むから銀行の経営が安定しない。数字を厳正に判断していれば、ここまでの損失は蒙らなかったはずだ」

「言い訳か」

「もう充分だろう。失敬する」

山本は顔を隠すように傘を前に下げ、その場を足早に去った。亮一はもう追わなかった。

稲菊が店を閉めたまま女将の所在も不明であることは、芙蓉亭に集まった面々はすでに承知していた。社を追い出された十月十三日、亮一と田中、響子の三人で稲菊に向かったのだ。表も裏も扉が閉ざされ、小体《こてい》な門前には落葉や塵芥が溜まって濡れていた。

「つまり、銀行筋からは大した種を得られなかった。自宅は何重にも担保に入っていたようだが。田中さん、様子はどうでしたか」

今日、田中は武藤の自宅付近に足を運んでいた。

「人相のよくない連中が何人もうろついてたけど、その中に紙屋とインキ屋の社長の顔が見えてね。血の気が引いてて。一言なりとも詫びなきゃと思いつつ、でも僕、どうしても声を掛けられなかった」

田中は痩せた頬を震わせた。その隣に坐している源次もうなだれる。

「紙屋もインキ屋も、古いつきあいですからね。随分と無理を聞いてもらってきたし、あたしも合わせる顔がねぇ心持ちですよ」

「武藤さん、いったいどこに逃げてんのかしら。せめて私たちには連絡くらい、くれたらいいのに」

響子が非難めいた言いようをすると、田中が神妙な声を出した。

「僕、何だか妙な気がしていたんだ」

「妙って。何か察していたんですか」

「先月の給料、いつもより多かったじゃないか」

「あれは八月分が遅れて、しかも一割ほど待ってくれだなんて勝手に減額されていたからじゃありませんか。その分が乗っているだけだったでしょう」

「いや、その分を差し引いても多いって、うちの女房が言ってたんだ。で、何かお間違いじゃありませんかって、武藤さんに訊ねた」

「呆れた。黙って受け取っときゃいいのに」

響子は口の端を下げたが、亮一は先を促した。

「で、武藤さんは何と？」

「ふだん通りだったよ。いいから取っとけって。だからいつもの気紛《きまぐ》れかと思い直して、礼を言ったんだ」

「元々、だらしがないのよ。何でも丼《どんぶり》勘定で、後先を考えずに投資したりするから」

すると源次が首を横に振った。

「もう、そろそろ無理だって、ご自分でもわかってらしたんじゃありやせんかね。だから給料に色をつけなすった」

亮一は「そうですね」と煙草を取り出し、一本に火をつけた。

「本来なら、とうに倒産していてもおかしくなかったんだ」

「社員のために、無理な資金繰りを続けてくれたんだろうか」と、田中が眉を寄せる。

「それもあったかもしれませんが、それだけじゃあないでしょう」

響子が紅茶茶碗を持ち上げ、一口啜って顔を顰めた。

「冷めちゃった。渋い。んもう、いったいどこに雲隠れしちゃったのかしら。稲菊の女将さんも」

　田中がくちゃりと、口の中で妙な音を立てた。

「まさか、心中とか」

「武藤さんに限って、それはないと思いやすよ。あの人はもう何度も会社を潰しては、そのつど立ち直ってきたお人だ。そう簡単な人じゃねえ」

　源次が田中をたしなめている。

「ただ、もう東京にはいないような気がする」と亮一は言い添えて、脚を組み直した。

「問題は僕らだ。これから、どうします」

　皆を見回したが、誰もが黙したままである。しばらく経って、源次が口を開いた。

「あたしはもう、年貢《ねんぐ》の納め時かって思ってるんですがね」

「引退するってことですか」

「そんな洒落たもんじゃありやせんよ。職人には、その引退ってぇ言葉がよくわかりやせんしね。百姓も同じじゃありやせんか。倅に跡を譲っても、足腰が立つ間は働き続けるじゃありませんか」

「だったら源さんも」

「いや、引退しなくてもいいのは居職《いじょく》の職人でしょう。あたしら文選工は社に通って、活字の前に坐らせてもらわねぇと仕事ができやせんや。ま、贅沢《ぜいたく》さえしなけりゃ当面の喰《く》い扶持《ぶち》は何とかなるって女房も言ってやすし、何か小商いを、煙草屋なんぞを始めるのもいいかと昨夜も話してたんです」

「それは、もったいないですよ」と、首筋から手拭いを引いたのは田中である。

「源さんほどの腕があったら、どこの新聞社でも雇ってくれるでしょう。印刷会社に勤めるという手もある」

「あたしはね、ずっと武藤さんとやってきた。もう、他の人はいいんです」

源次はそう言い、皺深い掌で顎を撫でた。

「そういう田中さんは、どうなんでやす」

「僕も女房に相談して、熟考しないと」

「記者は続けるんでしょう」

響子が訊くと、田中は俯いて手拭いを畳む。

「もう三十二だしね。一流大を出た若手記者がどんどん擡頭《たいとう》してきてるし、業界では今も東都タイムスの評価って低いでしょ。僕なんぞが他社に移れる見込みなんぞ皆無だよ。それより、瀬尾君と伊東君はどうするの。まあ、君らこそ、どこにでも入れるだろうけど」

　響子が顔を上げ、亮一に視線を投げてきた。電話の音が聞こえたような気がして、田中が奥を振り向く。

「伊東君、鳴ってるみたいだよ」

　響子が腰を上げ、奥へと入っていく。田中は几帳面に畳んだ手拭いを卓の上に置いた。

「僕、昔は教師をしていたんだ。高等学校の」

　亮一も源次も、黙って耳を傾ける。

「でも、生徒に受けが悪くてね。授業がわかりにくいって正面切って抗議されたり質問攻めにされたりして、何度も教壇で立ち往生した。学校に行くのが怖くなって、学期の途中に辞めたんだ。毎日、弁当を持って行きはするんだけど、どうしても校門が潜れなくって。一歩も入れずに引き返したりしていたから」

「東都タイムスには？」

「記者募集の記事だよ。社を訪ねたら武藤さんが面談してくれて、記者の経験はないって言ったら池邊三山の話を一時間ほど聞かされたな。何年経っても僕は優秀な記者になれなかったけれど、東都タイムスで働くのは厭じゃなかった。武藤さんに記事を却下されるのは気が重かったし、書き直すのに四苦八苦もしたけど、こんな記者もどきの意見にも耳を傾けてくれたろう。家庭面を充実して、いろいろ刷新した」

「武藤さんも、夢を見たんでしょう」

亮一が言うと、田中は「そうだよね」と小さく笑った。

「あの人、本気で独自の新聞を作ることを夢見ていたんだよね。市民が毎朝、手にするのが楽しみになるような新聞を作りたかった。僕もだけど」

武藤はその一方で、平気で泥水を啜った。まるで目安木の柳のごとくだ。今頃、俺が枯れたら日本はよほど腐れが進んじまったってことだなどと、嘯《うそぶ》いているかもしれない。

響子が洋酒瓶を手にして戻ってきた。

「叔母だったわ」

「今の電話がか」

「そう。修善寺《しゆぜんじ》に来てるって言うのよ。旅行ならそうと告げて出てくれればいいのに、時々そんな気紛れを起こすの。昔のお馴染みさんと一緒なんじゃないかしら。瀬尾君、後ろの棚から洋盃を出して。ええ、どれだっていいわ。皆さん、手酌でどうぞ」

「昔の馴染みって、伊東さんの叔母さんは何か商いでもやっておられたんですか」

　源次の問いに、響子は頷く。

「花柳界にいたんです。新橋」

「さようでしたか」

「だから私、社長の立志伝を書くにも取材先に困らなかったんですよ。姪《めい》じゃ威力がなさそうだから娘だって嘘ついたら、皆、ともかく会ってはくれるの。可笑《おか》しかったわ。自分に似ていないか、私の顔を盗み見したりして」

「ひどいな、伊東のやり口は」と、亮一は手にした洋盃に酒を注ぐ。

「そうまでしないと、女記者が広告取りなんてできなくってよ。前月の倍を稼がなきゃ馘にするって、武藤さんに脅されたこともあったじゃないの。あんなの、ただの威《い》嚇《かく》、虚仮威《こけおど》しだってわかってたけど、でも実のところは必死だったのよ。神宮造営の記事を書く糸口をやっと見つけたのに、また書く場を失うなんて耐えられなかった」

　ふと、思い当たった。

「もしかしたら、商業会議所あたりの種に強かったのも、叔母上の伝手か」

「叔母のお馴染みさんなんて、皆、小粒だけどね。言っとくけど、叔母の伝手はきっかけなだけよ。後は自力で取材してきたんだから。あ、田中さん、お酒、駄目でしたわね。紅茶、よかったらご自分で淹れ替えて。珈琲なら出前を頼みますけれど」

「いや、お構いなく」

見れば、田中がなお思案顔である。眉を寄せ、しきりと首を傾げている。

「どうなすったの」

「いや。さっき、修善寺って言ってたよね、叔母上の旅先」

「そうですけれど」

「稲菊の女将、確か、おっ母さんの里が伊豆だと聞いたような気がするんだよなあ。そうだ、間違いない。稲菊で漬物の話になって、そんなことを言っていた。でも、伊東君の叔母上が修善寺に行ったたって、何のつながりもないよね」

「うちの叔母と稲菊の女将は、芸妓時代の朋輩ですけれど。私、女将さんに武藤さんを紹介されて、タイムスに入社したんですから」

「となれば、だ。修善寺って伊豆だよね。これ、偶然かなあ」

亮一は響子と顔を見合わせた。

「武藤さんは女将と一緒に、女将の郷里に逃げたってことか」

「でも、何でうちの叔母まで」

「叔母上はいつ帰るとか、言ってなかったか」

「言ってたわよ。今日、明日の二泊して、あさってには帰るって」

「このところ、叔母上に変わった様子は?」

「別段、なかったけど。というか、私も毎日、武藤さんを捜して方々を歩いてたから」

「じゃ、倒産の話もしていないのか」

響子が上を向いて目瞬きをした。

「話したわ。昨夜よ。稲菊も閉めてるって、私、話した。そういえば今朝、サンドウイッチを作って包んでいたのよ。三越にでも出掛けるような口振りだったから、妙なことしてるなあって思ったんだけど」

そしてなお推量を巡らせるかのように、蟀谷《こめかみ》に細い指を置いた。

「行ったのかしら、武藤さんと女将に会いに。連絡が入ったのかもしれないわね。逃走資金を貸してくれって頼まれた可能性はある。叔母が小金持ってるの、女将も知ってるから」

響子が「呆れた」と、憤然たる面持ちになった。

「武藤さん、どこまで迷惑を掛けたら気が済むのよ」

「伊東、まだ推測だぞ」

「わかってるわよ。でも、明日から職探ししなくちゃならないのよ。だから今夜だけは吐かせてちょうだい。ここんとこに溜めると躰に毒なのよ」

胸を叩くように掌を当て、洋酒を立て続けに呷った。

「武藤、出てこい。逃亡とは卑怯《ひきょう》じゃないか」

やがて酔いが回ってか、何度も同じ言葉を繰り返した。

芙蓉亭の前で源次と別れ、田中と路地裏を抜けた。市電の停車場に向かいながら銀座の表通りを歩くと、雨上がりの町には人出が戻っていた。

田中が腰の後ろで手を組みながら、ふと呟いた。

「伊東君、大丈夫かな」

響子は洋椅子に坐ったまま、呑み潰れてしまったのである。

「大丈夫じゃないですか。明日から職探しをすると決めていた」

「彼女は強いよ」

「そうでなけりゃ、女記者はとても続けてこられなかったでしょう」

響子も無理をしてきたのだと、亮一は思う。いつも気強く、冷静を保とうと努めてきたのだろう。武藤はそんな響子の理解者であり、響子もそれをわかっていた。ゆえに、武藤の逃亡が口惜しくてならないのだ。

「一緒だといいなあ」

「何がですか」

「いや。伊東君の叔母さんが一緒なら、何だか安心だと思ってね。何の根拠もないけど」

亮一も歩きながら頷いた。

「同感です。逃亡したのなら、無事に逃げおおせてもらいたい」

瓦斯燈の下で、田中が急に立ち止まった。

「いけない、いけない。これ、また渡しそびれるところだったよ」

慌てて懐に手を入れ、「あれ」と首を振り、今度は洋袴《ズボン》の内隠《ポケット》から何かを摘まんで出した。

「あった、よかった」

受け取った紙片は、心なしか湿っている。

「何ですか」

「今さら遅いかもしれないけど、女房の遠戚の、ほら、女官をしていた人の住所がわかったんだよ。一昨日、文《ふみ》が届いてね。むろん本人じゃなくて別の遠縁の年寄から、何とか居所を辿れたって」

四つに折り畳んだ紙を開くと、「京都」の二字が見えた。思わず、「助かります」と呟いていた。

「実は、近いうちに京都を訪れてみようと考えていました。何の目算もないままですが、ともかく行ってみようと」

「無駄骨になるかもしれないよ。会ってくれるといいんだけどね」

「交渉してみます」

すると田中が泣き笑いのような顔をした。

「僕、ずっと君のことが苦手だったんだ」

唐突な言葉だったが、苦笑いで返す。

「知っています。人に好かれる性質《たち》ではありませんので」

「ううん。何となく生徒たちを思い出しちゃってさ。君、無闇と格好をつけて世の中を睨《ね》め回しているようなところ、あっただろう。思想も主義も未熟で青臭いのに、批判精神だけは旺盛だ。交渉も強引に進めちゃうし、記事の文章からも取材相手への配慮が欠片《かけら》も窺えない。筆力頼みの、力ずくな書きようだ」

今度は返答に困って眉の上を掻くと、田中は「いや」と口ごもった。

「僕の目にはそう映っていただけってことだよ」

「構いません」

「僕、どうしたのかな。洋酒を一口、舐めたんだよね。あれにやられたのかな」

首を傾げながら歩き始めたので、亮一も肩を並べて夜道を行く。

「でも、いつだったか、君、伊東君に言ったことがあっただろう。我々は当事者じゃない。記者はいつだって傍観者だって。だからこそ、書けることがあるんじゃないのかって」

「そんなことを言いましたか」

とぼけたが、本当は憶えていた。でも勢いで口にしたことだ。

「憶えてないの？　参るなあ。僕、あれからなんだよ、読者のことを考えるようになったの。傍観者なんだと言い聞かせたら、何となく己が立っている位置がわかるような気がしてきて、楽になったんだ。僕、当事者の代弁者になろうとして無闇に足掻《あが》いていたんだよね、きっと。でも、客観的な眼差しでもって博覧会や帝劇に押し寄せる人たちを見つめていたら、少し景色が変わった」

「景色、ですか」

「うまく言えないけど、新聞記事って一瞬の事象を切り取って提示するだろう。でもさ、大きな河の流れの一滴なんだよね、今、この束の間も。日本人があぁも物見高くて熱狂しやすいのは旧幕時代の江戸の名残《なご》りだろうし。だが洋装で洋食を食べ、女学生だって自転車を乗りこなすようになった。空には飛行船だもの。行楽の楽しみもようやく庶民に行き渡りつつある。まあ、欧羅巴《ヨーロッパ》は今、大戦に手一杯だから、その隙に日本が亜細亜《アジア》市場に進出できている。それで国内経済も動いているだけなんだろうけど。でも、西洋の近代を懸命に移植し続けて、日本はやっと自前の文明開化を成し遂げつつあるんじゃないか。そう思ったら少し明るくなってね、目の前の景色が」

見上げれば、雨で洗い上げたような夜空である。星々が瞬いている。

「明治という時代は大正になって、ようやく完成したのかもしれないね」

田中らしく訥々《とつとつ》と、そして真率《しんそつ》な言いようだ。

京都の住所を記した紙片はまだ掌の中にある。亮一はそれを握り締めた。

三

十月二十四日の朝、神保町の下宿を出た。手には古い洋鞄だけだ。

イヨは店前に出て、律儀《りちぎ》に見送ってくれた。

「相手次第の取材ですから、少々、日数が掛かるかもしれません。帰る日が決まったら、文を出します」

「行ってらっしゃいまし」

「戸締まり、気をつけてくださいまし」

「ええ、お土産なんぞ結構でございますよ。道中、ご無事で」

イヨには「遠方での取材が入った」とだけ告げてあった。

本当は田中から住所をもらった翌日にも発《た》ちたかったが、汽車賃と滞在費を作るのに手間を喰った。金目の物は懐中時計くらいしか持っていないのでまずそれを時計屋に持ち込み、夏の背広と洋袴《ズボン》の上下、パナマ帽を古着屋に売り、古書屋を呼んで文学書もすべて売り払った。それでも手にしたのは三十圓ほどだった。これで何日京都に滞在できるのか見当がつかなかったが、ともかく汽車に乗ることにしたのである。

東京駅に着いて、赤煉瓦三階建ての駅舎を見上げた。この駅が開業式を行なったのは昨年、大正三年（一九一四）の十二月十八日だ。

計画当初、鉄道院の後藤新平《ごとうしんぺい》総裁は「露西亜《ロシア》を負かした帝国日本にふさわしい、世界が驚嘆するような駅を」と命じ、工期は六年半、総工費は二百八十万圓を費《つい》やした。完成した建物はルネサンス風建築であるが、鉄道院は初め桃山様式の御殿造《ごてんづくり》を腹案にしていたという。中央停車場を宮城に向けて設計するので、皇室に配慮したのだろう。

ところが明治天皇に伺いを立てると、

——ステンショのごときは、外国式がよい。

合理的な判断が下され、西洋式の建物設計へと変更がなされた。

開業式の日は師走《しわす》であるというのに、まるで春のごとき陽射しが満ちていた。亮一は押し寄せた大群衆に揉まれながら、建物が果たす役割の大きさを思い知らされたような気がしたものだ。近代国家としての体《てい》が、この壮麗な建物に集約されたのだ。三菱ヶ原で轟音《ごうおん》が響き、大花火が空を彩った。群衆は感極まって拍手喝采し、東京の祝祭を存分に味わっていた。

東京九時半発の三等特急の席を買い、新聞数紙を脇に挟んで乗り込んだ。弁当はイヨが握り飯を持たせてくれた。車窓の外に品川の海を見、新聞を何日かぶりに隅々まで読んだが、いっこう頭に入ってこなかった。隣席の爺さんが勧める茹で卵を丁重に辞退し、富士山が右手に現れるのを心待ちにして煙草を喫い続けた。

大学入学で東京に出てくる際と記者になってから帰郷した往復で、この山を三度は見ているはずだった。しかし当時の記憶は朧《おぼろ》である。無闇な希望や怒りが胸の中を占領し、車窓の風景になど気持ちが動いていなかった。

やがて稜線が見え、雪白《ゆきじろ》を冠した山が姿を現した。

通路を隔てた席の者らも立ち上がり、亮一の膝前に割り込んで窓にかじりつく。さまざまな訛りが飛び交う車輛の中で、いつしか無心に富士を眺めていた。

この山を初めて振り仰いだ時、若き帝はいかなる感慨を持ったのだろう。

空の冴えた青に谺《こだま》するかのような、崇高さだ。

その後、時折、うたた寝をし、起きては京都のことを考えた。

亮一は一度も、かの地に足を踏み入れたことがない。九州から東京に出る学生は大抵、京都と大阪に滞在して見物するのが慣習になっているが、そんな遊山《ゆさん》の費用など持ち合わせていなかった。

停車場に降り立った時、辺りはすっかりと暮れていた。壁の大時計は、夜の七時前を示している。

外に出ると、巨大な奉迎門が瓦斯燈に照らし出されていた。どの新聞にも出ていたので、それが新帝を迎え奉る門だと知れた。来月十日に京都御所紫宸殿《ししんでん》で行なわれる即位の礼に備えた、慶賀の門なのである。儀式には政府の高官や外国使節など、千人以上もの参列が予定されているようだ。

路面電車と俥を乗り継いで、洛中《らくちゅう》に入った。鴨川《かもがわ》沿いの丸太町橋《まるたまちばし》という橋の近くで宿を探したが、田中にもらった住所がそこから近いかどうかは不明だ。ただ、新古の京都市地図は古書店で入手してきたので、ともかく御所の付近で投宿しておけば何とかなるだろうと目星をつけていた。

何軒かに「あいにく、一杯どして」と断られ、何軒かは料金が折り合わず、七軒目の木賃宿でやっと靴を脱いだ。二階の入れ込みの十畳で、亮一は隅の枕屏風《びょうぶ》の前に洋鞄を置いた。外套も脱がぬまま、自ら蒲団を敷いて横になった。

「お茶、ここに置いときますよって」

女中の声が聞こえたが、生返事をして眠りに落ちた。

翌朝、女中に住所を訊ねて宿の外に出た。

田中から渡された紙片にはこう書いてある。

庭田道子《にわたみちこ》　京都市上京区《かみぎょう》西三本木通《にしさんぼんぎどおり》荒神口《こうじんぐち》下ル上生洲町《かみいけすちょう》一五五

古書屋の親爺《おやじ》が言っていた通り、京都は東京とは異なって碁盤《ごばん》の目状に通りがある。地図でも女中の言いようでも、御所の東を南北に流れる鴨川沿いに北に歩けば荒神橋に行き当たり、その手前の界隈に目的の家があるようだった。

川の東側には京都帝国大学医科大学があるらしく、時折、学生らしき青年らが亮一の傍らを行き過ぎた。訪問するにはまだ早い時間であるので、ゆっくりと足を運んだ。

上流を眺めればいくつかの橋が見え、その向こうに深い森の緑、その奥には北山《きたやま》の峰が連なっている。東を見上げれば、それがおそらく東山《ひがしやま》三十六峰なのだろう。天に向かって聳《そび》え立つのではなく、流れる雲に寄り添うかのように緩やかな稜線だ。東京に比べて山影が大層、近い。山々に抱かれている都なのだなと、そんなことを考えながら歩いた。

いったん荒神橋まで出て、小路に入った。仕舞屋《しもたや》の並ぶ界隈で、人通りが少ない。竹箒で道の落葉を掃く下女らしき者を見つけ、目当ての家の前に辿り着いた。

想像していたよりも遥かに間口の狭い町家で、門構えもひっそりとしている。表札が上がっておらず、迷いながら格子戸を引く。切石を畳んだ小径は十歩ほどで、玄関戸の前に行き着いた。

庭田道子は公卿《くぎょう》の家の出で、東京の皇城で女官として仕えた。昭憲皇太后の崩御後、一年間の喪に服して後、故郷の京都に帰った。

わかっているのは、それだけだ。事前にもう少し摑んでおきたかったが、女官についての資料が入手できなかった。そもそも公《おおやけ》にされていない可能性もあり、庭田家についても官位の高い堂上家《とうしょうけ》ではないため、調べが及ばぬままだったのである。

女官は生家の家格によって就く役職が異なり、典侍局《すけのつぼね》、内侍局《ないしのつぼね》、命婦《みょうぶ》、女蔵人《にょくろうど》、御末《おすえ》、女嬬《にょじゅ》に至るまで身分がかかわった。天皇の側近くに仕えることを許される女官には、側室という役割もあったからだ。

ゆえに従前は天皇、皇后それぞれに仕える女官は異なり、支配体制も別だった。だが明治に入ってから抜本的な宮中改革が行なわれ、改革後は皇后が全女官を統轄することとなったという。出自が公家に限られていたものを、藩士の娘でも賢女才女があれば採用する方針に変わったのだ。

いや、表向《おもてむき》で天皇の側近くに仕える小姓《こしょう》らで、まず改革があったのだと言うべきだろう。旧来のしきたりを破り、明治政府の高官、つまり元は薩摩や長州藩士の子弟らが多く選抜されて仕えた。

声を掛けると、女中らしき女が出てきた。

「東京から参りました、瀬尾と申す記者です。庭田さんにお話を伺いたく、罷《まか》り越しました。お取り次ぎ願います」

「お約束はござりますか」

四十過ぎらしい女中は小腰を屈め、丁重に問い返してきた。

「無礼を承知で、突然伺いました」

「さようですか。いずこの新聞社さんと申されましたか」

「所属している社はありません。牢人の身です」

思いも寄らず、古い言葉を持ち出していた。女中は束の間、戸惑《とまど》いを見せたが、伏し目のまま辞儀をした。

「少々、お待ちのほどを願います」

引き返していく。式台の前に屏風が立ててあり、薄暗い。しかし存外と奥が深いらしく、女中が廊下の角を折れて右に曲がったのが見えた。中庭があるようで、そこだけに晩秋の陽が差している。女中はさほど時を置かずに戻ってきた。

「お訪ねいただきまして恐縮でございますが、あいにく記者さんにお話し申すような身の上にはございませんのでご希望には添いかねますと、主《あるじ》はかように申しております」

「そうですか。ではお手数ですが、この文をお渡しくださいますか」

突然の訪問ですぐに家に入れてもらえるとは亮一も考えていなかったのでいったんは引き下がり、懐から紙包みを出した。東京を出る前の晩、道子宛ての文をしたためてあった。東京で投函しては今日に間に合わない目算であったので、持参してきていた。

女中は上書きを確かめて、「へえ」と両手で受け取った。

「確かにお預かり申します。ご免やす」

亮一も「失礼」と頭を下げ、立ち去った。

文には田中の女房が遠戚に当たり、その紹介で住所を知ったのでまずは安堵してほしいと了解を求め、次に取材の目的を簡潔に記した。亮一自身についても女中に語った通り、今はどの社にも属していない一介の記者だと書いた。一瞬、萬朝報の記者だと偽《いつわ》ろうかとの考えも萌《きざ》したが、名刺がない。東都タイムスの名刺を使ったとて、問い合わせられれば倒産会社であることはいずれ露呈するだろう。

新聞社に属していない記者が果たして、記者だと見做《みな》してもらえるのかどうかと訝しみつつ、亮一は有体《ありてい》に書いた。

まずはここからだ。

肚を括《くく》り直す思いで、通りへと出た。

鴨川の河川敷を歩く。

あれは鴫《しぎ》だろうか。長い嘴《くちばし》で川面を突《つつ》いていたが、一斉に飛び立つ。

東山に目を向ければ、濃緑の中に錦を流すがごとくであった紅葉の色が変わっていることに気がついた。赤が紅《くれない》に、黄は金色《こんじき》に深まっているのだ。河原の小石に降り積む落葉も嵩《かさ》を増している。

亮一は枯木の切り株に腰を下ろし、外套の襟を立てた。京都は底冷えが厳しいと聞いていたが、躰の芯から震え上がるような心地がする。頭の中で暦を数え、今日はもう十一月も四日かと口の中で呟いた。

あれから毎日、庭田道子の家に通い詰め、今日で十一日目だ。朝夕、時を変えて訪問し、そのつど同じ女中に丁重に断られている。初めの五日ほどは朝、訪ねたその足で引き返すことができず、通りの電信柱に凭《もた》れて立ち続けた。時計を持たぬので陽の傾きで判じ、午後三時を過ぎてから再訪する。

女中の応対は決まっていて、必ず奥へ入り、主の意向を確かめてから「あいにく」と口にした。裏木戸にも回ってみたが、そこを出入りするのは下女らしき年寄か、八百屋や味噌屋の小僧だけであった。亮一が把握している限り、庭田道子は十日の間、一切、外出をしていない。元の女官という身分を考えると、日が暮れてから外を出歩くとは考えづらかった。

六日目の朝だったか、女中はいつものように断りの口上を述べた後、さらに言葉を継いだ。

「お伺いしますけど、あなたさんは毎日、そこの電信柱の陰に立っておいやすのか」

亮一が「はい」と認めると、初めて眉間を曇らせた。

「ご近所さんの目ぇがおますし家の者らも怖がっておりますので、堪忍しとくれやす。これは主の命《めい》やおません。私の判断にござります」

それからは朝夕の二度、訪問し、昼間はこの河川敷で坐っている。

午下《ひるさ》がりの荒神橋を馬車が渡っているのが見える。即位礼の準備があるのか、日ごとに人の行き来が増えているようだ。御所の周囲を歩いてみようかと思いながら、どうしても足が向かないままでいた。毎日、宿と生洲町を往復し、帰りに大学近くの食堂に寄って飯を食べている。小さな貸本屋を見つけたのでそこに立ち寄ってみたが、ほとんどが医学書だった。

煙草を取り出し、燐寸《マッチ》を擦った。風がきついので掌を立てて覆うが、炎を出しても一瞬で棒先が墨色になる。やっと火がついて深々と喫いつけた。脚を組み、腕をその上に置く。煙と共に深い息を吐いた。

滞在費がもう底をつきかけている。もっと安い木賃宿に替わるべきかと思案を巡らせ、外套の内隠《ポケット》に速達を仕舞ったままであったことを思い出した。響子に宛てて、今、京都にいるとだけ文を出しておいたのだ。その返信が今朝届いたようで、出掛けに女中から渡されたのを内隠に突っ込んで庭田家に向かったのである。

封を切って紙を開くと、「武藤さんの生存、確認！」との一行が目に飛び込んできた。

田中の推測通り、響子の叔母は稲菊の女将と修善寺で落ち合ったようだった。武藤もそこにいた。逃走資金を響子の叔母が用立てたのかどうかについては、触れられていない。

――武藤さんは神戸《こうべ》に出て心機一転、蒔《ま》き直しを図る所存のよう。昔、交誼のあった御仁が牛肉のすき鍋屋を開いて成功を収めているので、そこを頼るつもりとのこと。むろん稲菊の女将も一緒です。かような次第でともかく、武藤さんの生存、確認！

叔母を通じ、東都タイムスの皆に伝言がありました。

健闘を祈る。

この一言よ。まったく、あの人はどこまでしょってるのかしら。呆れ返っています。

末尾に、「朗報」と書き添えられている。

——田中さんは高等学校の臨時教師の口を紹介され、年明けから勤めることになったようです。源次さんは引退を決めていましたが、印刷会社の面談を受けるとのこと。どうやら田中さんが「引退するにはまだ早いんじゃありませんか」と説得したようで、あの人、意外とお節介だったのね。でも少し見直したわ。源次さんの腕はどう考えても惜しいし、ご本人もやはり文字から離れ難かったんじゃないかと思うもの。

私は女学校の頃の友人の伝手で、婦人雑誌の編集部を訪問してみるつもりです。近頃、家庭での園芸熱が高まっているので、木々や草花についての知識をアピールするわ。

では瀬尾君も、京都で迷子にならないようにね。何の目的で滞在しているのか、いまだによく解せませんが、私からもこの言葉を贈ることにします。

健闘を！

響子らしい、いかにも早口な文である。亮一は思わず頰を緩め、煙草を足許に落とした。爪先で消す。背後で人の気配がしたので振り向いた。

「そないなとこに落として」

咎《とが》められたことよりも、その姿に言葉を失った。

杖を手にした洋装の老婦人なのだが、総身が黒ずくめなのだ。ゆったりとふくよかな顔の上には黒帽から下がったヴェールがかかり、外套、襟巻、そして長い裾から見える洋靴も黒い。

「ここは河川敷ですよ。日本人たるもの、常に心たゆまず、公の場でのマナーも心得んといけません」

「失礼しました」と吸殻を拾い、木株から立ち上がる。老婦人は亮一の肩ほどの背丈である。その背後にもう一人、毛織物の肩掛けを羽織った着物姿があった。

「深水《ふかみ》、この人に灰皿をお貸ししてあげなさい」

そう命じて、黒い婦人はゆっくりと身を回した。いつもの女中が介添えしながら、亮一に頷いて寄越した。

「どうぞ。宅の灰皿をお使いになるようにと、主が申しております」

四

案内されるままに中庭に面した廊下の角を折れ、奥の座敷に入った。

ここも簡素な造りで、床の間に掛けられているのは書の軸が一本きりである。ただ、畳の上には洋絨毯が敷かれ、卓と四脚の椅子が据えられていた。その一脚に坐るよう女中に勧められ、灰皿を出された。握ったままであった吸殻をそこに置く。

まもなく主が現れたので、亮一は椅子を後ろにずらして立ち上がった。こういう際の作法をよく心得ていないのが悔やまれたが、ともかく立ったまま庭田道子が坐るのを見守った。六十頃の年格好で、少し足を引き摺《ず》っている。

深水という女中がまた手を貸して、道子は床の間前の椅子に腰を下ろした。いったん身を落ち着かせると、胸を張るような身の正し方だ。まっすぐ前を向き、亮一に相対する。

「瀬尾亮一です」

名乗って面談の礼を告げると、「お掛けなさい」と促された。女中がそっと静かに座敷を辞した。

「私に、何ぞお訊きになりたいのやとか」

「はい」

「頂戴した文を拝見したら、遠縁の者の夫の、その同僚やそうですな。新聞記者ですか」

「今は勤めておりませんので、ただの記者です」

「ほな、何にお書きになりたいのや」

「書くことが目的ではありません。いえ、いずれ書かせていただきたいと念願しておりますが、庭田さんの談話をそのまま記事にするわけではないということです」

「記事にはせぇへんと、おっしゃる」

「お目通りを願いながら恐縮ですが、私なりに明治という時代を考えたいのです。そのためにはどうしても、明治天皇陛下について理解を深める必要がありました」

「聖上《おかみ》を理解したいと仰せか」

一重瞼の奥に力を籠めて、亮一を見た。下膨れの面貌で、口を開けば鉄漿《おはぐろ》をつけているような錯覚を覚える。むろん白歯である。

背筋を立て直し、「はい」と首肯した。

「畏れながら」

「近頃は、元の侍従さんや女官やらが取材に応じて談話してはりますけど、私はあまり好きやありません。内儀のことを表に曝《さら》すような気ぃがしますのや」

そして道子は灰皿に目をやった。しばらくじっと吸殻を見て、呟く。

「皇后さんはことのほか、煙草がお好きさんであらしゃいましたな。お出ましの際、お支度が整いましたと申し上げたら、まず一服あそばされてからお立ちになったものです」

一瞬、面喰らったが、先を促した。

「煙草のお好みはありましたか」

「とりわけ、刻み煙草がお好きさんであらしゃいました。あなたがさっき河川敷に捨てはった紙巻きは、聖上がお好みになった物を時折、上がらしゃいましたけど」

「洋物ですか」

「いいえ。御料のお煙草は大抵、淀橋の専売支局で謹製してました。皇后さんは率先して西洋のドレスをお纏《まと》いにならしゃいましたけど、自国の産物をそれは大事にあそばしました。洋服についてもな、我が国古来の衣《きぬ》と裳《も》を用いた衣裳と何も変わるところはない、しかも立礼《りつれい》にかのうて、身の動かしようも自在やとのお考えでお採り入れにならしゃいましたのや。ただ、西洋から輸入するだけではあきません、布はなるべく国産品を用いるようにとの思し召しをお示しにならしゃいました」

そこに茶と菓子が運ばれてきた。運んできたのは若い女中だったが、まもなく深水も入ってきて、次之間の畳間に腰を下ろして控えた。

道子は話を続ける。

「宮廷が率先して洋服を採用したら、国内の洋服地や毛織物のような生産業、それから裁縫業も向上しますやろう。かようにお考えであらしゃったのや。舶来品ばかりが尊重され、婦女子が華美に流れる風潮は遺憾《いかん》に思し召しであらしゃいました」

亮一はようやく気づき、微かな落胆を覚えた。おそらく道子は明治天皇ではなく、昭憲皇太后に仕えた女官なのだ。が、道子自らが始めた話である。この筋に沿って、水を向けてみるしかない。

「国内の殖産興業については、天皇陛下の考えに従われてのことでしたか」

「むろん。皇后さんは何事においてもまず聖上をお大事にあそばされ、離宮で静養中であらしゃいましても、聖上が御寝《ぎょしん》との電話をお受けになってからでないと決して横におなりにはならしゃらへんほどでした」

「では、夫唱婦随で国事に配慮された」

するとと道子は瞼を閉じ、「ふぅん」と咽喉を震わせるような声を出した。

「その点については私は承知してまへんな。ただ、皇后さんは従順なだけのお方ではあらしゃいませんでした。それだけははっきりと申せます」

「たとえば」

「たとえば……明治四年と五年に、政府の方針によって宮中の大改革が進められましたのや。歳費の削減を理由に聖上と皇后さんの側近を入れ替えて、諸藩の武家出身の者らでもお仕えできるようにとの案でありましたのやが、その中心になって動いたのが公卿の三條《さんじょう》さんに岩倉さん、それに薩摩の西郷さんでしたな。けど、皇后さんは初め、政府が宮中について注文をつけることを快う捉えておいでやあらしゃいませんでした。ある日、木戸さんと西郷さんが揃うて皇后さんの御許にやってきはって、政府の諸政を改革し、経費も節減いたしましたので、かくなる上は奥向《おくむき》の御刷新をと言《ごん》上《じょう》しはりましたのや。そしたら皇后さんはいつになく厳しいお声で、こう仰せにならしゃいました」

道子は小さく頭を下げ、そして顔を高々と上げた。

「私は聖上にお仕えして以来、その地位と本分をお守りし、お助け申し上げるように努めて、政には口を出したことはありません。そやのに、あなた方は私に、奥向の費えを節減せよと要求するのか。私がなにゆえ、あなた方に命じられねばならぬのや」

道子は、そこで黙した。

「一同はお返し申す言葉ものうて、ひたすら恐縮の体でありました」

ゆっくりと噛みしめるように言葉を継ぐ。

「あの頃、皇后さんは二十二歳。それはお美しゅうて聡明で、気性《きしょう》のお強いところも併せてお持ちであらしゃいました。いいえ、平素はお仕えする女官らにもそれは慈悲深いお振る舞いであらしゃいましたけど、あの時は生来の毅然たるご気性を初めて外にお見せにならしゃいました。というのも、その後、再び木戸さんと西郷さんをお召しになって、こう仰せにならしゃったのや。過日、あなた方の要求を退《しりぞ》けたのは、私があなた方に干渉される立場にないゆえです。気の毒やったが、あのような仕儀になりました。けど、今は国費多端の時節、確かに宮中においても費えの工夫は必要や。ゆえに改革を行ないたいと思います。ただ、これは決してあなた方の要求に基づくものやない。私の意志で行なうことです」

そこで道子は言葉を仕舞った。

亮一はそっと息を吐く。我知らず総身に力を入れて、聞き入っていた。

「聖上がおかくれにならしゃる前も、私がすべての責めを負うゆえ、東京帝大の医者を召しなさいとお命じになりました。誰もかれもが狼狽えて、動転している最中のことや。皇后さんはいざとなれば、大変な気丈をお見せにならしゃるお方でした」

「東京帝大の医者を招聘されたのも、旧き慣いを破る判断であったのですか」

「そうやな。東京に下って数年の間は、御所でお仕え申していた女官らがそのまま聖上に付いておりましたからな。政府高官だけやない、皇后さんもしきたりを盾《たて》にされて、なかなか聖上のお側にお仕えにならしゃることがかなわへんことやった。政府は一日も早う天皇としてのおつとめをご教授申し上げたい、けど昔ながらの女官らが今日は忌日《きにち》や、誰それと誰それは目通りできぬ官位や、誰それは直にお言葉をお掛け申してはならぬと、万事がしきたり優先でありましたからな」

「ということは、宮中改革以前の天皇は女官だけに取り囲まれて暮らされていたのですか」

「奥とは本来、そういうものです」

「では、政務は」

「政ですか」

「はい」

「御所にあらしゃる頃の帝もむろんさまざまな政に御裁可を下されるお時間がお昼間にござりましたけれど、お目覚《めざ》の後、まず神に祈られるのが最も重要なおつとめであらしゃいました。宮中では何よりも神事が御大事のこと。お伊勢の方角に向こうて石《いし》灰壇《ばいのだん》の土の上に坐られて、国の安寧《あんねい》を願《ねご》うてお祈りをお捧げにならしゃいますのや。それが、天照大御神《あまてらすおおみかみ》の御末裔《みすえ》としてのおつとめであらしゃいます」

　広袖を翻した青年が御所の一隅に坐し、東の方角に向かって拝礼する姿が過ぎった。

「ゆえに聖上にまつわるすべては、清う保たねばなりません。女官らは皆、まず清浄を保ち、たとえば今、あなたのそのお手」

亮一は道子の視線に従って、己の両手の置き所を見下ろした。両肘を曲げ、腿の上にそれぞれの掌を置いている。

「下の半身は穢れですからな、一寸《ちょっと》でもそこに触れたらすべての衣裳を替えることになります」

「そういった風習も、改められたわけですね」

「それはずっと守っておりました。聖上は守るべきしきたりを、それは御大事になりしゃっておられましたゆえ」

道子はまた伏し目になり、「けど」と初めて逡巡を見せた。

「明治の御世《みよ》になってから神の道も変わりましてな。四方拝《しほうはい》の仕方も変わりましたし、紀元節なども新たに創設されましたやろう。畏れながら、聖上はそれらにはあまりご熱心ではなかったように私は聞き及んでおります」

「それは何ゆえですか」

「新しい仕方やからでしょう」

意外な返答だった。

「明治天皇は近代国家の君主として、西洋の新しきを率先して採り入れられたのではありませんか」

「事と次第によります。先ほども申した通り、聖上にとっての神事は他のこととは違います。まず形が大事やというのに、その形が変えられてしまいましたのやから。いかに近代化といえども、時代に合わせて儀式の形や作法を変えるなど以ての外や。永世不変の形、それこそが正しい形です」

「神に祈るには形よりもまず精神ではないのですか。形がいかに変わろうとまずその精神、心があれば」

道子は薄い眉を寄せた。少し間を置いてから口を開く。

「宮中では、形と心を分けて考えたりしません。それは常に一致してるものです。いや、御一新前の日本人は皆、そうやったと思います。目に見えへん心だけを取り出してあれこれ眺め回すのは、西洋人の影響ですやろう」

亮一は頷いて、暗に先を促す。

「西の国の産物にはいろいろとお蔭さんを蒙ってきましたけどな、若いお人らはすっかり心と形、心と躰を切り離して考えるようになってるみたいですなあ。そないなことしたら、さぞかし生き難いことですやろう。お気の毒さんなことや」

道子の肩の向こうに、障子越しの柔らかな陽が差している。まったく火の気のない座敷であるが、不思議と寒さを感じぬままである。

「では、陛下は神事の変容をお認めにならなかったわけですね。皇后のように」

「いいえ。お受け容れにならしゃいました。国のため、聖上のために政府が整えた新しい神事の形やから、あからさまな否をお唱えにならしゃったら、政府を否定することになりますやろう。皇后さんが否と仰せにならしゃるのと、聖上が仰せにならしゃるのとでは、やはり波紋の大きさが違います」

と、道子の頬が緩み、ふくよかさが増したように見えた。

「そやから聖上は新しい神事については常に、代参でお済ませにならしゃいました」

己が溜飲《りゆういん》を下げたかのような笑みを泛べている。

そこで亮一は、天皇の「国見」について持ち出してみることにした。

「天皇は地方巡幸についていかなる考えをお持ちだったか、ご存じありませんか」

「臣下の私が聖上の御叡慮《ごえいりよ》を語るなど、それは畏れ多いことです」

途端に声が厳しくなった。

「質問のしようが悪かったようです。耳にされたことだけで結構ですから、お聞かせいただけませんか」

またも咽喉の奥を鳴らすような音を立ててから、道子はゆったりと瞼を持ち上げる。

「あれは、明治三十五年の秋やった。陸軍の大演習を統裁《とうさい》されるために、遥か熊本にまで行幸ならしゃったことがありました。その行幸中にお風邪を召されて、夜、熱で大変、発汗あそばしたようで、御寝衣の白羽二重《しろはぶたえ》を何度もお替えにならしゃったと伺《うかご》うたことがある」

「私はその際の行列を拝見しました」

明治天皇はいかなる場においても、たとえ雨の降りしきる中でも寸分も姿勢を崩さぬことで知られていた。崩御前の至って具合の悪い最中でも、己を待つ場には軍刀を杖代わりにしてでも出御したのだ。

「そうですか、あの時、御体調が優《すぐ》れなかったのですか。ですが、周囲にはそれを微塵《みじん》もおこぼしにならなかったのですね」

道子は首肯した。

「聖上も皇后さんも、ご自身の御事は何よりも後回しであらしゃいました」

「それも周囲への御配慮ですか」

「それもあらしゃったやろうが、そもそも聖上は彼我《ひが》、公私を分けてはあらしゃいませんのや。すべてが、公であらしゃった」

　国民が近代的自我を追究した時代にあって、天皇はたった一人、まるで逆の生き方をしたことになる。

「日清、日露の戦についてはいかがですか」

「それも、私には御拝察するも畏れ多いこと」

「政府の決断に否を唱えれば、議会制を否定するとのお考えがあったのでは」

「わかりませんな。皇后さんは負傷兵にいたく御心を寄せられて義手や義足を下賜《かし》なさったけど、それは自国だけやない、敵国の負傷兵をも対象にしたいとお望みにならしゃって、その通り実行されました。皇后さんはほんまによう、お働きにならしゃったお人でありました」

　思わず、道子の言葉をなぞった。

「働いた？」

「そうです。側室やのうて正室であらしゃるのやから、本来は働くべきお人ではありません。ただ、そこに存在しておられるだけでよかったのや。けど皇后さんはすべての女官を統轄なさり、日本赤十字社の活動に取り組まれ、華族女学校や観菊会にも行啓《ぎょうけい》なさった。それだけや、おませんん。聖上の代行までお務めにならしゃったことがある」

「皇后がですか」

「明治十九年のことやったと記憶してますけどな、海軍の行事への臨御が予定されてたんやけど、聖上が御不例《ごふれい》で、その代行をお務めにならしゃったのや」

海軍の行事と聞いて、何かが引っ掛かった。記憶の一筋を探る。響子の切り抜き記事か。いや、違う。もっと最近に見た。帝国図書館の閲覧室だ。あの日、目にした記事に関連した文言があったような気がする。そうだ、確か、「皇后陛下　軍艦武蔵《むさし》の進水式に臨御」だった。

「もしや、皇后陛下が軍艦の進水式に臨御された件ですか」

「そうです。その前年には近衛兵《このえへい》の演習を聖上とご一緒にご覧にならしゃいましたけどな、軍艦の進水式は代行でしたのや。横須賀《よこすか》港で、武蔵という軍艦が海に出る式にお出ましにならしゃいました。ほんに、お勇ましいことでした」

道子は誇るように言った。

潮の匂いがする。巨大な軍艦が今、まさに太平洋に出るというその姿を、洋装の皇后が見ている。

もしかしたら。皇后も国見をしたのだろうか。

道子に視線を戻した。まだ訊きたいことが残っている。

「天皇の御不例とは、体調が優れないということですね」

「そうです」

「明治十九年といえば天皇は三十五歳頃ですが、当時、深刻な病があったのでしょうか。新聞にはそのような記事は出ていなかったと記憶していますが」

「御不例は、御不例です。あの頃は、ご気分が優れへん日もあらしゃいました」

気分が優れないという理由で海軍の進水式を欠席するだろうかと、亮一は訝しんだ。西洋の列強諸国から国を守るために、軍力の充実は急務だった時代だ。まして明治天皇は自身のことは二の次にして国務に精励していた。本来は臨御の必要がないと思われる会議にも必ず出御して、熱心に耳を傾けていたとの記事もあるほどだ。

だが、各地への巡幸はその頃から減っていたとの記憶がある。「もしや」と思った。

「その頃、天皇は何か、苦悩をお持ちではなかったですか」

思わず、そんな言葉を道子に投げかけていた。

「あんさん、言葉が過ぎますで」

底響きのするような声だ。

「不敬は承知です」

亮一は食い下がった。

「いえ、正直に申せば、僕はこういう想像を不敬だとは思っておりません。最初にお伝えしたように、明治天皇の人生を理解したいのです。西洋式に神格化してしまえば事は簡単だ。神である御身には何の苦悩も、悲哀や怒りもないことになる。全知全能の神がこの世を支配する。しかし、日本の神々は違うじゃありませんか。もっと感情を露わにしていた。嘆いたり悩んだりしていたんです。だからこそ人々は思いを寄せ、忘れない」

道子は押し黙ったままだ。

「今から申し上げることがあまりに見当違いなら、すっぱりと否定してくださって構いません。明治天皇は六大巡幸によって、自らの果たすべきつとめを自覚された。そう、古代における国見の意義を身をもって理解されたのだと僕は捉えています。いえ、あくまでも想像の域を出ませんが、明治天皇の本心についての記述が遺《のこ》されていない以上、想像を恐れるわけにはいかんのです。ただ、諸外国との外交においては日本の独自性に拘泥《こうでい》するわけにはいかない。伝統と風習を守りながら、明治天皇は欧州の近代君主像をも体現せねばならなかった。でなければ、一人前の国としてつきあってもらえなかったからでしょう」

政府がいかほど懸命であったか、亮一は今、こうして口にしながら思い知る。

「ということは、明治天皇は世界のどこにも模範のない存在を目指さなければならなかったということではないですか。むろん、従来の日本の天皇のありようだけでは足りない。これは、途方もない重圧だったと僕は拝察します。己の果たすべき役割を自覚すればするほど、押し潰されそうになる。まして日々、臨まねばならない国務は山積しています。三十代半ばの天皇といえども気力が続かず、鬱々とする日があったとしても不思議ではないし、誰にも責められない。違いますか、庭田さん」

道子は一瞬、目を閉じ、そして静かに息を吐いた。

「そやから、皇后さんは国務の代行をなさったのや」

「天皇の置かれた状況を理解しておられたんですね」

「自らが光となって進むことも、おいといにならしゃいませんでした」

膝頭《ひざがしら》が震える。道子は今、認めたのだ。

明治天皇にも苦悩の季節があったことを認めた。

では、いつから己を立て直《こま》したのだろう。何がきっかけであったのだろう。皇后の聡明さ、そしてたぶん情の濃やかさが救いになったはずだ。だが、それだけか。

「瀬尾さん」

道子に呼ばれた。

「はい」

「聖上はお若い頃はほんに闊達なお方で、けど天皇として学ばれ、おつとめを果たされるうち、一切の感情を外にお見せになられんようにならしゃいました。とくに戦です。清や露西亜との戦は御本意ではあらしゃることはなかったでしょうが、ひとたび始まってしもうたら軍を信頼されて、わが国の勝利を願われたと伺《うかご》うております。けど御手許にな、戦死者の名簿が届きますのや。それを夜更けまでご覧にならしゃいました。一人ひとりの名前を胸に刻んでおられたのかもしれませんな。そういう時も、感情はお出しにならしゃいません。ただ、歌を詠んでおられました」

「歌ですか」

「そうです。敷島《しきしま》の道はそれこそ、昔から帝のおつとめでもあらしゃることでしたが、聖上がご生涯でお詠みになった歌は九万首を超えるのと違いますやろうか。その中でも、私が忘れられへん歌があります」

　道子はそう言い、まるで目の前に誰かがいるかのように小さく頭を下げてから、口を開いた。

　国のためたふれし人を惜《おし》むにも思ふはおやのこころなりけり

　亮一は胸の中で、その歌を繰り返した。

　国のために斃《たお》れた者を惜しむにつけ、親の心が思われてならない。

　小さな横顔が泛んだ。東京のあの荒物屋で、今日も繕い物をしながら箒を売っているだろう。

　床の間を柔らかく照らしていた陽の光が薄くなっていることに気がついて、そろそろ切り上げ時だと思った。道子は老齢にもかかわらず、今に至っても微動だにせず、姿勢を崩さないのである。むろん茶碗を手にして咽喉を湿すこともしていない。次之間に控えている深水も気配すら立てないでいた。

「長い時間を賜り、有難うございました。これが最後の質問になります。よろしいですか」

「どうぞ」

「陛下は、笑われたことがありましたか」

　すると道子は小首を傾げるようにして、「これは異なことをお訊ねになる」と言った。

「聖上は厳格であらしゃいながら、奥向では大変、ご冗談もお好きさんであらしゃいましたよ」

「そうですか」

「雷がお嫌いな皇后さんをおからかいになったり、大臣や側近方、私ら女官にも軽妙なる綽名《あだな》をお付けにならしゃいましてな」

「綽名ですか」

「そうや。美形やけど、一本気ですぐに顔を紅潮させて怒り出す女官がおりましてな、その者にはホオズキ。甘ったるい口調で喋る女官には、ニャンやった」

「庭田さんの綽名は？」

「最後の質問が多いのんと違いますか」

「失礼しました」

辞儀をして椅子を後ろに引いた。

すると道子が何かを言った。聞こえなかったので顔を見返すと、眉と目尻を下げ、少し困ったような面持ちである。

「今よりもっと肥えて貫目がありましたから、ポンポコとの名を頂戴しておりました」

亮一は深く辞儀をして、庭田家を辞した。

胸の中で想像していた蒼白き青年も、世が世であれば宮中の奥深くで祈りを捧げて生涯を終えたはずだ。だがかつてない変革期を迎えた日本に生まれ合わせて、人として実体のある、近代国家の君主にならねばならなかった。

何を許容し、何を守るべきか。

彼はその裁断を絶え間なく求められ、やがて大帝としての振る舞い、思慮を身につけた。頼みにした西郷、大久保は早々にこの世から去っている。内乱、飢饉《ききん》と一揆、後に信頼を寄せた伊藤博文《ひろぶみ》も暗殺された。旧《ふる》き日本の生きようを失い、金満主義が跋《ばっ》扈《こ》する。ことに他国との戦は、未曾有《みぞう》の国難を覚悟せねばならない。

暗い蠟燭の下、戦死者の名簿を静かに繰る姿を亮一は想像した。

口の周囲から頰を蔽《おお》う髭には、もはや白いものが混じっている。かつてその目で国土と民衆の実情を見聞したように、その名簿に記された名前を見続けることも天皇は自らのつとめだと決めていたのだろうか。

そして日本の変貌を喜ぶ国民ばかりではない。思想、主義を持つ者ほど、批判の対象を探して論を揮う。

それでも彼は、己の為すべきことから逃げるわけにはいかなかった。

臣民よ、朕《ちん》はここにあり。

生まれとしては然《しか》るべき道かもしれない。しかし一個の生涯としてみれば、恐るべき道を歩んだことになる。いかなる場にあっても威厳を保つ君主として、彼は成長しなければならなかったのだ。その双肩に国の運命が懸かっていた。

けれど、笑う日もあったのだ。

そう思うと、なぜか救われたような気がした。

荒神口通から鴨川に戻ると、一面の秋草はもう影が深い。人声は遠く、水音だけが響く。草を踏み分け、川縁へと下りた。

水面が照り返したので西を見上げれば、夕空が染まり始めていた。

# 第七章　落陽

## 一

五月の午後、亮一は原宿の停車場に降り立った。

目の前の風景に目を瞬《しばたた》かせ、帽子のつばを指で持ち上げる。

あの原野に、神宮林が出現していた。まだ祖型である。雄大なる森に生長するには、あと百五十年の時を待たねばならない。

しかし今年、大正九年（一九二〇）の十一月一日には、神宮の鎮座祭が行なわれることになっている。

数日前の夜、銀座のバーで会った響子が言うには、国民からの献木は十万本近くに上ったそうだ。響子は婦人雑誌の記者として繁忙を極めており、会うのは数ヵ月ぶりであった。

「献木搬入の最盛期は二年ほど前だったかしら。原宿からの引込線ホームに毎日、三十輛余りの貨車が到着するのよ。朝着いた荷は午後の入荷までに、午後の分は翌朝までに取り除《の》けないといけないから、空いている場はどこでも利用して野積みするのよね。あれだけで臨時の森ができたかのような風景だったわ」

「植えるだけでも大変な作業量だろう」

「そう。上原君、ほとんど寝てなかったんじゃないかしら。献木は地方の自治体や学校の記念事業として展開されたから想定必要数にはとうに達していたようなんだけど、超過しても受領し続けざるを得なかったのよね。献木者の気持ちになれば、無下に却下や制限はできないとの政府判断もあって。でも、自分が献呈した木がどこに植えられているか、わざわざ確かめに来る人もいたりして、その案内にも手を取られたみたい」

「そんなことまで、上原君の受け持ちか」

「そうよ、他にいないもの。ほぼ一年をかけて樹木の根回しをして、その後は二年間、手入れをしながら保護して、三年前の秋には大暴風もあったでしょ。支柱が倒れたりして。現地にようやく移植を始められたのは、一昨年の春からよ。でも、凄いのよ」

　響子は洋盃を傾けながら得意そうに片眉を上げた。相変わらず、黒々と剛情そうな眉だ。化粧っ気がなく着る物に構わず、やけに力瘤《ちからこぶ》の入った字を書く。

　伊東は変わらないなと、亮一は思った。東都タイムスにいた頃と少しも変わらない。酒が強く、誰彼なしにつけつけと物を言い、そして神宮林の話を始めると止まらなくなる。

「境内の周囲には石垣を組んで、その上に土を盛った土塁が巡らせてあるんだけど、これには犬柘植《いぬつげ》が植えられているのよね。生長の遅い木だから、刈り込みをしなくても樹形が整うということで選ばれたらしいんだけど。もちろん安価で大量に入手できる樹木だという理由もあるわ。でももっと大きな理由は、風雪や砂塵、煙害に強いからよ。いずれ林套《りんとう》を形成するはずなんですって」

「りんとう？」

　響子は両肘を持ち上げ、何かを羽織るような手つきをした。

「瀬尾君、わからないの？　ほんと、鈍いわねえ」

　洋盃を卓の上に置き、ぱたぱたと両腕を上下に揺らしている。なぜか子供のように両眉を上げて、「これよ、これ」とにんまりとする。

カウンターに並んで坐っている三人連れが可笑《おか》しそうに、こっちを見た。

こいつ、いったいいくつなんだと思いながら、響子を見返す。歳は俺の二つ下のはずだから、まさか三十三か。

呆れ返りつつ、伊東もやはり変わったかと思った。常に不機嫌で強引で、上から物を言う女だったのだ。こんなふうに歯を見せて笑うところなど、見たことがなかった。

「ねえ、ちゃんと考えてるの？」

響子は両腕をばさりと下ろし、口を尖らせた。

「降参だ」

「つまんない男」

響子はまた酒を口に含み、右手を翻した。

「マントよ。森の外套」

「さっぱりわからん」

「だから低木の犬柘植《いぬつげ》と蔓草《つるくさ》がいずれ絡まって、強風や煤煙から林内を守るのよ」

「それも独逸《ドイツ》林学か」

亮一はボウイを目で呼び、二杯目を頼んだ。今夜はなぜか酒が旨い。カウンターに肘をつき、響子へ視線を戻した。

「いいえ。日本の林業の職人が昔から行なってきたことらしいわ。林縁の樹木はわざと枝打ちをしないで、林内を守らせるんですって。上原君、職人の知恵と技は凄いって感嘆しきりだった」

「彼は結局、何年仕官していた」

「一昨年の五月に免官を希望して大学院に戻ったから、三年ほどかしら。今年、欧米に外遊するらしいわよ。初めてなんですって、外国に出るの」

「じゃあ、鎮座祭には出られないのか」

「そうなるわね。でも大学院を途中で止《よ》してまで奉職したんだもの。職人さんらの樹木の扱いの違いや隠語に悩まされた時期もあったけど、雨で作業ができない日は薪小屋で語り合うようになったみたいよ。なまじ留学をしたことがないから、かえってよかったのかもしれないわね。旧幕時代から伝わる工法や肥料も旧式だなんて退けないで、提案があればともかく試してみたんだもの。常に現場で実験よ」

「神宮林は藪が理想だって言ったんだもんな。考えたら、本多博士と本郷さん、上原君の三人のうち、一番若い上原君にだけ留学経験がなかった。それで仁徳天皇陵から思案《ヒント》を得たわけだろう。面白いものだ」

「そういや、瀬尾君、伏見桃山陵にまで足を延ばしたって言ってたわね。どうだった、やはり藪だったの」

「いや、御陵として築造されて間もないからな。藪を想像していたが、まったく印象が違った」

あれからもう、四年半が経つ。

宮中で仕えた元の女官、庭田道子と面談した翌日、亮一は伏見に足を延ばして明治天皇の御陵を参拝したのである。


明治天皇の大喪列車を迎えた桃山停車場には御陵口《ごりようぐち》と呼ばれる改札が設けられており、玉砂利を敷き詰めた広場を備え、参道に面しては葭簀《よしず》掛けの土産物屋が建ち並んでいた。

杉林の中の参道を、ゆっくりと進んだ。ここは東山から連なる丘陵の最南端で、太《たい》閤秀吉《こうひでよし》が築いた伏見城址でもある。

頂《いただき》に辿り着くと、そこは広々と開けていた。低い木柵《もくさく》で結界《けっかい》が示されており、真正面に大鳥居が据えられている。足許は白砂を敷き詰めた参道が直線で伸びており、小階段と木柵、鳥居が幾重にも続く。

その果てに、巨《おお》きく球状に盛られた上円下方墳《じょうえんかほうふん》が見えた。明治天皇が埋葬された墳墓だ。細石《さざれいし》と芝草を交互に組んで丘のごとき形であるが、御陵の背後には緩やかな稜線の山を従えている。

もっと峻厳《しゅんげん》な、深い森のごとき場を想像していたが、明るく柔和《にゅうわ》な佇《たたず》まいだ。じつに明治天皇らしい墳墓だと、得心した。自らを厳然と律しながら、常に心は民衆に開かれていた。

亮一は胸の裡を澄ませ、深々と拝礼した。

為すべきことを全うした生涯に、彼《か》の魂に。

頭を上げると、秋陽の中で鳥の声が響いた。

数歩、後ずさり、踵を返す。南面にはまた深い緑に包まれた長い石段が下りており、眼下には山の緑と伏見の町並みが広がっている。遥か遠くの山影までを見晴かし、ふと、このすぐ東に昭憲皇太后の陵《みささぎ》もあることに気がついた。

夫妻は今も、国見をしているのだろうと思った。

「瀬尾君、聞いてる？」

響子の声で我に返った。洋盃を持ったまま顔を横に傾け、亮一の目を覗き込んでいる。

「何だ」

「だから、記者失格ねって言ってるの。せっかく京都にいて即位礼の奉祝を見てこなかったなんて、信じられない」

京都御所付近の丸太町通や烏丸通《からすまどおり》、寺町通《てらまちどおり》には即位を祝う大群衆が参集し、その数は十五万人に及んだ。大隈首相の万歳に合わせ、民衆も万歳を連呼した。皇太子裕仁《ひろひと》親王の馬車が堺町御門《さかいまちごもん》から現れた折にその熱気は最高潮に達し、空を揺らすかのごとき声が沸き立ったようだ。同日、東京も奉祝一色で、山車《だし》や旗行列が町を練り、熱狂を呈した。

これらはすべて、翌日の新聞で知ったことだ。

「手許不如意《ふにょい》でね、とても十日までは滞在できなかった。仕方あるまい」

亮一は伏見桃山陵に参拝した足で京都停車場まで出て、鈍行《どんこう》に乗った。東京に着いたのは六日の夜だ。その翌日から職探しに歩き、夜は執筆を始めた。

「今は何の仕事をしているの」

「探索、校正、埋草原稿の執筆、何でもござれだ。君も頃合いのいいのがあったら回してくれ。良心的な価格で引き受けるよ」

「瀬尾君の良心的っての、怖いわね。でも、いいの？　そんな根無し草みたいな生活、ずっと続けていく気なの」

　中小の新聞社の面談はいくつか受けたのだが、いずれも不採用だった。焦りはなかった。このままどの社にも属さぬままでもいいかという気持ちが、どこかにあったのだ。庭田道子が亮一を家の中に上げ、ああも話してくれた。一流の新聞社でないばかりか名刺すら持たない、みずから牢人だと名乗った男にである。それがずっと肚の底を支えてくれたような気がする。

　今は喰うために仕事を選ばず、書きたい題材があれば取材して雑誌社に持ち込んでいる。自前の記者が足りない雑誌社では、浅草オペラの見聞記や近頃頻発するようになった交通事故の実態に迫る記事なども買ってくれる。

　欧州大戦は一昨年、大正七年（一九一八）の十一月、独逸が連合国との休戦条約に調印したことでようやく終結した。戦争景気が続いていた日本では物価が上昇を続け、とくに米価が急騰して各地で米騒動が勃発《ぼっぱつ》した。だが終戦を迎えると今度は反動不況となり、諸物価、株価が一気に暴落した。

　翌大正八年（一九一九）の一月には、戦勝国となった国の代表が集まり、「巴里《パリ》講和会議」が開かれた。会議の主旨は民主政治の下《もと》で新しい国際秩序を求めようというもので、世界史上で初めて、国際平和を維持するための「国際連盟」の設立が決められたのである。

会議開始から五ヵ月後の六月、巴里郊外のベルサイユ宮殿において、独逸と連合国の間で「ベルサイユ条約」が調印された。日本は戦勝国の一員として、山東省における独逸権益の譲渡と赤道《せきどう》以北の独逸領南洋諸島の割譲、そして国際連盟の設置にあたって「人種的偏見の除去」を求めた。

だが、条約によって成立した「ベルサイユ体制」は、欧羅巴《ヨーロッパ》諸国に限って民族自決権を認めるものだった。独逸の植民地や権益の配分を巡る戦勝国の言動は、日本、中国を始めとする亜細亜《アジア》、そして阿弗利加《アフリカ》にも失望を広がらせた。一方、朝鮮では日本の統治に対して独立を要求、激しい抗日運動が全国に広がっている。

これから日本はどう生きていくべきなのだろうと、亮一は考えることが増えた。日本は欧米列強の圧力によって国を開き、軍備と経済的安定を官民一体で進めた。それが国際社会と対等につきあうための、最低限の要件だったのだ。

そして〝帝の国〟になった。帝国憲法を定め、帝国議会を開き、帝国大学で育てた。かつての日本人にとって、帝国という言葉は実に誇らしいものだったのだ。天皇を君主に戴いたことの誇りが、国造りのよすがになったのかもしれない。近代化、資本主義によって捨てたものも多かったが、自国の伝統と文化は守り抜いた。

明治という時代はやはり奇跡だったのではないか。今の亮一にはそう思えてならない。

大正はどうだろう。後世の日本人にどう見え、どう語られる時代になるのか。

「出社しないで済むってのは、時間の自由がきく。収入は不安定だが、僕は気に入ってるさ。君にも勧めたいほどだ」

「負け惜しみ。武藤さんに似てきたんじゃないの」

「あの人には、とてもかなわんよ」

武藤は神戸で自動車の輸入業を始めたのである。その稼ぎを元手にして、いつか必ず新聞社を再建すると言い張っているらしい。

「叔母上が金主《きんしゅ》か」

「叔母だけじゃなくってよ。武藤さんのあの大言に乗っちゃう人、関西にはまだいるらしいわ」

「借金はどうしたんだろう」

「大阪の法律家を雇って、債権者に掛け合ったみたいね。負債額の何分の一かで折り合いをつけて、まだ返済中じゃないかしら」

眉根を寄せながらも、どこかほっとしているような声音だ。いや、武藤の成り行きを面白がっているのかもしれない。これからも悪口を吐きながら応援し続けるのだろう。

帽子を抱えて南参道に入り、北に進んだ。

境内の入口はこの原宿からの南参道に代々木からの北参道、そして参宮橋《さんぐうばし》からの西参道の三ヵ所が計画されているらしい。とくにこの南参道は正面からの入口として最も参拝者が多いと予想されているようで、鳥居がある要所では大木が目立つ。これも風致的な配慮なのだろうと見上げながら、歩を進めた。

水面《みなも》を光らせる池を左手に眺めて橋を渡り、西へ折れてから大鳥居を潜った。

樹木の植栽工事はまだ進行中で、若者らが声を掛け合ってもっこを担いでいる。全国の青年団がこの神宮林の造営現場に参集し、奉仕活動をしているのだ。慢性的な人手不足にあって、統率のとれた彼らの活動は多大なる貢献であると、各紙が紹介していた。

働く職人の中には女人夫の姿もある。

「狸の親子がまた姿を現したってさ」

「あたしもいっぺん、会いたいもんだ。随分と可愛いんだってねえ」

朗《ほが》らかな声で話しながら力仕事をしている。また響子の話していたことを思い出した。

「代々木練兵場の境界線上に、椋木《むくのき》と欅《けやき》の大木が結構あったんですって。元々、自生していた木よ。これが土塁の邪魔になるというので伐採案が出たらしいんだけど、上原君が交渉したみたい。大木が養っている生きものの数は人間が想像する以上に多い、鳥や動物、虫が棲処《すみか》とする樹木を残せば彼らがその種を方々に運んでくれるって。生きものの働きがあればこそ人工林はいずれ天然林になるはずだって、説得したのよ」

「そういった営為も含めて、人は原生林を神と崇めてきたと言いたいんだろう」

すると響子は「あら」と、つまらなそうな顔をした。

「瀬尾君、勉強したのね」

古来、樹林そのものが神聖な神座だったのだ。社殿を築くようになる以前は、樹林を拝んできた。

今はまだ、その風景を想像するのは難しい。若木が多く混じっているため、亮一の視線の高さでは枝々の間が疎《まば》らなほどだ。

しかしやがて足許には落葉や枯枝が降り積み、春になればその間から光を求めて新芽が顔を覗かせるだろう。鳥が囀《さえず》る。初夏には葉芽が匂い、花が咲き、夏は木漏れ陽を揺らしながら風が吹く。秋には木々が色づき、豊穣なる実をつける。雨や風に揉まれ、枝が折れる日があるかもしれない。しかし冬には静寂が訪れる。雪の白がすべてを鎮め、浄《きよ》める。

森はそんな季節を繰り返しながら育ち、生きものを養い、訪れる人々と語り合うのだろう。

さらに開けた丘に出た。ちょうど本殿の北側になるはずだ。響子が大きく手を振っている。

「来た。遅いわよ、瀬尾君、早くいらっしゃい」

相も変わらず命令口調だ。田中も傍らで「やあ」と、反っ歯を見せた。田中は高等学校の教師を続けているようだ。

三人で土を踏み、木々の間を歩く。

「源さん、今日、仕事を抜けられないんだって。残念がってた」

「そうですか。でも忙しいようで、何よりです」

「印刷物、随分と増えたもんね。僕も今度、同人雑誌を出すことになって。源さんの会社で安く出してもらえないか、頼んでいる最中なんだ」

「同人雑誌ですか」

「そう。僕、学生の頃に詩を書いていたんだ。また始めた。我ながら、なかなかいいんだよ。少なくとも、佐藤春夫《さとうはるお》よりはいいと自負しているんだけど。瀬尾君はその後、どうなの」

「書いていますよ」

すると響子が「え、何を書いてるの」と口を挟んでくる。

「掲載の当てのない記事だ。いや、あれは記事とも言えんな。虚構ではないが、推測が多分に混じっている」

亮一にとって、いざ鉛筆を握って書くことは、問いかけ続けることでもあった。

神宮造営へと人々を向かわせたその根源は、いったい何であったのか、と。

「ははあ、なるほど」と、田中が薄い肩をすくめて笑った。

「もったいぶらないで教えてよ。田中さんだけ狡《ずる》いわ」

「いや、僕も詳細は知らないんだ。楽しみに待っているだけでね」

さらに進むと、静かな佇まいの紳士が立っていた。

二

大きな植え穴の前で、一本の木に拝礼してから植樹を始めた。

亮一の背丈を遥かに超す楠《くす》だ。三人で根方《ねがた》に近い部分の幹を持ち上げた。根がよく土を摑んでか、ずっしりと重い。腰を沈めて、そろそろと持ち上げた。地中に根鉢《ねばち》を据え、本郷高徳に顔を向けた。

「それで結構です。土を埋め戻してください」

木を植える作業に参加させてもらえないだろうかと思いついたのは、亮一である。それを響子に話すとすぐに本郷に連絡を取り、今日、田中も駆けつけたのだった。

大きな移植鏝《ごて》を手にし、黙々と穴に土を入れていく。懐かしい匂いがする。腐葉《ふよう》が時をかけて土になった、そのことが全身でわかる。

埋め戻しが済むと、足で踏みしめるようにと本郷に言われ、三人で踵を使って踏み歩いた。

「何だか、愉《たの》しいわね」

響子が空を見上げながら、西洋の踊りのように両腕を動かしている。水をやってから数歩、さらにまた数歩、後ろに下がって立った。

西に傾きつつある陽射しを受けて、若葉が淡い黄色に輝く。

「この若葉がやがて照葉《てりは》の緑になります。楠も日本古来の森を形成してきた、照葉樹の仲間の一つです」

本郷が教えてくれた。

亮一は居ずまいを正し、二礼した。左右の田中と響子も続く。手を合わせて目を閉じた。

漱石のあの奉悼の言葉が、胸の裡で響く。

天皇の徳を懐《した》ひ
天皇の恩を憶《おも》ひ
この神宮林は東の都に下ってくれた青年への郷愁であり、感謝の念なのだ。

そして己の為すべきことを全うした人を、神にお戻ししようという営為でもある。

百年、百五十年の時をかけて、森厳崇高なる森の完成を目指す。幕末から明治の心を紡《つむ》いでいく。

目を開くと、斜め前に立つ本郷の怜悧な横顔が見えた。

この長い挑みこそが、日本の独自《オリジン》だ。

また目を閉じ、柏手を二度打った。頭を下げる。

誰もが黙して、このうえもなく美しい若木を眺め続けた。風が渡り、周囲の木が一斉に葉擦《はず》れの音を立てた。

三

本郷の案内で苑内を巡った。

亮一は本郷と肩を並べ、背後を田中と響子が小声で語り合いながら歩いている。

「鎮座後は、大学に戻られるんですか」

訊ねると、本郷は銀縁の眼鏡を指で少し上げた。

「まだ思案中ですが、希望が叶《かな》うならばこのまま管理の職に就こうと考えています」

「管理ですか。木々の手入れをする指導をなさるんですか」

「手を入れぬ管理と言った方が正しいでしょうな。人為の植伐を行なわずに林相《りんそう》を維持し、天然の更新を成し得るよう、次の世代に申し送らねばなりません。その仕事がまだ残っています」

「書物として残される」

「そうなるでしょう。今後、いかに技術、科学が進むかは私の想像の及ばぬところですが、わずか十年、二十年ほどの進歩の影響を受けてはならぬのです。不必要な手を入れたり過剰な管理を行なったりしては、祈りの杜《もり》になりません」

「そうですね。変えてはならぬ形がある」

そう返してから、亮一は声を改めた。

「本郷さん、以前、取材を申し込んだことを憶えておられますか」

すると本郷はしばし黙して、「憶えていますよ」と答えた。

「そろそろ、お願いしてもよろしいですか」

「鎮座後にしてくれたまえ」

「実は、お願いしたいのは取材だけではありません。読んでいただきたいものがあります」

「論文のチェックならできるが、新聞記事はよくわからないよ」

「いえ、記事というよりも、この神宮造営へと動いた人々についての記録文です。幕末から明治という時代を生き抜いた、ある人についても考察しました」

庭田道子への取材によって得た話はその後、資料を当たって裏を取れるものは取り、取材や調査を続けた。その過程で、明治天皇が一切の遊びごとに関心を示さなくなり、献身的なほど国事に傾注するようになったのは日露戦争の頃からだということがわかった。当時、戦死者の名簿を見続けていたという道子の話と合致する。

日本はこのまま欧羅巴の帝国主義に巻き込まれず、自国と亜細亜の尊厳を守っていけるのか。

亮一は目を凝らし続けようと決めている。

そして思索し、書かねばならない。思想に偏《かたよ》らず、主義主張を拡大せず、批判を恐れず、そして心情の想像をも恐れずに書く。人々に問い続ける。

「なぜ、僕に頼むのかね。君からは批判的な質問しか受けなかったような気がするが」

「理由は二つあります。一つは、やはりこの神宮林を計画した当事者であられるということ。そしてもう一つは」

少し言い淀んだ。ずっと本郷の言葉が胸にあったのだ。自身を「明治を生きた人間」だと言った。だから、無理な計画でも実現してみせると。そこに闇雲な熱情は微塵も感じられなかった。冷静な、学者としての本分を尽くす態度に思えた。

明治天皇の生きようと重なるかといえば、違う。天皇の生涯はやはり、世界を見渡しても唯一無二のものだ。自我を没し、君主としての生を貫いた。

「もう一つは？」

歩きながら、本郷に促された。

おそらく、こういう真率な人物が少なからず明治天皇の周囲にいたのだろうと思うのだ。それは政治家とは限らない。侍従か官僚か、それともやはり学者か。後世に名を残さないかもしれないが、天皇を誠実に支えた人々がいる。

「本郷さんの反応に興味があるからです。あなたがどう読んでくれるかを、僕は知りたい」

「よくわからんね。その理由も、君の依頼の仕方も。相変わらず強引で無礼だ」

そこで言葉を切り、ややあって継いだ。

「少々、時間をもらうよ」

「では、承諾していただけるんですか」

見れば、本郷の片頬に微かな笑みが泛んでいる。

「意見は遠慮なく言わせてもらう」

「覚悟しておきます」

我知らず、総身が熱くなった。少し俯いて、また前を向いて歩く。高低のある木々が延々と続く。いずれも、全国各地から届いた献木だ。空が広い。

背後で、響子が何かを言った。

「何て大きな夕陽」

本郷と共に足を止め、振り仰ぐ。

かなたの空が色を変えていた。頭上にはまだ透明な青が残り、雲が白を刷《は》くように流れていく。やがて太陽は輪郭をくっきりと現し、四方に光を放ち始めた。雲も木々の葉も金色《こんじき》に輝く。

落陽だ。

沈みながら、天地《あめつち》を照らす。

「明日もお天気だね」

田中が呟いた。美しい夕陽は翌日が好天になる兆《きざし》であると、小さく言い添えた。

四人で立ち尽くし、その最後を見届ける。

赤々と、大きな陽が落ちた。

## 参考文献

『江戸東京職業図典』編／槌田満文　東京堂出版　二〇〇三年八月
『御歌とみあとでたどる　明治天皇の皇后　昭憲皇太后のご生涯』打越孝明　監修／明治神宮　KADOKAWA　二〇一四年三月
『お公家さんの日本語』堀井令以知　グラフ社　二〇〇八年八月
『絵画と聖蹟でたどる明治天皇のご生涯』打越孝明　監修／明治神宮　新人物往来社　二〇一二年七月
『現状比較　地図と写真で見る幕末明治の江戸城』監修／平井聖　解説／浅野伸子　学習研究社　二〇〇三年六月
『社寺の林苑』（『造園叢書』第二十一巻）本郷高徳　雄山閣　一九二九年
『昭憲皇太后さま』編／明治神宮　明治神宮　二〇〇〇年五月
『新聞記者の誕生』山本武利　新曜社　一九九〇年十二月
『漱石全集』（第十一巻　評論・雑篇）夏目漱石　岩波書店　一九七五年
『大正ロマン　東京人の楽しみ』青木宏一郎　中央公論新社　二〇〇五年五月
『大都会に造られた森――明治神宮の森に学ぶ』松井光瑤・内田方彬・谷本丈夫・北村昌美　株式会社第一プランニングセンター　発売／社団法人農山漁村文化協会　一九九二年四月
「夏目漱石と明治日本」（『文藝春秋』二〇〇四年十二月臨時増刊号特別版）文藝春秋　二〇〇四年十一月
『四訂版　日本新聞通史』春原昭彦　新泉社　二〇〇三年五月

『幕末の宮廷』下橋敬長　平凡社　一九七九年四月
『人のつくった森――明治神宮の森〔永遠の杜〕造成の記録』上原敬二　東京農大出版会　二〇〇九年五月
『明治神宮　祈りの杜』監修／明治神宮社務所　平凡社　二〇一〇年九月
『明治宮殿のさんざめき』米窪明美　文藝春秋　二〇一一年三月
『明治神宮叢書』（第十三巻　造営編⑵）編／明治神宮　国書刊行会　二〇〇四年七月
『明治神宮――「伝統」を創った大プロジェクト』今泉宜子　新潮選書　二〇一三年二月
『「明治神宮の森」の秘密』編／明治神宮社務所　小学館文庫　一九九九年八月
『明治・大正・昭和　東京写真大集成』編・解説／石黒敬章　新潮社　二〇〇一年八月
『明治天皇㈠～㈣』ドナルド・キーン　訳／角地幸男　新潮文庫　二〇〇七年三月／二〇〇七年三月／二〇〇七年四月／二〇〇七年五月
『明治天皇　邦を知り国を治める――近代の国見と天皇のまなざし』三の丸尚蔵館展覧会図録No.67　編／宮内庁書陵部・宮内庁三の丸尚蔵館　宮内庁　二〇一五年一月
『明治天皇の一日　皇室システムの伝統と現在』米窪明美　新潮新書　二〇〇六年六月
『よみがえる明治の東京――東京十五区写真集――』編／玉井哲雄　角川学芸出版　一九九二年三月
「本郷高徳『吾が七十年』」（『神園』第八号）明治神宮国際神道文化研究所　二〇一二年十一月

# 解説

作家　門井慶喜《かどいよしのぶ》

新宿《しんじゅく》の高層ビルの窓のあかりが、すべて消えたのを見たことがある。

ことし（平成三十一年）の元日のことだった。私はその日、朝の五時から八時までラジオの生放送に出演したのだ。

スタジオは渋谷《しぶや》のＮＨＫの、たしか十三階にあったのではないか。

何しろ三時間の長丁場だったが、私はゲストだったから、つまり進行役ではなかったから、番組のあいまにスタジオを出て、控室で休むことができた。

一度につき五分とか八分とか、それくらいの時間だったけれども、そのつどお茶を飲んだり、深呼吸をしたり、ちょっとした体操をしたりするのは気分が変わった。その控室の北向きの窓から見えたのが、つまりはあの新宿全停止、高層ビル消灯の光景だったわけだ。さすがにお正月はみんな家に（または実家に）いるんだなあ、仕事しに来ないいんだなあ。私はみょうに安心した。

もっとも、一度目にその部屋へ行ったときには、窓の外はまっくらだった。日の出前だったのである。二度目はちょうど日の出ころ。初日の出だ。東から、つまり右からの光を受けて空があかるみ、ビルの半身があらわれ、しかし下のほうは夜《や》闇《あん》のまま。そうして三度目にそこへ来たとき、

――あ。

おどろいたのは、ビルの全身が見えたからでもある。その下の建物がこまごま浮かびあがったからでもある。しかし何より大きかったのは、その手前の地の底になおも黒々とわだかまる穴のような、絨毯《じゅうたん》のような何かに打たれたからだった。

周囲のあらゆる景色に似ていない。異様きわまる、けれどもどこか心強いような何かしらの存在感。

それがすなわち、明治神宮の森だった。さながら定規《じょうぎ》で引いたかのごとき輪郭《りんかく》をもち、現在は面積約七十万平方メートル、樹木はじつに二百三十四種三万七千本におよぶという。しかも自生していたのではない。ほとんどが全国からの献木によるものだった。

創建は大正九年（一九二〇）。祭神は明治天皇とその后《きさき》・昭憲皇太后《しょうけんこうたいごう》。このいわゆ

る「神宮の森」、ひいては明治神宮そのものの創建事情をあきらかにしたのが、本書『落陽』にほかならなかった。

もっとも、主人公は宮司《ぐうじ》ではない。

植木屋でもない。東京帝国大学講師である林学者・本郷高徳《ほんごうたかのり》は重要な役割を果たすけれども（後述する）、それよりも物語の中心をなすのは瀬尾亮一《せおりょういち》。「東都《とうと》タイムス」という三流新聞の記者だった。

何しろ三流であるからして、その仕事ぶりは俗悪である。男爵《だんしゃく》夫人の姦通《かんつう》などというネタをつかんで記事にするならまだしも、記事にするぞと当の夫人を脅迫する。金を出させる。ゆすりたかりと変わらないのだ。そんな亮一も、ふとしたことで明治天皇の重体を知るや、われながら不思議になるくらい、

身の裡《うち》から噴《ふ》くように何かが滾《たぎ》った。

天皇は、ほどなく崩御《ほうぎょ》する。なきがらは京都の伏見《ふしみ》桃山《ももやま》陵《りょう》へほうむることになった。東京はいわばお墓を「取られた」格好で、それなら東京にもうひとつ施設をつくり、

——ご遺徳を、永遠にしのぶ場としよう。

という気運の高まったのが、つまりは明治神宮創建のきっかけだった。この点では市民も、実業家も、総理大臣も、ぴたりと意見が一致したのである。

そうして神社づくりとなれば、格式を高からしめようと思えば、かならず森がなければならない。むろん雑木林はだめ。昼なお暗い、おごそかな森にするなら、それはぜひともスギ、ヒノキなどの針葉樹でなければならないのだ。

ところが東京は、常緑広葉樹林帯に属する。気候的にも、土壌的にも針葉樹がなかなか育ちにくい。この矛盾をどうすべきか……そんな小むつかしい話に何の価値がある？　うちはそんなお上品な新聞じゃないんだと社主兼主筆に叱責《しっせき》されても、亮一はやっぱり取材をつづけるというか、つづけざるを得ないのだった。

亮一だけではない。同僚である女性記者・伊東響子《いとうきょうこ》もそうだったし、取材相手である林学者・本郷高徳にいたっては、専門的な見地から、右の矛盾をじゅうじゅう承知しているはずなのに、

「ただ、かくなる上は、己《おの》が為《な》すべきことを全《まっと》うするだけです。明治を生きた人間として」

と言って、神宮造林にうちこむのだった。

すなわち本書は、単なる森づくりの話ではない。読者はその過程にはらはらしつつも、途中から、よりいっそう大きな主題があらわれるのを見ることになる。その主題とは。

明治とは、どんな時代だったのか。

亮一のような庶民にとって、本郷のようなインテリにとって、あるいは総理大臣・大隈重信《おおくましげのぶ》にとって……いや、もうひとり、かんじんな人を忘れてはいけない。本書の裏の主人公、あるいはひょっとしたら真の主人公かもしれない人を。

誰なのか。それを知るには『落陽』という題そのものが手がかりになる。箇条書きで記すなら、その第一義はもちろん、

①「落陽」。つまり夕日。

ということになる。近代日本が誕生し、高揚し、ときに零落《れいらく》の兆候もあらわした明治四十五年間の終焉《しゅうえん》を「日が沈む」ことに喩《たと》えているのは自明だけれども、このす

ぐうしろに、

②「落葉」。つまり落葉樹。

の意味がひそんでいることも、これまた明白だろう。

神社の森にふさわしいのはスギ、ヒノキ等の針葉樹であり、東京で育ちやすいのは常緑広葉樹。どちらにも入らぬ落葉樹の存在をあえて題で暗示することで、作者は、明治神宮の森の問題とは要するに樹種の問題であることをたしかめたわけだ。

しかしながら私は、ここにはさらにもうひとつ隠し詞《ことば》があるような気がする。それは、

③「洛陽《らくよう》」。つまり京都。

洛陽はもともと中国黄河《こうが》の支流、洛水《らくすい》北岸の大都市の名だが、そのゆかりで、日本のみやこの異称となった。

そこには、そう、あの人の存在がある。京都うまれ、京都そだち、先祖はみんな京

都で永眠したのにその人だけは若いころ東京へ来た。

着なれぬ大礼服《たいれいふく》やら軍服やらを身につけ、全国を巡幸し、近代的君主などという人工物そのものの一生をみずから引き受けたあげく東京で病みおとろえ、

――死後は、京都にねむりたい。

と希望した。

それで結局、東京にもうひとつ「遺徳をしのぶ」場所をこしらえられた。……ひょっとしたら本書の真の主人公は明治天皇かもしれないと、そこまで考えたところで私たち読者はようやく気づくことになる。本書冒頭のモノローグのぬしは誰だったろう。

中盤の幕間《まくあい》のモノローグのぬしは誰だったろう。どちらも短いものながら、京ことばがまじり、しっとりした情感の色が全篇におよぶ。読者の胸をそめる。作者の手腕のしたたかさである。

（この作品『落陽』は平成二十八年七月、小社から
四六判で刊行されたものです）

一〇〇字書評

落陽

切り取り線

**購買動機**（新聞、雑誌名を記入するか、あるいは○をつけてください）

| | |
|---|---|
| □（　　　　　　　　　　）の広告を見て | |
| □（　　　　　　　　　　）の書評を見て | |
| □ 知人のすすめで | □ タイトルに惹かれて |
| □ カバーが良かったから | □ 内容が面白そうだから |
| □ 好きな作家だから | □ 好きな分野の本だから |

・最近、最も感銘を受けた作品名をお書き下さい

・あなたのお好きな作家名をお書き下さい

・その他、ご要望がありましたらお書き下さい

| | | | | | |
|---|---|---|---|---|---|
| 住所 | 〒 | | | | |
| 氏名 | | 職業 | | 年齢 | |
| Eメール | ※携帯には配信できません | 新刊情報等のメール配信を 希望する・しない | | | |

この本の感想を、編集部までお寄せいただけたらありがたく存じます。今後の企画の参考にさせていただきます。Eメールでも結構です。

いただいた「一〇〇字書評」は、新聞・雑誌等に紹介させていただくことがあります。その場合はお礼として特製図書カードを差し上げます。

前ページの原稿用紙に書評をお書きの上、切り取り、左記までお送り下さい。宛先の住所は不要です。

なお、ご記入いただいたお名前、ご住所等は、書評紹介の事前了解、謝礼のお届けのためだけに利用し、そのほかの目的のために利用することはありません。

〒一〇一 - 八七〇一
祥伝社文庫編集長　坂口芳和
電話　〇三（三二六五）二〇八〇

祥伝社ホームページの「ブックレビュー」からも、書き込めます。

http://www.shodensha.co.jp/bookreview/

祥伝社文庫

落陽《らくよう》

平成31年 4月20日　初版第 1 刷発行

著　者　朝井《あさい》まかて
発行者　辻　浩明
発行所　祥伝社《しょうでんしゃ》
東京都千代田区神田神保町 3-3
〒101-8701
電話　03（3265）2081（販売部）
電話　03（3265）2080（編集部）
電話　03（3265）3622（業務部）
http://www.shodensha.co.jp/

印刷所　堀内印刷
製本所　ナショナル製本
カバーフォーマットデザイン　中原達治



Printed in Japan ©2019, Macate Asai　ISBN978-4-396-34515-0 C0193

# 祥伝社文庫の好評既刊

宇江佐真理

## おぅねぇすてぃ

文明開化の明治初期を駆け抜けた、若い男女の激しくも一途な恋……。著者、初の明治ロマン！

宇江佐真理

## 十日えびす

花嵐浮世困話《はなにあらしよのなかこんなもの》

夫が急逝し、家を追い出された後添《のちぞ》えの八重《やえ》。実の親子のように仲のいいおみちと日本橋に引っ越したが……。

宇江佐真理

## ほら吹き茂平《もへい》

なくて七癖あって四十八癖

うそも方便、厄介ごとはほらで笑ってやりすごす。江戸の市井《しせい》を鮮やかに描く、極上の人情ばなし！

宇江佐真理

## 高砂《たかさご》

なくて七癖あって四十八癖

倖せの感じ方は十人十色。夫婦の有り様も様々。懸命に生きる男と女の縁《えにし》を描く、心に沁《し》み入る珠玉の人情時代。

門井慶喜

## かまさん

榎本武揚《えのもとたけあき》と箱館《はこだて》共和国

最大最強の軍艦「開陽《かいよう》」を擁して箱館戦争を起こした男・榎本釜次郎《かまじろう》武揚。幕末唯一の知的な挑戦者を活写する。

門井慶喜

## 家康、江戸を建てる

湿地ばかりが広がる江戸へ国替えされた家康。このピンチをチャンスに変えた日本史上最大のプロジェクトとは！

# 祥伝社文庫の好評既刊

西條奈加　**六花《りっか》落々《ふるふる》**

「雪の形を見てみたい」自然の不思議に魅入られて、幕末の動乱と政に翻弄された古河藩下士・尚七の物語。

葉室　麟　**蜩ノ記**　ひぐらしのき

命を区切られたとき、人は何を思い、いかに生きるのか？　大ヒットし数多くの映画賞を受賞した同名映画原作。

葉室　麟　**潮鳴り**　しおなり

『蜩ノ記』に続く、豊後《ぶんご》・羽根《うね》藩シリーズ第二弾。〝襤褸蔵《ぼろぞう》〟と呼ばれるまでに堕ちた男の不屈の生き様。

葉室　麟　**春雷《しゅんらい》**

「〝鬼〟の生きざまを通して〝正義〟を問う快作」作家・澤田瞳子。日本人の凛たる姿を示す羽根藩シリーズ第三弾。

舟橋聖一　**花の生涯**　㊤　新装版

「政治嫌い」を標榜していた井伊《いい》直弼《なおすけ》。しかし、思いがけず家督を継いだことにより、その運命は急転した。

舟橋聖一　**花の生涯**　㊦　新装版

「なぜ、広い世界に目を向けようとしない？」——米国総領事ハリスの嘆きは、同時に直弼の嘆きでもあった。

# 祥伝社文庫の好評既刊

山本一力

**深川駕籠《ふかがわかご》**

駕籠舁《かごか》き・新太郎は飛脚《ひきゃく》、鳶《とび》の三人と深川↔高輪往復の速さを競うことに——道中には様々な難関が！

---

山本一力

深川駕籠 **お神酒《みき》徳利**

尚平のもとに、想い人・おゆきをさらったとの手紙が届く。堅気《かたぎ》の仕業ではないと考えた新太郎は……。

---

山本一力

深川駕籠 **花明かり**

新太郎が尽力した、余命わずかな老女のための桜見物が、心無い横槍で一転、千両を賭けた早駕籠勝負に！

---

山本兼一

**白鷹伝《はくようでん》** 戦国秘録

浅井《あさい》家鷹匠《たかじょう》・小林家次《いえつぐ》が目撃した伝説の白鷹「からくつわ」が彼の人生を変えた……。鷹匠の生涯を描く大作！

---

山本兼一

**弾正《だんじょう》の鷹**

信長の首を獲《と》る——それが父を殺された桔梗《ききょう》の悲願。鷹を使った暗殺法を体得して……。傑作時代小説集！

---

山本兼一

**おれは清麿《きよまろ》**

葉室麟氏「清麿は山本さん自身であり鍛刀《たんとう》は人生そのもの」——源《みなもと》清麿、幕末最後の天才刀鍛冶の生きた証。

# 〈祥伝社文庫　今月の新刊〉

**藤岡陽子**
**陽《ひ》だまりのひと**
依頼人の心に寄り添う、小さな法律事務所の物語。

**西村京太郎**
**十津川警部捜査行　愛と殺意の伊豆踊り子ライン**
亀井刑事に殺人容疑？　十津川警部の右腕、絶体絶命！

**矢樹　純**
**夫の骨**
九つの意外な真相が現代の〝家族〟を鋭くえぐり出す。

**結城充考**
**捜査一課殺人班イルマ　ファイアスターター**
海上で起きた連続爆殺事件。嗤う爆弾魔を捕えよ！

**南　英男**
**暴露　遊撃警視**
はぐれ警視が追う、美人テレビ局員失踪と殺しの連鎖。

**堺屋太一**
**団塊の秋**
想定外の人生に直面する彼ら。その差はどこで生じたか。

**葉室　麟**
**秋霜《しゅうそう》**
人を想う心を謳い上げる、感涙の羽根藩シリーズ第四弾。

**朝井まかて**
**落陽**
明治神宮造営に挑んだ思い——天皇と日本人の絆に迫る。

**小杉健治**
**宵《よい》の凶星《まがぼし》　風烈廻り与力・青柳剣一郎**
剣一郎、義弟の窮地を救うため、幕閣に斬り込む！

**長谷川卓**
**寒《かん》の辻　北町奉行所捕物控**
町人の信用厚き浪人が守りたかったものとは。

**睦月影郎**
**純情姫と身勝手くノ一**
男ふたりの悦楽の旅は、息つく暇なく美女まみれ！

**岩室　忍**
**信長の軍師　巻の三　怒濤《どとう》編**
織田幕府を開けなかった信長最大の失敗とは——？

**野口　卓**
**家族　新・軍鶏《しゃも》侍**
気高く、清々しく、園瀬に生きる人々を描く。